DÉFIE-MOI SI TU PEUX

MISHA BELL

♠ Mozaika Publications ♠

Dépôt légal © 2021 Misha Bell
www.mishabell.com

Publié par Mozaika Publications, une marque de Mozaika LLC.
www.mozaikallc.com

Couverture par Najla Qamber Designs
www.najlaqamberdesigns.com

Photographie par Wander Aguiar
www.wanderbookclub.com

Traduction : Valentin Translation
www.valentintranslation.com

e-ISBN : 978-1-63142-700-8
ISBN imprimé : 978-1-63142-701-5

Chapitre Un

C'est un *ours*, ça ?

J'ai l'impression que mes boules de Kegel sont sur le point de s'échapper de mon vagin. Je crispe mes muscles bien entraînés pour maintenir le jouer à l'intérieur. J'ai conçu cette paire de boules moi-même, alors je sais que si je les crispe encore une fois, la fonction vibration va s'activer, et ce n'est pas le moment pour ça.

La laisse tressaute dans ma main.

— Bonaparte, du calme !

La fermeté de ma voix est futile. Mon chihuahua continue de tirer, le regard rivé sur l'ours. Il agite la queue si vite que je m'attends presque à ce qu'il s'envole dans les airs comme un drone.

À mon grand soulagement, le chien se contente de flairer la bouche d'incendie, indifférent au délicieux apéritif de presque deux kilos qu'il pourrait atteindre d'un bond.

Mon compagnon à quatre pattes arrête de tirer et lève la tête vers moi, un mélange de tristesse et d'indignation dans ses yeux verts. Comme d'habitude, j'imagine très bien ce qu'il dirait si je pouvais comprendre son langage :

— *Ma chérie*, ce chien m'ignore. *Moi !* Impensable !

Je lui jette un biscuit et remarque :

— Cet ours ne connaît clairement pas les bonnes manières. Mais pour sa défense, tu pourrais résister à l'envie de renifler cette bouche d'incendie, toi ? Nous sommes à côté de Central Park. Des millions de chiens ont fait pipi à cet endroit. L'odeur doit être divine.

D'un bond, Gourdin attrape la friandise et l'avale sans même mâcher, avant de reporter son attention sur sa proie gargantuesque.

Quant à moi, je tourne les yeux vers l'homme qui tient la laisse de l'ours. Ma mâchoire s'ouvre en grand, et mes muscles internes compriment involontairement les boules de Kegel.

La vibration s'active, mais je l'ignore, occupée à dévorer avidement des yeux le spécimen masculin grand et à la carrure athlétique devant moi.

Le propriétaire du chien est sexy.

Du genre torride à faire fondre votre culotte et exploser votre utérus.

C'est le genre de type sexy auquel je penserais en me masturbant.

Attendez. À proprement parler, je suis *déjà* en train de me masturber en le regardant ; les vibrations à l'intérieur de mon vagin sont en train de faire monter un peu plus l'orgasme à chaque seconde qui passe. Par chance, il ne me regarde pas, je peux donc le reluquer sans aucune honte.

Cet homme a tout ce que je recherche, même ce que je n'avais pas conscience d'apprécier.

Des cheveux épais et à l'air soyeux de la couleur d'une fourrure de vison. Une courte barbe taillée avec soin, qui souligne son nez majestueux et ses traits ciselés. Des épaules larges rembourrées par juste ce qu'il faut de muscles et un torse à se damner, tout cela s'effilant jusqu'à une taille fine et des hanches étroites. Il porte même un col roulé, pour l'amour du Ciel… tout le monde sait que c'est l'équivalent masculin d'une robe noire sexy !

Oh, et ses lèvres ! J'ai envie de faire un moule de ses lèvres pour les transformer en sex-toy.

En parlant de sex-toy, les boules me rapprochent de plus en plus du précipice. On m'a déjà accusée d'être devenue blasée avec ce genre de trucs, mais même moi, je réalise que jouir ici et maintenant, devant un inconnu ne serait pas un comportement des plus sociables de ma part.

Je dois désactiver les boules, ce que je peux faire si je les comprime encore trois fois. Le problème, c'est que chaque compression change aussi la vitesse des vibrations, ma situation va donc empirer avant de s'améliorer.

Je ne peux rien faire pour éviter ça, je suppose.

Je crispe mes muscles.

Les vibrations s'intensifient.

Encore deux fois et…

Gourdin aboie.

L'énorme museau de l'ours se décroche de la bouche d'incendie et ses gros yeux bruns se fixent sur le hors-d'œuvre en forme de chien à mes pieds.

Maintenant qu'il a enfin obtenu l'attention qu'il recherchait, mon chien remue vivement la queue et essaie de foncer vers son trépas.

Je me crispe à nouveau sur les boules, involontairement. Encore une fois, et elles seront éteintes. Sauf que les vibrations sont désormais à leur vitesse maximale, et que la sensation est incroyable. Tellement, tellement incroyable…

Mince ! Qu'est-ce que je fabrique ?

Je dois les compresser une dernière fois.

Sauf que les muscles prérequis se sont transformés en gelée et que j'ai du mal à les resserrer.

Ça va vraiment arriver ?

Je vais avoir un orgasme pendant que mon chien se fait manger… tout ça sous les yeux d'un inconnu terriblement sexy ?

Je me demande fugitivement si je devrais laisser l'ours manger mon meilleur ami pour créer une diversion de ma combustion imminente – et peut-être pour que le propriétaire de l'animal couche avec moi plus tard pour me réconforter de mon deuil.

Non, c'est de la folie.

Je tire sur la laisse pour stopper le noble sacrifice de Gourdin.

Sauf que maintenant, l'ours l'a dans sa ligne de mire.

La bête bondit et tire d'un coup sur sa laisse, prenant de court l'inconnu sexy. Quand il réalise ce qu'il se passe et enfonce les talons dans le sol, la gueule de l'ours n'est qu'à quelques centimètres de la tête de la taille d'une balle de tennis de Gourdin.

Je serre mon sac à main contre moi et recule, entraînant mon ami surexcité avec moi. Même si je suis moi-même surexcitée. Mon cœur bat la chamade et je transpire sous l'effort fourni pour retenir mon orgasme alors que les boules continuent de vibrer à intensité maximale.

Mes pressions ne fonctionnent pas. Je devrais peut-être simplement le laisser venir, et conserver un visage impassible ?

L'inconnu dit quelque chose à l'ours dans une langue que je ne reconnais pas, même si son aspect guttural la fait ressembler à une cousine distante du russe. Puis il regarde Gourdin en plissant les yeux, et toujours sans me regarder, il grogne dans un anglais dépourvu d'accent :

— Tenez ce rat éloigné de mon chien !

Sa voix est grave et aussi ridiculement sexy que tout le reste, chez lui, mais par chance, ses paroles me mettent assez en colère pour que l'orgasme imminent reflue un peu.

Quel dommage ! Toutes ces qualités gaspillées chez un homme qui est clairement un crétin.

Je resserre mes doigts autour de la laisse de

Gourdin et regarde l'homme en étrécissant les yeux à mon tour.

— Je compte bien tenir mon *chien* éloigné de votre *ours*.

Prends ça ! Ce n'est pas une si mauvaise repartie, compte tenu de ma situation.

Il daigne finalement lever les yeux vers moi – et je suis une nouvelle fois abasourdie.

Ces yeux, sous une paire de sourcils noirs et épais, sont de la plus belle couleur que j'aie jamais vue, une sorte de teinte noisette changeante qui semble osciller entre le vert foncé et le brun nuancé d'ambre.

Lesdits yeux s'arrondissent quand ils parcourent mon corps, et s'attardent un instant sur ma jupe courte et mes jambes nues, mais son visage sublime arbore ensuite une expression impérieuse.

— Oh, je vous en prie ! Elle ressemble plus à un chien que le vôtre ne le pourra jamais.

Sa voix grave et suave conspire avec les boules en moi pour me rapprocher encore plus d'un état que je n'ai pas envie d'atteindre.

Je devrais peut-être faire ce que font les mecs dans ce genre de situation : penser à des trucs dégoûtants.

Les yeux qui collent. Le cérumen. Percer un point blanc. Les aisselles qui puent. Le cuir chevelu squameux. La matière grise qu'on trouve dans les nombrils. Les mycoses des ongles.

Non. Rien de tout ça ne fonctionne.

Maman ?

Ça a l'air de faire effet.

En parlant d'elle, je puise dans ce qu'elle appelle

de manière moqueuse mon « comportement de Blanche-Neige » et trouve enfin les mots pour répondre à l'inconnu :

— Le fait d'être un chien n'a rien à voir avec la quantité, juste avec la qualité.

Il hausse légèrement ses épais sourcils. Clairement, il n'a jamais entendu personne lui répondre sur ce ton.

— Pourquoi cette petite créature jappeuse est sortie de votre sac, pour commencer ?

Pff ! C'est vraiment un crétin. Au moins, mon agacement maintient l'orgasme à distance. Je déteste ce stéréotype sur les chihuahuas. Même si je lui ai donné le nom de Napoléon, Gourdin n'a pas ce complexe dont souffrent tant de ses semblables, et il n'est pas du tout jappeur. Il a été dans une école pour chiens, il est donc bien élevé. À peu près. Il reste un chien.

Très bien. Il est temps de me débarrasser officiellement de mes gants de Miss Gentille Bella.

Je pose un regard froid au niveau de l'entrejambe du jean de l'inconnu, avant de reporter mes yeux sur son visage, un sourcil arqué de manière malicieuse.

— Laissez-moi deviner. Le gros chien est là pour compenser quelque chose ?

Waouh ! Où est mon Oscar ? Je doute que même Angelina Jolie soit capable de rabattre son caquet à quelqu'un tout en retenant un orgasme.

Ce salopard se contente de sourire d'un air

narquois. Ses yeux changeants brillent alors qu'il demande d'une voix traînante :

— Vous voulez prendre les paris ?

Oh, non !

Alors que l'image d'un sexe gargantuesque apparaît dans ma tête, je perds finalement le combat contre mes boules, et je jouis.

Chapitre Deux

C'est un miracle que j'arrive à réprimer mon gémissement – un miracle qui mériterait un autre Oscar. Toutes les femmes qui simulent leurs orgasmes devraient essayer de faire l'inverse. C'est plus dur qu'on pourrait l'imaginer.

La grande question est : est-ce qu'il l'a vu sur mon visage ?

Le dernier spasme désactive les boules, je me vois donc épargner une deuxième performance.

Un aboiement sonore retentit quelque part dans le parc.

Nous baissons tous les deux les yeux sur nos animaux – au cas où ils auraient appris à projeter leur voix sur une longue distance, je suppose, une compétence dont même moi, bien que ventriloque talentueuse, je suis incapable.

Le nez de Gourdin est pointé dans la direction de

l'aboiement distant, et il agite la queue dans une démonstration de curiosité excitée.

— *Ma chérie*, je crois que ce chien a aboyé parce qu'il y a un écureuil là-bas, couvert de sauce béchamel. On peut y aller ? S'il te plaît !

Contrairement à Gourdin, l'ourse est recroquevillée de manière pitoyable, ses grosses oreilles pelucheuses pendantes et son corps de cent trente kilos tremblant comme une feuille brune et poilue.

Mince ! J'ai pitié de l'ourse, maintenant, mais je ressens aussi du triomphe.

Qui a le plus gros chien, finalement ?

L'inconnu roucoule des paroles apaisantes dans sa langue tout en tapotant la tête de l'ourse, et la créature dépasse sa panique.

Elle remue légèrement la queue, puis tourne son museau vers Gourdin et le flaire profondément.

Gourdin oublie l'autre chien, lève les yeux vers l'ourse et flaire à son tour.

L'inconnu soupire d'un air agacé et dit à nouveau quelque chose dans cette langue aux intonations russes, avant d'entraîner l'ourse derrière lui sans me laisser l'occasion de me moquer de la lâcheté de son « vrai chien. »

Gourdin regarde le postérieur de l'ourse avec regret.

— *Ma chérie*, c'est un sacré derrière à renifler. Quelle *tragédie !*

— Je comprends ta tristesse, murmuré-je alors

que mon regard erre sur les fesses étroites et musclées soulignées par le jean de l'inconnu agaçant.

Ces fesses me paraissent particulièrement tentantes, sous le contrecoup de l'orgasme.

— Je ne suis pas sûre d'avoir envie de le renifler à proprement parler, mais je pense que le fait que ce postérieur soit attaché à ce cerveau-là est une grande perte pour toutes les femmes de ce monde.

Nous reprenons notre promenade, et chaque fois que Gourdin s'arrête pour sentir quelque chose, je jette un coup d'œil discret vers l'inconnu agaçant tout en m'assurant de ne pas compresser à nouveau accidentellement les boules de Kegel.

Il emmène l'ours à l'endroit préféré de Gourdin, un terrain de jeux pour chiens – même si j'ai déjà vu des enfants humains s'amuser sur ces rampes.

Super ! Maintenant, on ne peut plus y aller.

Ou peut-être qu'on devrait ?

Non. Oublions ce mec.

Malheureusement, alors que nous continuons notre balade, je découvre qu'il m'est difficile de l'oublier, surtout à la lueur de la chaleur qui pulse encore au creux de moi.

Pourquoi l'univers doit-il être à ce point injuste ? Je croise si rarement des hommes qui m'attirent, et quand j'en trouve enfin un, il s'avère être un abruti. Mais après tout, compte tenu de mes relations passées, le simple fait que je sois attirée par quelqu'un devrait peut-être me mettre en garde. D'après mon amie

Xenia, je suis un aimant à connards. Mon dernier ex en est le parfait exemple.

Ce n'est pas pour rien si je préfère mes sex-toys aux vrais hommes.

Un sixième sens me pousse à sortir de mes rêveries, juste à temps pour voir Gourdin flairer un escargot au sol.

— Non ! m'écrié-je au moment où, sans surprise, il fourre l'escargot dans sa gueule.

— Recrache ça !

Il lève les yeux vers moi, arborant une expression candide.

— Pourquoi ? C'est un *escargot*.

Je canalise ma part d'alpha dans notre petite relation.

— Recrache-le. Tu pourrais attraper la version française du ver du cœur !

L'air contrit, Gourdin recrache la créature et la regarde s'éloigner en rampant sans se soucier de la bave de chien qui la recouvre.

— Le ver du cœur français m'a l'air d'être tout à fait mon style.

Je lui jette une autre friandise et lance :

— C'est bien ! Je parie que cette ourse est loin d'être aussi bien élevée. Elle pourrait se retrouver avec un parasite en un clin d'œil, mais pas toi.

— *Touché*, dit-il avant de reprendre sa route, les oreilles basses.

Je guide Gourdin jusqu'à une bouche d'incendie et le regarde oublier tous ses soucis et lever la patte à une hauteur incroyable pour uriner à un niveau que seul un gros chien pourrait atteindre.

Si seulement la clef de mon bonheur pouvait être aussi simple, je lèverais la patte sans hésiter ! Enfin, pas maintenant – mes boules tomberaient.

Satisfait de son travail urinaire, Gourdin recommence à trottiner.

Pour la énième fois, je me demande pourquoi il se montre si ambitieux, s'agissant de faire ses besoins. Est-ce en partie un fantasme chez lui dans lequel il se verrait comme un chien beaucoup, beaucoup plus gros ? Ou bien parce que tous les chiens veulent viser les étoiles, et qu'être petit et souple aide Gourdin à ne pas basculer en arrière quand il lève la patte plus haut que sa tête ?

Le chien s'arrête et lance un regard mélancolique vers le terrain de jeux.

Vu que l'ourse est encore là-bas, je dis :

— Et si on allait d'abord nourrir John ?

À la mention de John, Gourdin remue la queue d'un air approbateur. Soit John est sans abri, soit il a une autre raison pour ne jamais se laver – mais cela fait de lui un humain amusant à renifler, pour un chien.

À mi-chemin du banc de John, un chat noir croise notre route. Vu qu'il est plus gros que Gourdin, celui-ci fait semblant de ne pas l'avoir vu. Moi, en revanche, je m'immobilise et manque de presser les boules trop fort encore une fois.

Dieu merci, mes frères ne sont pas là pour se

moquer de moi. Un chat noir qui traverse la route est un symbole important, dans les superstitions russes, et je trouve ça difficile à ignorer. L'ingénieure formée au MIT en moi ne peut concevoir comment un chat pourrait porter malheur, et pourtant, je reste sans bouger dans l'espoir que quelqu'un d'autre croise la route du chat, ce qui lui transmettrait ce mauvais *karma*.

Je ne peux risquer la moindre malchance alors que je suis en train de lancer un projet professionnel.

Un écureuil traverse soudain à toute vitesse mon chemin contaminé. Vu qu'il n'est pas plus gros que lui, Gourdin essaie de le pourchasser, mais je le retiens juste à temps.

Ouf ! La malchance repose désormais sur l'écureuil plutôt que sur moi ou sur une gentille vieille dame.

Nous reprenons notre marche, et un caniche approche dans notre direction.

Je souris. Avec cette tonsure de lion, il a l'air plus français que le mien – même si Gourdin n'a rien de français mis à part son nom et son âme. En fait, il aurait tout à fait sa place dans l'une de ces pubs pour les *tacos*, et compte tenu de ses origines mexicaines, allez savoir pourquoi il n'a pas un accent espagnol, quand je l'imagine me parler.

Gourdin tente de se montrer amical avec le caniche.

Le chien plus grand lui montre les dents et grogne.

Gourdin s'immobilise et me regarde.

— Quel *malpoli* !

J'adresse un regard mauvais à sa propriétaire.

Elle hausse les épaules d'un air coupable et s'empresse de nous dépasser.

Le reste du trajet jusqu'à John se déroule sans encombre, et quand nous arrivons devant le banc, il est assis là, comme d'habitude, les yeux fixés dans le vide.

Je coince la laisse de Gourdin sous mon bras et sors le sandwich que j'ai préparé pour John de mon sac à main.

— Salut !

— Super ! Gourdin est de retour, grommelle-t-il avant de se pencher en avant pour ébouriffer les poils du chien.

— Je suis née après l'effondrement de l'Union soviétique, remarqué-je tout en lui donnant le sandwich. Et je suis arrivée dans ce pays quand j'avais cinq ans, alors je suis bien plus proche d'une sale capitaliste américaine que d'un communiste.

John regarde le sandwich en fronçant les sourcils.

— Communiste un jour, communiste toujours.

J'imagine que je ne peux pas le contredire. Du peu que je sais de lui, c'est un vétéran du Vietnam, ce qui justifie ses opinions sur les communistes.

Il est aussi trop fier pour accepter qu'on lui fasse la charité, alors comme d'habitude, j'agis avec prudence.

— Ça vient du restaurant de mes parents, expliqué-je avec un signe de tête vers le sandwich. Ils m'ont encore apporté trop à manger, et dans la culture russe, jeter du pain est réputé pour attirer la malchance.

Cette dernière information est vraie, raison pour laquelle je n'achète que du pain congelé.

John marmonne quelque chose au sujet des stupides superstitions communistes, puis il s'empare du sandwich et commence à l'engloutir goulûment.

Voilà ! Avec le temps, j'ai appris comment faire en sorte que ces transactions se fassent en douceur. La première fois que je l'ai rencontré, John était maladivement maigre, mais aujourd'hui, il…

La laisse s'échappe de mon bras quand Gourdin fonce brusquement en avant.

Mince !

— À plus tard, John, lancé-je par-dessus mon épaule tout en me mettant à courir. Je dois le rattraper !

Je n'entends pas ce que répond l'homme, mais je vois très bien où se dirige Gourdin.

Vers le terrain de jeux.

— Gourdin, stop ! hurlé-je.

Il n'obéit pas. Au temps pour cette école pour chiens !

J'accélère tout en me maudissant pour mon désir constant de faire plusieurs choses à la fois. Même si j'ai réussi à me convaincre de laisser mon téléphone à la maison pour éviter d'être distraite par des e-mails professionnels, il a fallu que je teste les boules Kegel durant cette promenade.

Je crispe mes muscles pelviens aussi fort que je

peux tout en accélérant un peu plus. Jongler avec des boules n'est rien comparé à l'effort nécessaire pour les conserver à l'intérieur de nos parties intimes tout en courant.

Gourdin saute sur la rampe à côté de l'ourse.

Non. Il ne compte quand même pas…

Mais si !

Profitant de l'avantage de la hauteur sur sa rampe, mon chihuahua monte l'ourse et commence à la sauter.

Chapitre Trois

— Gourdin, je t'ai dit d'arrêter !

Cette école pour chiens me doit un remboursement – ce genre de scénario aurait dû faire partie de leur programme d'études.

Indifférent au reste du monde, mon chihuahua propulse son minuscule derrière contre le postérieur gargantuesque de l'ourse. De loin, Gourdin ressemble à un oiseau en balade sur le dos d'un hippopotame.

Bon sang ! Stupide chien ! Comment peut-on vouloir coucher avec quelque chose de cent fois plus gros que soi ?

Il accélère ses coups de reins.

Mes poumons me brûlent alors que je redouble de vitesse malgré ma jupe étroite qui me fait obstacle. Au moins, je porte mes nouvelles baskets mignonnes plutôt que mes bottines à hauts talons habituelles – elles auraient rendu cette course impromptue impossible.

— Gourdin, arrête ! haleté-je.

Il fait tout l'opposé. Ses mouvements deviennent frénétiques et donnent l'impression qu'il fait une attaque à cause du sexe.

J'accélère encore plus le pas et mon *string* se déplace, créant un courant d'air déplaisant au niveau de mes parties intimes.

Pourquoi l'ourse ne le dévore pas en représailles ? Non pas que je m'en plaigne. Le minuscule zizi de Gourdin n'est peut-être même pas entré dans ce vagin caverneux. Je suis certaine que si une créature aussi grosse s'était sentie agressée, mon chien serait un chien mort.

Zut ! S'agit-il d'une agression ? Mon petit compagnon est-il un violeur ?

Non. La queue touffue de l'ourse est levée, pour lui faciliter l'entrée. Ce doit être sa manière de consentir à cette relation – ça, et le fait qu'elle ne le broie pas entre ses gigantesques mâchoires. Pour ce que j'en sais, ils sont peut-être parvenus à un accord quand ils se sont reniflés l'un l'autre.

Il doit l'avoir séduite avec ses puissantes phéromones de chihuahua.

Évidemment, rien de tout ça ne sauvera Gourdin du crétin ennuyeux qui sert de propriétaire à l'ourse. Quand il remarquera ce qu'il se passe, il sera sans aucun doute furieux. Par chance, son attention est accaparée par le type auquel il est en train de parler – ou, plus précisément, contre qui il est en train de hurler tout en gesticulant. L'homme tient un appareil photo, et j'espère qu'il ne s'en servira pas pour immortaliser les méfaits de Gourdin.

Les muscles de mes jambes deviennent brûlants quand je me mets à courir plus vite. Je ne suis plus qu'à cinq mètres d'eux.

L'homme à l'appareil photo perd la dispute dans laquelle il était engagé et s'éloigne.

C'est fini.

L'inconnu se retourne, et écarquille ses yeux sublimes en comprenant la situation dans laquelle se trouve l'ourse.

Je bondis sur la rampe et attrape enfin la laisse de Gourdin. Avant que j'aie pu l'emmener plus loin, il se retire de son plein gré et lève la tête vers moi, remuant la queue avec une satisfaction toute masculine.

Comme il fallait s'y attendre, la mâchoire de l'inconnu se transforme en pierre et ses majestueuses narines se dilatent.

Je me retiens avec difficulté de lancer un « méchant chien » à Gourdin. Je ne veux pas rendre mon ami à quatre pattes sexuellement complexé, comme m'a rendue ma mère quand elle m'a surprise à me masturber au début de mon adolescence.

Les chiens méritent d'être des êtres sexuels, exactement comme les humains.

Le regard du propriétaire de l'ourse passe de Gourdin à moi.

— Est-ce que votre rat vient de…

— Mon *chien* est désolé de ce qu'il vient de faire, répliqué-je, et je dois mobiliser toute la retenue dont je suis capable pour prendre un ton apaisant. Tout comme moi. J'étais distraite, et il s'est échappé.

Gourdin me regarde avec incompréhension.

— Pourquoi t'excuser, *ma chérie* ? C'est *le grand amour*.

L'inconnu me lance un regard cinglant.

— Laissez-moi deviner. Vous étiez accaparée par votre téléphone ?

Dans sa barbe, il marmonne quelque chose à propos des Américains et de leurs messages et tweets incessants.

Je me hérisse pour de bon, et je dois faire un gros effort pour m'empêcher de compresser des boules — les siennes et celles à l'intérieur de moi.

— Laissez-*moi* deviner. Vous aimez juger les gens sans la moindre preuve ? Il se trouve que je ne prends pas mon téléphone durant mes promenades avec mon chien. Et je ne suis pas non plus américaine, à proprement parler. Je n'utilise pas non plus les réseaux sociaux, d'ailleurs.

La curiosité remplace en partie la colère sur son visage.

— Dans ce cas, comment l'avez-vous laissé s'échapper ?

Je lui adresse mon meilleur regard glacial.

— Je ne vous dois aucune explication.

Je me suis peut-être montrée trop vindicative. L'ourse baisse les oreilles et va se cacher derrière l'homme.

Celui-ci plisse à nouveau les yeux et lâche :

— Votre chien a violé le mien. Le moins que vous puissiez faire serait de vous montrer polie.

Comme moi, Gourdin n'apprécie pas le ton qu'il emploie. Il vient se placer entre nous et grogne en direction de l'inconnu.

— Du calme, mon grand, marmonné-je, avant de prendre une profonde inspiration pour m'apaiser.

Parfois, c'est en se comportant avec dignité qu'on gagne.

— Je tiens à m'excuser.

— Je ne veux pas de vos excuses. Je veux savoir si votre chien a des MST.

Je parviens je ne sais comment à conserver mon calme et réponds :

— C'est la première fois qu'il a une vraie relation sexuelle, alors, j'en doute fortement.

J'ai aussitôt envie de me gifler pour avoir précisé le mot « vrai » ; la dernière chose dont j'aie envie, c'est d'expliquer que j'ai conçu un sex-toy pour mon chien.

L'inconnu semble un peu plus serein, tout comme l'ourse derrière lui.

— Tant mieux. Malgré tout, le sperme peut contenir un large éventail de virus. Comment savoir si votre chien n'a pas une infection ou une autre ?

Je hausse les épaules.

— Il n'est pas malade ! Et puis, on n'est pas sûrs qu'il l'ait vraiment pénétrée — ou qu'il y ait eu le moindre sperme.

Du sperme de chien. Voilà un sujet que je ne

m'attendais pas à aborder quand j'ai commencé ma journée.

— Ça ne suffit pas, réplique le type. J'aimerais que vous l'emmeniez chez un vétérinaire pour faire un bilan complet.

Il palpe ses poches et en sort son portefeuille, avant d'ajouter :

— Je paierai.

Comment fait-il pour m'énerver aussi facilement ?

— Je peux payer moi-même mes visites chez le vétérinaire, merci beaucoup.

— Si vous insistez, répond-il, et le portefeuille disparaît.

— J'insiste, affirmé-je en redressant le dos.

Il me parcourt du regard plus en détail, et ses yeux s'attardent à nouveau sur mes jambes.

— Vous me tiendrez informé des résultats du vétérinaire ? demande-t-il.

Quand son regard noisette se porte à nouveau sur mon visage, sa voix est un brin plus rauque.

Mon cœur, ce traître, manque un battement.

— Je vais devoir entrer mon numéro dans votre téléphone. Comme je vous l'ai dit, je n'ai pas le mien sur moi.

Est-ce un fantôme de sourire que je vois étirer ses lèvres sexy ?

— Ce serait avec plaisir, sauf que je n'emporte pas non plus mon téléphone durant mes promenades avec mon chien, répond-il, avant d'ajouter d'un ton ironique : je n'utilise pas non plus les réseaux sociaux. Et je ne suis pas Américain.

J'aurais pu deviner ce dernier détail, mais pas de réseaux sociaux ? Je croyais que mes frères paranoïaques et moi étions les seuls à nous abstenir de nous en servir, à notre époque. Et pas de téléphone durant les promenades ? Même lesdits frères se moquent de moi parce que je fais ça.

— Vous avez une carte professionnelle ? demandé-je en ignorant la tentation de faire le compte de nos similarités.

Ce n'est pas parce que nous avons une conversation polie qu'il n'en est pas moins un crétin.

Je lui proposerais bien ma propre carte professionnelle, mais pour je ne sais quelle raison, je n'ai pas envie qu'il sache que je suis propriétaire d'une entreprise de sex-toys. Quelque chose chez lui – peut-être la coupe sobre et pourtant coûteuse de ses vêtements, ou bien l'angle impérieux de sa mâchoire – me fait penser à des conférences entre les cinq cents hommes les plus riches du monde et à des dîners composés de dix plats sous des chandeliers en cristal. Les mecs de ce genre ont tendance à regarder de haut les entrepreneurs non traditionnels tels que moi ; même si je ne saurais expliquer pourquoi je me soucie de ce qu'il pense.

En général, je suis fière de ma carrière.

Il plonge la main dans sa poche et en sort un stylo.

— Je n'ai pas de carte.

Il regarde autour de lui et repère deux gobelets de

café que quelqu'un a abandonnés sur un banc tout proche. Il prend celui qui a l'air le plus propre, écrit quelque chose dessus et me le tend.

Dragomir, gribouille-t-il d'une écriture épaisse et masculine, à côté d'un numéro de téléphone avec l'indicatif de Manhattan.

Dragomir ? Le diminutif est-il Drago ? Ça ressemble à un nom de méchant de *Harry Potter*.

— Je suis Bella, me présenté-je.

Je pose le gobelet et tends poliment la main. Les yeux brillants, il l'accepte et sa paume bien plus large engloutit la mienne. Mon souffle se bloque dans ma poitrine à la chaleur électrique de sa peau.

C'est un miracle que je n'aie pas activé les boules en moi.

— Dragomir, dit-il, prononçant le nom avec un accent à l'intonation russe.

Je reprends ma main avec réticence.

— D'où venez-vous ?

— Ruskovie, répond-il, avec la même intonation.

Hum ! J'ai déjà entendu parler de cet endroit. Si je me souviens bien, c'est plus petit que n'importe quel quartier de New York et un peu arriéré, au moins dans la mesure où il y règne encore une monarchie. Je n'ai aucune idée de l'endroit où c'est situé sur une carte, de leurs coutumes ou de si ce lieu est celui qui a servi d'inspiration pour la Sokovia d'*Avengers*.

Ce que je sais, c'est qu'à en juger l'apparence de ce type, la Ruskovie est peut-être bien la nation la plus belle du monde.

Je dois avoir le regard vide, parce qu'il roule légèrement les yeux et précise :

— La Ruskovie est un pays d'Europe de l'Est, au cas où vos connaissances géographiques seraient au niveau de celles d'un Américain typique.

Mes frères disent toujours que je pourrais m'améliorer en géographie, mais de quel droit ce Dragomir me critique-t-il ? Sans parler du système d'éducation américain !

— Je sais où se trouve la Ruskovie, répliqué-je, et ce n'est qu'un léger mensonge. Je suis née en Russie, en ce qui me concerne. C'est aussi en Europe de l'Est – au cas où *vos* connaissances géographiques seraient trop médiocres.

Il plisse les yeux au mot « Russie », et je me souviens un peu tard que beaucoup de pays d'Europe de l'Est n'aiment pas beaucoup ma terre natale, à cause des efforts des Soviétiques pour leur apporter le communisme, à l'époque, généralement sous la menace des armes.

— J'étais petite quand j'ai emménagé ici, ajouté-je avant d'avoir eu le temps de me demander pourquoi j'essaie de me faire bien voir de lui.

Il incline la tête sur le côté.

— Ce qui explique votre anglais parfait.

Était-ce un compliment ? Ça y ressemblait fort.

— Et vous ? demandé-je, décidant de prendre ça au pied de la lettre. Comment se fait-il que vous n'ayez pas d'accent ?

— J'ai eu d'excellents professeurs, répond-il, avant de baisser les yeux et de prendre un air renfrogné.

Je suis son regard et réprime un ricanement. Pendant qu'on discutait, Gourdin et son ourse se sont rejoints, et elle vient de le lécher — une grosse léchouille baveuse.

Gourdin a l'air du chien le plus heureux du monde.

Dragomir dit quelque chose à l'ourse dans ce qui doit être du ruskovien. Les seuls mots que je comprends sont *Winnie* et quelque chose qui ressemble à *Pfiou*.

À moins qu'il ne s'agisse plutôt de « fou » ?

L'ourse s'écarte de Gourdin, l'air penaude.

Ma bonne humeur s'évapore.

— Vous venez d'insulter encore une fois mon chien ?

— Non. J'ai demandé à Winnifred d'arrêter de le lécher. Les Russes n'utilisent pas aussi l'interjection « fu » pour donner un ordre ?

Fu, pas *fou*. Et oui, mes parents disent toujours « fu » à Gourdin quand ils le voient faire quelque chose qui ne leur plaît pas. Ça me donne toujours l'impression qu'ils essaient de lui apprendre les arts martiaux, comme dans *Kung Fu Panda*.

C'est alors que je réalise quelque chose.

— Votre chien s'appelle Winnifred ? Avec Winnie comme diminutif ?

Il hoche la tête.

— Vous vous rendez compte que c'est un nom d'ours, n'est-ce pas ? Comme dans Winnie l'ours…

— Ce n'est pas moi qui l'ai nommée. Quel est le nom du vôtre ?

Qui ne nomme pas soi-même son chien ?

— Bonaparte.

Il hausse les sourcils.

— Vous ne trouvez pas ça un peu trop ambitieux, pour un chien dont le cerveau fait la taille d'un petit poids ?

Je croise les bras sur ma poitrine et rétorque :

— Les chihuahuas ont le plus gros cerveau de toutes les races, proportionnellement à leur corps.

— Peut-être, répond-il en jetant un regard sceptique à Gourdin, mais le cerveau de Winnie fait peut-être la taille de tout son corps.

— Ou il est peut-être minuscule, si elle a un crâne très épais, dis-je, avant d'ajouter entre mes dents : comme vous.

Il m'adresse un regard impérieux.

— Winnie est de la race des *mishas*. Ils ont débarrassé la Ruskovie des loups et des ours et sont les chiens les plus intelligents du monde.

— Cette race s'appelle vraiment *misha* ?

Je réprime l'envie de demander comment Winnie pourrait chasser des loups, alors qu'elle a eu peur d'un simple aboiement de chien.

Il pousse un soupir.

— Oui, c'est leur nom. Et alors ?

— Le mot *misha* est associé aux ours, en Russie.

Vous savez, comme Misha, la mascotte des Jeux olympiques… qui est un ours.

— Eh bien, en Ruskovie, *misha* n'est associé qu'aux chiens majestueux et extrêmement intelligents.

— Je vous parie que Gourdin est plus intelligent que Winnie.

Dès que j'ai prononcé ces mots, j'entends presque ma mère me sermonner. Quand j'étais petite, elle a tenté de me convaincre que les hommes n'aimaient pas être mis au défi et qu'ils ne voudraient jamais s'approcher d'une fille aussi compétitrice que moi.

Non pas que Dragomir ait la moindre envie de s'approcher de moi, de toute façon. Compte tenu du déroulement de cette rencontre jusqu'ici, mon penchant compétiteur a peu de chances d'être au sommet de sa liste de mes défauts – à supposer qu'il ait la moindre chose à mettre dans la case des qualités.

Il regarde Gourdin, puis moi.

— Vous êtes sérieuse ?

Je décide de jouer quitte ou double et affirme :

— Autant qu'on peut l'être. Je connais un très bon test d'intelligence pour les chiens, et je suis certaine que Gourdin le réussira avant Winnie.

Une lueur de défi passe dans ses yeux.

— Moi aussi, je connais un test. Et Winnie fera mordre la poussière à votre prétendu Napoléon.

— Alors, c'est officiel, lancé-je en me frottant les mains. La compétition est ouverte.

Est-ce un sourire suffisant que je décèle sur ses lèvres ?

— Qu'obtiendra le gagnant ?

Le Grinch aurait été jaloux du sourire qui s'étale sur mon visage en réponse, alors que je songe à la récompense parfaite.

— Si je gagne, je veux que vous vous mettiez à genou et…

Je m'interromps en le voyant écarquiller les yeux. Il baisse les yeux sur le bord de ma jupe, et une expression avide apparaît sur son visage.

Oh là !

Je sais à quoi il pense, mais ce n'est pas ce que j'avais en tête – jusqu'à cet instant, en tout cas.

Chapitre Quatre

Il se rapproche assez près pour que je détecte la note de cannelle de son eau de Cologne sensuelle.

— Que je me mette sur mes genoux et que je fasse quoi ?

Mes propres genoux me semblent étrangement faibles. Je me racle la gorge, mais ma voix est quand même plus rauque que de raison.

— Que vous vous mettiez à genoux face à Gourdin, et que vous lui disiez qu'il est la créature la plus intelligente que vous ayez jamais rencontrée.

Est-ce de la déception que je lis sur son visage ?

Peut-on en lire aussi sur le mien ?

Il hausse les épaules.

— Aussi déplaisante que soit cette issue, je n'ai pas à m'inquiéter, parce que Winnie gagnera.

— Eh bien, dans le cas peu probable où ça arriverait, que voudriez-vous que *je* fasse ?

Il frotte les poils courts et noirs de sa barbe – c'est plus un menton très mal rasé, en vérité... – qui a dû pousser en une semaine ou deux, réalisé-je en la scrutant de plus près. Ses poils sont si épais et luxuriants qu'on a l'impression qu'il y en a plus qu'en réalité.

Attendez, pourquoi je suis obnubilée par ses poils ? Je viens de lui poser une question importante, et il prend tout son temps pour me répondre. Est-ce que ça signifie qu'il va demander quelque chose d'indécent ? Je peux presque entendre sa voix grave me répondre dans un grognement : « Tu te mettras à genoux, tu baisseras ma braguette et tu sortiras ma... »

— *Quand* je gagnerai, dit-il, interrompant mes rêveries impudiques, nous nous promènerons ensemble jusqu'à ce que Winnie fasse ses besoins, et vous nettoierez.

Il arbore un air suffisant.

Bon sang ! Les enjeux sont énormes. Littéralement.

Doit-il utiliser des sacs-poubelle de quarante litres pour contenir tout ce caca ? Aurais-je besoin d'une pelle ?

La seule partie de ce scénario qui me plaît, c'est l'idée de nous promener ensemble. Et selon la consommation de fibres de Winnie, nous aurons peut-être l'occasion d'apprendre à nous connaître. Nous arrêterons peut-être de nous chicaner, pour changer. Peut-être même...

— Vous vous dégonflez ?

Il me met clairement au défi.

— Aucune chance, répliqué-je en le fusillant du regard. Marché conclu. Quel est le test ?

Il tapote la tête de Winnie et explique :

— On met une serviette sur la tête d'un chien et on chronomètre le temps qu'il lui faut pour en sortir.

Je ne lui montre pas ma jubilation. J'ai déjà testé ça avec Gourdin. Il s'est libéré en moins de trente secondes, ce qui était un très bon temps, d'après l'article que j'ai lu.

— Où on récupère les serviettes ?

Dis « chez vous », s'il te plaît !

Il frotte à nouveau son menton mal rasé.

— Nos vêtements ?

Avant que j'aie eu le temps de répondre, il attrape le bord de son pull à col roulé, exhibant brièvement ses abdos ciselés, et le fait passer par-dessus sa tête.

Pincez. Moi.

Genre, *pincez-moi très fort, s'il vous plaît.*

Je manque d'activer à nouveau mes boules.

Sous le col roulé, il porte mon deuxième vêtement masculin préféré, malgré son nom malheureux : un débardeur « *wifebeater* »[1]. Plus important encore, il est musclé. Ses épaules sont parfaitement arrondies, ses bras terriblement costauds et ses pectoraux sont du genre capable de danser.

J'ai envie de changer ma demande, si je gagne, pour exiger quelque chose d'inapproprié. Est-ce que ce serait grave si j'activais les boules à dessein et que j'avais un autre orgasme ici même ?

— Vous n'avez pas besoin de retirer votre haut, dit-il, se méprenant sur mon expression stupéfaite. Compte tenu de la taille de votre chihuahua, mon mouchoir devrait suffire.

Un mouchoir ? On est où, au XVIIIe siècle ?

Je remercie les dieux de la mode pour ma décision de porter une brassière sous ma chemise et commence à la déboutonner.

Il écarquille à nouveau les yeux, et leur teinte brun clair semble se transformer en or liquide.

Je ne suis pas timide, mais quand je retire ma chemise, je suis à deux doigts de rougir devant l'expression de son visage.

— Je ne veux pas que Gourdin perde parce qu'il ne reconnaît pas l'odeur de votre mouchoir.

Voilà. Mon ton est imperturbable. Et le fait que je me déshabille n'a rien à voir avec, disons, un désir de séduire qui que ce soit. Non. Seule une femme vraiment sournoise ferait ça.

Il sort le mouchoir susmentionné et se tamponne le front.

— Vous avez une montre avec une fonction chronomètre ?

— Pourquoi ? On n'en a pas besoin pour voir qui se libérera en premier.

— Je veux enregistrer le temps pour la postérité. En dessous de trente secondes, c'est considéré comme un très bon résultat.

Est-ce que ça veut dire qu'il a déjà effectué ce test avec son chien, lui aussi ?

Je suppose que je ferais mieux de me préparer à pelleter des tas de crottes géantes.

Je fais un signe de la main vers mon poignet nu.

— Désolée, pas de montre.

— Et si on utilisait la mienne ? propose-t-il.

Il incline son avant-bras musclé pour que je puisse la voir.

Sous prétexte de regarder la montre de plus près, je me rapproche de lui jusqu'à me retrouver assez près pour l'embrasser. À cette distance, son odeur est enivrante, un parfum de peau masculine chaude et veloutée et d'épices aux relents de cannelle. J'en ai littéralement l'eau à la bouche, et des images classées X emplissent à nouveau mon cerveau.

— Ce sont des pénis dessinés à la main, sur votre sac ? demande-t-il, me forçant à me réveiller d'un autre fantasme induit par le désir.

Pourquoi tout le monde se transforme en critique d'art, s'agissant de ça ? Oui, j'aime décorer mes objets de cette manière. Je plaide coupable.

— Vous avez un problème avec mes dessins ?

Je me déplace de manière qu'il ne puisse plus voir mon sac. Et je marche accidentellement sur son pied au passage.

Bon sang ! C'est un mauvais présage de marcher sur le pied de quelqu'un. Ça signifie que la personne qui a marché sur le pied va entrer en conflit avec celle qui s'est fait marcher dessus.

Ou dans le cas présent, encore plus en conflit.

— Aucun problème, répond-il, et je ne saurais dire s'il parle du pied ou des dessins de pénis.

J'hésite, avant de décider de me lancer :

— Vous pouvez marcher sur mon pied !

Selon la tradition russe, cela annule le mauvais sort.

Il arque un sourcil.

— Une superstition russe ?

Je hoche la tête et rougis légèrement.

— En Ruskovie, si une femme marche sur le pied d'un homme par accident, on dit qu'ils finiront ensemble. Évidemment, je ne crois pas à ce genre d'absurdités.

Il marche quand même délicatement sur mon pied, avant de me montrer à nouveau sa montre et de sourire.

Ce sourire. Ce serait trop flagrant si je m'éventais ? Plus important encore, serais-je considérée comme une perverse si j'activais les vibrations maintenant ? J'en ai vraiment envie. Non seulement son odeur est si masculine et délicieuse, mais à cette distance, je peux sentir la chaleur qui émane de lui, comme s'il était un dragon cracheur de feu.

C'est peut-être pour ça qu'il s'appelle Dragomir ?

Je prends conscience que j'ai complètement oublié la montre et l'observe avec une attention exagérée.

Waouh ! C'est une Patek Philippe, le concepteur des montres les plus chères du monde. Ce chef-d'œuvre-là semble fait sur mesure, avec des écritures à l'air cyrilliques qui doivent être du ruskovien, et un étrange motif en diamants.

Pas étonnant que Dragomir m'ait renvoyé une impression de vieux riche. Ce truc doit coûter des millions.

— Alors, murmure-t-il, me faisant relever vivement les yeux sur son visage. Vous faites confiance à ma montre ?

Mon instinct me conseille de ne faire confiance à rien qui vienne de lui, point. Malgré tout, faute de trouver une repartie rationnelle à lui lancer, je me contente de hocher la tête, avant de m'arracher à l'attirance gravitationnelle de ces yeux changeants.

— À mon signal, dit-il en reportant son attention sur la montre.

Je lève mon haut au-dessus de Gourdin.

Il jette son col roulé sur la tête de Winnie et lance :

— C'est parti.

Chapitre Cinq

lors que je laisse tomber ma chemise sur Gourdin, je réalise que ça ne va pas être équitable. Mon chihuahua est si minuscule que ma chemise est un bien plus grand obstacle pour lui que l'est le col roulé de Dragomir pour Winnie.

J'aurais dû accepter le mouchoir, finalement.

Et puis zut ! Si je parle de ça maintenant, Dragomir m'accusera d'être une mauvaise perdante.

Espérons juste que Gourdin est beaucoup plus intelligent – ou plus doué pour ce test précis.

Les deux chiens commencent à se débattre pour se libérer.

Les secondes passent.

Je réalise que je retiens mon souffle et relâche mes épaules légèrement crispées tout en aspirant un peu d'air.

Soudain, une patte apparaît de sous ma chemise, puis une autre, suivie de la tête de Gourdin.

— Il a réussi ! lancé-je en le pointant du doigt de manière surexcitée.

Gourdin remue la queue.

— *Ma chérie*, est-ce que tu as douté un seul instant que je ressortirais *victorieux* ? Pas très sympa !

— Vingt-cinq secondes, grogne Dragomir, les yeux fixés sur son col roulé.

Quelques secondes passent, et Winnie n'est toujours pas sortie.

Puis quelques autres.

Soudain, le pull commence à se contracter, même s'il est difficile d'expliquer comment… au début, du moins.

— Elle est en train de le manger ? demandé-je.

Il sursaute, puis attrape son col roulé et tire dessus. Ouais.

L'ourse a décidé que la meilleure manière de sortir était de manger l'obstacle.

Après avoir tiré plusieurs fois sur le pull et prononcé quelques mots apaisants en ruskovien, Dragomir a récupéré le vêtement. Il est en lambeaux, mais au moins, aucun morceau ne s'est retrouvé dans l'estomac du chien.

Sans la moindre raison, Dragomir *me* fusille du regard.

Tu parles d'un mauvais perdant ! Ce type doit être encore plus compétiteur que moi.

— Au moins, elle a trouvé une manière créative de se libérer, remarqué-je en songeant qu'un rameau d'olivier ne fera de mal à personne.

Son regard froid se réchauffe de quelques degrés.

— Vous avez quand même gagné cette manche. Quel est *votre* test ?

Je m'avance jusqu'au banc et ramasse les gobelets abandonnés, avant de les combiner avec celui qui comporte son numéro.

— C'est pour tester leur mémoire, expliqué-je.

Un sourire suffisant s'étale sur son visage.

— Je crois que je connais ce test, moi aussi.

Zut ! J'espérais avoir un avantage. Mais bon, au moins, je suis en tête pour l'instant.

— D'abord, on leur apprend qu'il y aura une friandise sous l'un des gobelets.

Je fais une démonstration en sortant un cookie pour chien gourmet et en le plaçant sous le gobelet de gauche.

— Gourdin, va chercher.

Il remue la queue, renverse le gobelet le plus à gauche avec son nez et avale la friandise.

— Winnie sait le faire aussi, dit Dragomir.

Il sort une friandise et la cache sous un gobelet.

Winnie incline la tête.

Il dit quelque chose en ruskovien.

Elle pointe son énorme museau vers le gobelet.

Avec un sourire affectueux, il soulève le gobelet et laisse le gros chien manger la friandise.

Quelque chose se serre en moi. Ce sourire lui va bien, mais encore une fois, à peu près tout lui va bien.

— Donc, dis-je en réfrénant l'envie d'activer les boules, maintenant qu'ils connaissent le protocole, on cache une friandise de manière qu'ils voient le bon gobelet, on les fait se retourner pendant trente secondes, et ensuite, on teste leur mémoire en les tournant à nouveau pour voir s'ils se dirigent vers le bon gobelet du premier coup. Ou au deuxième. Plus il leur faudra d'essais, pire sera leur performance au test.

Il hoche la tête.

— Les dames d'abord.

— Chien ou humain ?

Il sourit.

— Votre équipe passe en premier.

Je prends une autre friandise, la place sous le gobelet du milieu, fais se retourner Gourdin et compte trente Mississippi.

— Trente secondes, dit Dragomir, et je me rappelle qu'il possède une montre.

Oups ! Je suis bien contente que ce soit la mémoire de Gourdin que nous testions, et pas la mienne.

— Va chercher la friandise, mon chéri, dis-je.

Sans hésiter, Gourdin renverse le gobelet du milieu et avale la friandise.

— *Savoureux*.

Oui ! C'est qui, le plus malin ?

— À votre tour, dis-je à Dragomir, incapable de dissimuler la note de suffisance dans ma voix.

Il place sa friandise sous le gobelet du milieu et fait se retourner Winnie.

Trente autres Mississippi plus tard, il la retourne.

Elle incline à nouveau la tête.

Il lui donne un ordre en ruskovien.

Elle le regarde, l'air confuse.

Il réitère son ordre, un peu plus sèchement.

Elle se tourne à nouveau vers les gobelets, semble se concentrer, puis prend le gobelet le plus à droite dans sa bouche et se met à le mâcher.

Waouh ! Elle a vraiment cédé sous la pression.

— Winnifred, fu ! ordonne Dragomir, du ton de quelqu'un à qui on obéit sans poser de question.

Les oreilles basses, Winnie recrache le gobelet mâchonné et pointe le museau vers celui du milieu.

Il soulève le bon gobelet pour qu'elle puisse manger sa friandise.

J'attends quelques instants pour m'assurer de ne pas donner l'impression de jubiler.

— J'imagine qu'on a gagné.

— C'était à cause de l'odeur de café sur le gobelet, dit-il, sur la défensive. Elle adore le café.

Je croise son regard et demande :

— Vous voulez revenir sur votre pari ?

Il laisse échapper un soupir et lâche :

— Finissons-en.

Vu qu'il est sur le point de s'agenouiller, je fais un pas en arrière pour éviter qu'il voie sous ma jupe – ce serait un problème, surtout que je n'ai pas eu le moment d'intimité requis pour replacer mon *string*.

Dragomir pose ce qu'il reste de son col roulé au sol à côté de Gourdin, se met à genoux et surplombe le corps minuscule du chien.

— Prenez-le dans vos mains pour que vous soyez face à face, dis-je en m'efforçant de ne pas rire. À supposer que ça ne le dérange pas.

C'est aussi un test. Deux, en fait.

Premier test : Dragomir réagira-t-il comme un crétin en refusant ?

Deuxième test : Gourdin est plutôt doué pour juger les gens, quand on le touche. Par exemple, il grogne sur mes deux parents quand ils essaient. Alors, si Dragomir est *à ce point* diabolique, ça ne se passera pas bien.

À ma grande stupéfaction, celui-ci fredonne quelque chose en ruskovien et caresse délicatement Gourdin derrière l'oreille.

Suis-je jalouse de mon propre chien ?

Gourdin remue la queue.

L'opération Ramassage est clairement validée de son côté.

Dragomir le soulève doucement, le regarde dans les yeux et, avec une sincérité impressionnante, dit :

— Napoléon Bonaparte, je suis désolé. Tu es le chien – non, l'être vivant – le plus intelligent que j'aie jamais rencontré.

En réponse, Gourdin lui lèche le visage.

Je me mets à rire, et toute la tension entre nous explose comme un ballon trop gonflé.

Dragomir repose délicatement mon chien au sol et me sourit.

Apparemment, je n'étais pas la seule à me sentir jalouse. Winnie se précipite sur Dragomir et lui lèche aussi le visage – laissant l'équivalent d'une méduse géante de bave sur ses traits ciselés.

Mon fou rire devient hors de contrôle. Des larmes me montent aux yeux, mon nez se met à couler puis, à ma grande horreur, les muscles de mon vagin échouent dans leur tâche – et je sens les boules de Kegel m'échapper.

Mince ! J'ai réussi à courir et à avoir un orgasme sans perdre ces trucs glissants, pour être vaincue par un rire ?

Stimulée par l'adrénaline, j'en rattrape une avec mon genou. La deuxième, cependant, tombe au sol et roule vers Winnie.

Non !

S'il te plaît, ne…

Sans hésiter une seconde, l'ourse attrape la boule dans sa bouche.

— Fu ! m'écrié-je.

L'ordre ne fonctionne pas.

Winnie avale la boule.

<h1 style="text-align:center">Chapitre Six</h1>

―――――

Dragomir m'adresse un regard interrogateur.

Évidemment ! Il vient de m'entendre dire « fu ».

Comment lui expliquer ce qu'il vient de se passer ? *Mince, alors, votre chien doit aimer le goût de mes fluides féminins, parce qu'il vient d'avaler un sex-toy que je cachais dans mon vagin !*

Ai-je seulement besoin de lui dire quoi que ce soit ?

Winnie va-t-elle déféquer la boule ?

Argh, mais, et s'il y avait des complications ?

Je ne peux pas ne rien lui dire.

— Vous allez vous mettre en colère, dis-je tout en m'efforçant frénétiquement de trouver la manière la moins embarrassante de lui apprendre la nouvelle.

Il fronce ses épais sourcils.

— Que s'est-il passé ?

Je lui montre l'objet sphérique que j'ai rattrapé.

— J'essayais de me détendre en me servant de ces… euh… boules de méditation chinoises. L'une d'elles est tombée et Winnie l'a avalée.

Voilà. Ça me paraît crédible.

Malheureusement, pas besoin d'être linguiste pour savoir que le mot que grommelle Dragomir est un juron. Il s'accroupit à côté de Winnie et l'encourage à recracher l'objet – en vain.

Il marmonne un autre juron entre ses dents et bondit sur ses pieds. Il jette un coup d'œil à sa montre et commence à l'entraîner avec lui sans même me dire au revoir, ses longues jambes avalant les mètres à grands pas furieux.

Zut !

— Ça va aller ? lancé-je dans son dos.

— Qu'est-ce que j'en sais ?

Il a jeté cette question par-dessus son épaule, avec une telle intensité que les deux chiens aplatissent leurs oreilles.

— C'est pour ça qu'on va chez le vétérinaire, ajoute-t-il.

J'attrape Gourdin et lui cours après.

— Laissez-moi venir avec vous. Je m'en veux terriblement.

— Vous en avez déjà fait assez, réplique-t-il en accélérant le pas.

J'arrête de le pourchasser.

— Je vous appellerai pour m'assurer qu'elle va bien ! lui hurlé-je. Et je vous ferai savoir si Gourdin a des MST.

J'ai peut-être hurlé le mot MST un peu trop fort, parce que je reçois un tas de regards étranges de la part des passants.

Si Dragomir m'entend, il ne le montre pas.

— Eh bien, c'était vraiment nul, lâché-je.

Je fais demi-tour, récupère le gobelet sur lequel il a écrit et m'éloigne avec Gourdin.

———

Quand j'arrive chez moi, la première chose que je fais, c'est localiser mon téléphone pour pouvoir entrer le numéro de Dragomir dans mes contacts.

Je retourne le gobelet et le fixe, sidérée.

Il n'y a ni nom ni numéro dessus.

Enfin, il y a un nom, mais c'est celui d'une certaine Barbara.

Grr ! Je n'ai pas vérifié à deux fois, quand j'ai attrapé ce truc stupide, pour m'assurer que l'écriture dessus était la *sienne*.

— Je reviens, dis-je à Gourdin, avant de repartir au parc en courant.

Alors que j'approche de l'endroit où j'ai rencontré Dragomir, je remarque un camion d'éboueurs qui descend la rue. J'éprouve soudain une sensation désagréable au creux de l'estomac.

Celle-ci grandit quand j'arrive au terrain de jeux pour chiens.

Les deux gobelets que j'ai laissés derrière moi ont disparu.

Comme je le craignais, quelqu'un a nettoyé.

Sur le chemin du retour, je m'imagine Dragomir attendant mon appel, avant de conclure que je suis une personne affreuse, qui n'a rien à faire du sort de son chien – ce qui ne pourrait être plus éloigné de la vérité.

Quand je reviens dans mon appartement, je suis si contrariée que j'ai besoin de me changer les idées, alors je demande à Alexa de lancer la chanson préférée de Gourdin : *Who let the Dogs Out*[1].

Comme chaque fois que cette mélodie commence, Gourdin se met à hurler en rythme avec la musique, et aboie au moment des *wouf*. Même si j'ai déjà vu des tas d'autres chihuahuas chanter en rythme avec la musique sur YouTube, aucun n'a l'air aussi talentueux que le mien. En fait, il est si doué que je m'attends presque à ce qu'il compose un opéra pour chiens, un jour – qu'il appellera *La Bonerhème*.

— Tu es un génie, dis-je à Gourdin quand la chanson se termine.

Il remue la queue.

— Comme si je ne le savais pas, *ma chérie*.

Avec un sourire, je vais lui chercher son goûter, et quand je reviens avec, je le surprends en train de se lécher le trou de balle.

— Tu parles d'un génie, grommelé-je.

En voyant la friandise dans ma main, il se précipite vers moi et l'engloutit avec enthousiasme. Après ça, comme souvent, il s'élance vers Rémy, le sex-toy que j'ai conçu pour lui, et commence à le monter.

Rémy est un rat en peluche qui ressemble beaucoup à un chihuahua femelle, mais avec un minuscule faux vagin style manchon dedans. Lancer ce produit sur le marché est sur ma liste des choses à faire, mais pour l'instant, les besoins sexuels des humains sont une priorité plus importante pour mon entreprise.

— Mec, tu viens tout juste de baiser dans le parc ! remarqué-je doucement, pour éviter de lui donner un complexe sexuel. Il y a tout juste quelques minutes.

— C'est à ça que ressemble une libido saine, *ma chérie*. La jalousie ne te va pas.

Je souris et vais dans mon bureau pour lui donner un peu d'intimité.

Cela s'avère être une erreur. Maintenant que je suis seule, je me remets à penser à Dragomir.

Je saute sur mon ordinateur portable et fais des recherches sur la Ruskovie et le jeune homme.

Non. Trop de résultats, et aucun des premiers ne pointe dans sa direction.

C'est officiel : je n'ai aucun moyen de le contacter. Le mieux que je puisse faire, c'est espérer qu'on se rencontrera à nouveau dans cette section du parc, mais Gourdin et moi allons toujours là-bas et c'était la première fois qu'on tombait sur lui. Il ne doit pas venir ici souvent — et après ce qu'il s'est passé, je ne serais pas surprise qu'il évite complètement ce parc, à partir de maintenant.

Avec un soupir, je jette un œil à mon calendrier.

Super ! J'ai presque oublié que j'avais un rendez-vous important avec mon frère, plus tard dans la journée.

Je dois me vider la tête, *pronto*. Mais comment ?

L'une des options est de me masturber tout en pensant à Dragomir. J'ai toute une valise de jouets – tous conçus par moi et produits par mon entreprise, Belka.

Non, mauvaise idée. Je vais juste penser encore plus à lui.

Il est temps de sortir l'artillerie lourde.

J'allume ma télé et lance un film qui ne manque jamais de me remonter le moral : *La Reine des neiges*.

Depuis que je suis petite fille, on me compare de manière défavorable à la Reine des neiges, la méchante d'un conte de fées danois très populaire en Russie. Et puis Disney est arrivé et a transformé ce personnage en une princesse dure à cuire, ce qui a complètement renversé la situation. J'adore ce film, et pas seulement parce que j'ai toujours suivi la leçon principale de *La Reine des neiges*, même avant de l'avoir vu : soyez vous-même sans vous excuser pour ça.

Ou, selon les mots de ma chanson préférée de la bande originale : Je me fiche de ce qu'ils diront… de mes sex-toys.

Comme toujours, le film me met de bonne humeur. Après l'avoir regardé, je mange un peu et bois un café, puis travaille sur la conception d'un nouveau jouet. Je fais de bons progrès, et vais jusqu'à en lancer un prototype sur mon imprimante 3D.

Le moment venu, je prends un cadeau pour mon frère, enfile mon plus beau costume professionnel et mes bottes les plus géniales, avant de me rendre à son bureau.

Chapitre Sept

J e sors de l'ascenseur et souris à la plaque qui annonce « 1000 Diables. »

C'est la manière de mon frère de faire honneur à notre nom de famille, Chortsky, qui signifie « du diable. » Il a fait en sorte que « mille *chorts* » ne soit plus simplement un juron russe, mais aussi une superbe entreprise de développement de jeux vidéo.

J'ai employé une technique similaire. « Belka » est le nom que me donne notre mère quand elle est mécontente de moi – autrement dit, tout le temps. C'est pourquoi – en partie parce que ce mot signifie aussi « écureuil » – j'ai décidé de donner ce nom à mon entreprise de sex-toys.

Avant d'aller plus loin dans le hall, je tourne vivement en direction de l'armurerie et sélectionne deux de mes armes favorites. Les employés de ce bureau ont pour tradition de tirer sur les visiteurs avec des armes Nerf, et j'aime bombarder autant que je le peux.

Mes armes levées en mode Lara Croft, je fonce dans l'espace et parcours les environs des yeux à la recherche d'ennemis.

Pour je ne sais quelle raison, les employés masculins me tirent rarement dessus – pour ainsi dire jamais, même. Les employées féminines, en revanche, veulent toujours ma peau.

Mais j'ai un gros avantage. J'étais un vrai garçon manqué, quand j'étais petite, et j'ai deux frères, dont l'un a créé cette tradition de se tirer dessus. S'il y avait une SEAL Team Six[1] des attaques aux armes Nerf, j'en ferais partie.

La première femme qui me bondit dessus ne fait même pas d'effort. Elle tient son arme dans une main et un café dans l'autre.

Elle tire sans viser.

J'esquive, puis propulse une fléchette au niveau de sa clavicule. Comme je l'espérais, le projectile tombe de sa chemise et dans son gobelet.

Ça lui apprendra.

La femme suivante est plus âgée, alors je me montre plus respectueuse quand je décharge mon arme sur elle, en visant les jambes.

Je touche les deux suivantes avant même qu'elles aient eu l'occasion d'appuyer sur la détente.

Soudain, une fléchette me frappe entre les omoplates.

Alors on en est là ? On me tire dessus dans le dos ?

Je pivote en direction de l'attaquant et tire sans prendre le temps de viser.

Oups !

Il se trouve que je sais que cette femme s'appelle Karen, et elle devait être sur le point de hurler un cri de guerre, ou je ne sais quoi, parce que la fléchette est désormais dans sa bouche… peut-être même dans sa gorge.

Elle émet des sons étranglés tout en agitant les bras comme un poulet sans tête.

Je laisse tomber mes armes, me précipite vers elle et me prépare à pratiquer la méthode de Heimlich. Vu que mes parents possèdent un restaurant, tout le monde dans ma famille a appris à faire ça, juste au cas où.

Mais Karen n'a pas l'air d'avoir besoin de mon aide. Après avoir émis quelques sons étouffés supplémentaires, elle recrache la fléchette, se racle la gorge et m'adresse un sourire penaud.

L'incident jette un froid sur la fusillade, et personne ne vient m'embêter quand je ramasse mes armes et me dirige vers la salle de réunion.

Alex, mon frère aîné et le propriétaire de 1000 Diables, me serre affectueusement dans ses bras quand j'arrive.

Je m'écarte et lui souris. Avec ses yeux bleus, ses cheveux noirs, sa peau pâle et ses traits symétriques, il est comme mon reflet androgyne − surtout si vous ignorez son menton perpétuellement mal rasé.

Il s'assoit et secoue la tête.

— Si Karen te fait un procès, tu me devras beaucoup d'argent.

— Elle m'a tiré dans le dos, répliqué-je en m'installant face à lui. Quand on énerve le taureau, on se fait encorner.

Il sourit.

— Tu ne serais pas plutôt une vache, dans ce scénario ?

Je sors son cadeau de mon sac.

— Pourquoi tout ce qui a trait aux bovins est si sexiste ? Pourquoi le mot « vacherie » est péjoratif ? Pourquoi on parle de prendre le taureau par les cornes et pas la vache ? D'un taureau dans l'arène et pas d'une vache dans l'arène ? D'un Bull Terrier et pas d'une Cow Terrier ?[2] Et : oh, la vache ? Tu savais que les vaches tuaient plus de gens tous les ans que les requins ?

Il hausse les épaules.

— Eh, compte tenu du nombre d'entre elles qui se fait abattre pour notre bon plaisir, il me paraît normal qu'elles équilibrent un peu les choses de temps en temps !

— J'ai un cadeau pour toi, dis-je en faisant glisser la boîte sur la table.

Il jette un œil à l'intérieur en grimaçant.

— Eh, salut, lancé-je en endossant mon rôle de ventriloque.

Je prends une voix plus grave et geignarde, et la projette de manière qu'on ait l'impression qu'elle vient du renard.

— Je suis, genre, ta nouvelle petite amie. Tu as plutôt intérêt à m'utiliser, sinon…

Il se passe la main dans ses boucles sombres ébouriffées.

— Un autre sex-toy ?

J'affiche un sourire diabolique – j'ai l'occasion de me moquer de mes deux frères en même temps.

— C'est un manchon conçu avec le matériau breveté de Belka. Plus important encore, c'est le préféré de Vlad.

Vlad, le cadet de la famille, s'est récemment retrouvé embarqué dans le test de mes produits – avec son employée, en plus de ça. Maintenant, ladite employée, Fanny, est sa petite amie. Alors, naturellement, Alex et moi ne nous lasserons jamais de le taquiner là-dessus.

Le rire bas d'Alex est pour le moins embarrassant.

— Merci. Je crois. Sache juste que le reste du monde pourrait mal interpréter tes bonnes intentions s'agissant de nous faire ressembler aux Lannister… ou aux Borgia.

—Je me fiche totalement des rumeurs, rétorqué-je avec désinvolture.

— Et si je te disais que je peux me procurer mes jouets moi-même ? dit-il. Je peux même les acheter sur ton site en ligne.

Je lui adresse un autre sourire diabolique.

—Je te propose un marché. Trouve-toi une petite amie, et les cadeaux s'arrêteront peut-être.

Il roule des yeux.

— Tu ne ferais pas du deux poids deux mesures ? Quand commenceras-tu à sortir avec des hommes ?

Je ressens une pointe de regret. Si je n'avais pas perdu ce gobelet, peut-être…

— Eh, petite sœur, je suis désolé ! dit Alex en se méprenant sur mon expression. J'avais oublié que c'était un sujet sensible.

Il parle de ma dernière relation désastreuse. Ce salopard s'est avéré être marié – un mensonge par omission qui m'a dévastée.

— Je vais bien, dis-je en balayant les mauvais souvenirs. Et si on se mettait au travail ?

— D'accord, répond-il en cachant mon cadeau sous la table. Ça a un rapport avec le projet professionnel que tu essaies de lancer ? Le costume sexuel qui fonctionne en réalité virtuelle ?

— Je préfère voir ça comme une expérience sexuelle immersive, mais oui. L'idée est de démocratiser le plaisir. De procurer des relations sexuelles aux gens qui ont du mal à en profiter, pour une raison x ou y, ou qui ne veulent pas en avoir avec de vraies gens. Les grands brûlés, les handicapés, ceux qui souffrent d'une maladie sexuellement transmissible très contagieuse ou d'anxiété sociale invalidante… La liste est longue. Ce même produit peut aussi aider les gens en relation à longue distance, ainsi que les astronautes et…

— Eh, tu n'as pas besoin de me vendre ton produit, m'interrompt-il. Je trouve ce projet très cool, et il fera peut-être de toi la plus riche de la famille.

— Tu sais bien que je ne suis pas intéressée par l'argent… même si c'est un peu pour ça que je suis là.

En un clin d'œil, son carnet de chèques apparaît dans sa main.

— De combien tu as besoin ?

Je souris.

— Tu n'as pas la somme dont j'ai besoin. L'équipement de réalité virtuelle coûte très cher.

Il émet un sifflement et demande :

— Tu comptes concevoir un casque VR ? Je croyais que c'était juste le costume.

Je secoue la tête.

— Les entreprises de réalité virtuelle dans le commerce sont frileuses s'agissant de leur App Store, et leurs casques ne sont pas très adaptés pour les gens avec des têtes plus petites — comme les femmes. Et puis, le mieux serait un costume avec un équipement VR intégré, de toute façon. J'ai trouvé une entreprise prometteuse qui fabrique des casques ajustables et qui ne s'en sort pas très bien. Je voudrais la racheter et l'intégrer à mon projet.

— Waouh ! dit-il en reposant son chéquier. Tu veux racheter une entreprise de réalité virtuelle ? Facebook n'a pas payé deux milliards pour acquérir Oculus ?

— Ce ne sera pas au même niveau, mais oui. C'est pour ça que je cherche des investisseurs.

— Et ?

Je pousse un soupir.

— Ça fait des mois que je cherche, sans succès. Je

ne sais pas si c'est à cause de l'activité principale de Belka, de mon genre ou de la manière dont je présente mes compétences, mais personne ne mord à l'hameçon.

— En quoi puis-je t'aider ? demande-t-il en croisant les doigts devant lui.

Je sors une clef USB de mon sac et la fais glisser vers lui.

— Tout est là-dedans. Pour résumer, je veux démarrer un projet commun avec toi, qui semblera peut-être plus attrayant pour de potentiels investisseurs que si c'était uniquement le mien. Les détails sexuels n'ont pas besoin d'être particulièrement mis en avant dans notre présentation.

— La stratégie de l'appât ? dit-il en mettant la clef USB dans sa poche.

— En quelque sorte. On leur dira la vérité : c'est moi qui construirai l'équipement, et tu dirigeras l'équipe qui concevra le logiciel. Le projet restera catégorisé en tant que divertissement pour adulte.

Il gratte son menton mal rasé.

— Et que fera le logiciel, officiellement ?

— À toi de voir. Je pensais à du casino, ou à une simulation de vie comme dans Second Life ou les Sims.

Il sourit.

— Et on évite juste de mentionner que le casino aura une section sex-club, ou que l'activité la plus populaire dans cette simulation de vie en réalité virtuelle sera d'avoir des relations sexuelles ?

— C'est ça. En tout cas pas tant qu'ils ne nous posent pas explicitement la question.

En d'autres mots, ce sera un mensonge. Je ne me fais pas d'illusions là-dessus. Ne pas parler à quelqu'un d'un détail important — comme de sa situation de famille —, *c'est* un mensonge.

Alex tapote des doigts sur la table.

— Ça fait beaucoup de choses auxquelles réfléchir.

— Étudie tout ce qu'il y a sur cette clef USB et fais-moi savoir ta décision, s'il te plaît, dis-je en me levant. Si tu n'es pas intéressé, j'irai voir Vlad. Ça me paraissait être plus ta tasse de thé.

Il se lève à son tour.

— C'est vrai. J'ai déjà une certaine expérience s'agissant des jeux vidéo VR. Ils sont tous publics, mais quand même. Et puis, je dois dire que ça me semble très prometteur, à la fois en tant que projet de codage et financièrement.

Je lui sors une phrase de mon laïus actuel pour les investisseurs :

— Le porno est une industrie à cent milliards de dollars. Elle est en perdition à cause du piratage et du contenu gratuit, mais ce ne sera pas un problème pour ce projet, parce que nous vendrons des costumes spéciaux. En plus, les applications et les jeux en réalité virtuelle sont plus difficiles à pirater.

Il s'avance vers la porte de la salle de réunion et me l'ouvre.

— Si les investisseurs s'inquiètent pour le piratage,

je pourrai leur parler des démarches que nous engageons pour les jeux de 1000 Diables.

Je dépose un baiser sur sa joue avant de partir et ajoute :

— Je savais que tu pourrais m'aider. Fais-le-moi savoir dès que tu auras pris ta décision.

Chapitre Huit

— Une livraison standard de chapelets anaux ? demandé-je en vérifiant une deuxième fois auprès de la représentante au téléphone.

— Oui. Nous voulons aussi doubler notre commande de plugs anaux, ajoute-t-elle.

—Je vais mettre mon équipe là-dessus.

— Merci, répond-elle, avant de raccrocher.

Je pousse un soupir. Je me suis fait un point d'honneur d'embaucher quelqu'un pour qu'il se charge des magasins de jouets pour adulte, et pourtant il m'arrive encore de devoir gérer les appels moi-même, surtout ceux provenant des plus gros clients.

Avant d'oublier, j'écris un e-mail à la personne qui aurait dû prendre cet appel et lui envoie une copie de toute l'équipe logistique de Belka pour faire bonne mesure. J'évoque les articles par leur numéro de vente plutôt qu'en utilisant des termes comme « chapelet anal » ou « plug anal », cela évite la majorité des gloussements injustifiés, surtout auprès des nouveaux employés.

Vu que je suis déjà passée en mode femme d'affaires, je jette un œil à nos ventes sur Amazon ainsi que chez nos autres revendeurs principaux.

Les affaires vont bien, même si la gamme de jouets intelligents ne se vend pas encore aussi bien que je le voudrais. Nos meilleures ventes sont encore le Concombrenator, un godemichet en forme de concombre que j'ai conçu sur un coup de tête, et le Poulpator, un masseur de clitoris en forme de poulpe conçu à partir de notre matériau breveté qui lui donne vraiment la texture d'un poulpe.

Durant le restant de la journée et les deux jours qui suivent, j'attends qu'Alex prenne sa décision et m'empêche de penser à Dragomir en concevant de nouveaux jouets et en travaillant sur le costume de réalité virtuelle.

Je promène aussi Gourdin dans la même partie du parc, sans succès. Je n'ai toujours pas recroisé l'ourse et son propriétaire sublime. Je vais juste devoir espérer que Winnie a éliminé la boule avec ses excréments sans problème.

Le lendemain matin, alors que je rentre chez moi après ma balade au parc, je reçois un message de ma meilleure amie, Xenia. Il est en russe, mais écrit avec des lettres anglaises.

Viens déjeuner avec moi. J'ai trouvé un endroit où les chiens sont autorisés.

Je n'ai plus revu Xenia depuis un bon moment, alors je m'empresse de répondre par l'affirmative, choisis un cadeau à lui offrir et ressors de chez moi sans attendre, Gourdin sur les talons.

———

Le restaurant qui accepte les chiens s'avère aussi accueillir les enfants — ce qui n'est pas franchement tolérable pour les chihuahuas.

— *Ma chérie,* tiens ces *monstres* géants éloignés de moi, semblent dire les yeux effrayés de Gourdin.

Je repousse d'un geste un garçon et une fille de cinq ans loin de notre table, tout en maudissant Xenia entre mes dents pour son retard.

Une fois la menace des enfants écartée, je me remets à gribouiller sur la nappe en papier. Quand Xenia arrive enfin, notre table est complètement recouverte de petits pénis. En plus d'être mignons, ils ont pour avantage supplémentaire de motiver la plupart des mères à tenir leur progéniture éloignée de mon chien.

— Salut, ma belle, lance Xenia en russe tout en m'embrassant sur les deux joues.

— Salut, bébé, dis-je en anglais.

Nous parlons toujours dans un mélange d'anglais et de russe ; comme ça, elle peut améliorer son anglais et moi mon russe.

— Joyeux anniversaire en retard, lancé-je en lui fourrant une boîte dans les mains. Et ne t'en fais pas, je ne te demanderai pas quel âge tu as. Seulement ton poids.

Âgée d'une soixantaine d'années, Xenia est ma plus vieille amie – à la fois en termes d'âge et de la durée depuis laquelle on se connaît. En fait, notre amitié remonte à l'époque où elle était chef cuisinière dans le restaurant de mes parents. Nous sommes restées en contact après qu'ils l'ont virée pour « vulgarité » et pour m'avoir « corrompue. » Évidemment, la vérité est tout le contraire. Même quand j'étais adolescente, j'avais une influence bien pire sur elle qu'elle n'en avait sur moi.

— Merci.

Elle secoue la boîte, l'air sceptique, et baisse la voix :

— C'est encore un autre godemichet ? demande-t-elle dans un murmure.

— Ouvre-le et tu verras.

Elle obéit, après avoir regardé furtivement autour d'elle.

— C'est *bien* un godemichet.

— Un fait sur mesure que j'ai imprimé rien que pour toi. Je l'ai conçu une semaine avant ton anniversaire, mais j'ai attendu qu'il soit passé pour te le donner.

Elle hoche la tête d'un air approbateur. Encore plus superstitieuse que moi, Xenia sait que donner un cadeau d'anniversaire à quelqu'un ou le lui souhaiter avant la date est inacceptable. Dans la tradition russe, on ne peut faire ça que le jour même ou après coup.

— Tu vois cette espèce de mauvais œil au bout ? demandé-je.

Elle retire à moitié le godemichet de la boîte pour pouvoir examiner sa tête en forme de champignon.

Vu que Xenia craint toujours la poisse ou le mauvais œil, elle porte une amulette nazar en forme d'œil pour tenir les mauvais esprits et les intentions malveillantes à l'écart. Maintenant, elle possède aussi un jouet décoré selon le même motif.

Alors qu'elle l'examine, elle rougit et fronce les sourcils.

— Tu crois que quelqu'un pourrait me jeter le mauvais œil à cet endroit ? demande-t-elle en baissant les yeux sur son corps. Mon Jeune Étalon est le seul à le voir. Enfin, avec le docteur.

Je hausse les épaules.

— Mieux vaut prévenir que guérir.

Xenia est veuve, et elle est célibataire depuis de nombreuses années. Mais récemment, elle a rencontré un homme de quarante-cinq ans qu'elle a surnommé son « jeune étalon. » Selon elle, il ressemble à Liam Neeson, la célébrité pour laquelle elle a le béguin. Ayant déjà rencontré Jeune Étalon, je trouve personnellement que, avec son ventre de buveur de bière et sa barbe grise broussailleuse, il ressemble plus au père Noël, mais je ne dirais jamais ça à Xenia, vu que j'approuve de tout cœur le fait qu'elle ait une relation.

— Maman, c'est quoi, ça ? demande une petite fille, le doigt pointé vers le cadeau de Xenia et les yeux écarquillés.

Je prends une voix plus grave et la projette de manière qu'elle semble venir de la boîte que tient mon amie.

— Je suis le nouveau meilleur ami très spécial de la gentille dame.

La petite fille regarde le godemichet, bouche bée, jusqu'à ce que sa mère l'entraîne à l'écart tout en marmonnant quelque chose à propos des cinglés.

Xenia rit et range son cadeau.

— Quand vas-tu te trouver un homme, plutôt que de t'amuser avec ces jouets ?

Avant que j'aie eu le temps de répondre, un serveur arrive et nous commandons toutes deux un mimosa et des œufs Bénédicte.

Quand il s'éloigne, je parle à Xenia de Dragomir.

— Waouh ! dit-elle. Tu sais, c'est bien de s'envoyer en l'air avec quelqu'un qu'on déteste.

Elle lève les yeux, découvre le serveur devant notre table avec un plateau et rougit. Il a clairement entendu ses dernières paroles pleines de sagesse.

Une fois que notre nourriture et nos boissons sont sur la table et que nous avons retrouvé notre intimité, je réponds :

— Je ne peux rien faire du tout avec lui. J'ai perdu son numéro de téléphone.

Elle balaie cette remarque de la main avec dédain.

— Si vous êtes destinés vous à vous retrouver, vous

vous retrouverez. Tu te souviens quand tu as enfilé ce haut à l'envers, le mois dernier ? Je t'avais bien dit que ça signifiait que tu rencontrerais quelqu'un.

Xenia connaît certaines superstitions très obscures, et pour une raison que j'ignore, la plupart ont un rapport avec les vêtements. Récemment, j'ai accidentellement porté un T-shirt retourné, et elle m'a affirmé que j'allais me faire tabasser à moins qu'une amie me frappe en premier. Alors, elle m'a cognée. C'est ce qu'on appelle une prophétie autoréalisatrice.

— Je vais continuer de promener Gourdin dans cette section du parc. Il reviendra peut-être.

Je lance une friandise à mon ami à quatre pattes, et il remue la queue avec gratitude.

Xenia se donne une tape sur le front et fouille dans son sac, avant d'en sortir un sachet en plastique.

— C'est pour le petit diable, dit-elle avec un sourire.

La nouvelle entreprise de Xenia est spécialisée dans la nourriture gourmet pour chien, alors je sais que Gourdin appréciera le contenu.

Vu que nous avons de la compagnie, je projette la voix de Gourdin sous la table pour faire plaisir à Xenia.

— *Ma chérie*, laisse-moi goûter la marchandise avant de la dissimuler.

Je lui jette l'une des créations de Xenia et reprends :

— Ah, Xenia ! Tu es un *génie culinaire*.

— Merci, répond Xenia à Gourdin, avant de lever

les yeux vers moi. Tu crois que ce Dragomir pourrait être le bon ?

Elle ne parle pas du grand amour. En tout cas, je ne crois pas. Elle est l'une des rares personnes au courant du problème dont je souffre depuis ma dernière mauvaise relation : je n'arrive pas à avoir un orgasme avec un homme. Alors quand Xenia dit « le bon », elle veut généralement dire « celui qui réussira à te faire jouir sans l'aide d'un sex-toy ».

Je hausse les épaules.

— C'est possible. J'ai *déjà* eu un orgasme à côté de lui, en fait.

Elle écarquille les yeux, et je lui parle des boules de Kegel.

— Tu ne portes pas ces trucs en ce moment, n'est-ce pas ? demande-t-elle en plissant légèrement le nez.

— Non, mais tu devrais sûrement, toi. Jeune Étalon apprécierait sûrement le résultat.

— Je trouve que ça chatouille, répond-elle. Maintenant, si tu m'en disais plus au sujet de cet homme ?

— Comme quoi ?

— Eh bien, avec un nom comme Dragomir, est-ce qu'il est russe ?

— Non. Ruskovien.

Les yeux de Xenia s'arrondissent.

— Ruskovien, hein ? Ils ont une certaine réputation.

— Celle d'être malpolis ?

Elle regarde autour d'elle et répond :

— Celle d'être bien montés.

Je manque de m'étrangler avec mon mimosa.

— Ne bouge pas.

Elle me dévisage en plissant les yeux, puis tend la main et attrape quelque chose sur ma joue.

— Un cil, dit-elle en me le montrant. Fais un vœu.

Je souffle sur le cil, comme le veut la superstition. Tout en le faisant, je souhaite tomber à nouveau sur Dragomir, pour pouvoir vérifier si la déclaration de Xenia s'avère véridique en ce qui le concerne – uniquement pour la science, bien sûr.

Une seconde. J'aurais plutôt dû souhaiter quelque chose en rapport avec mon nouveau projet. Eh bien tant pis ! Avec un peu de chance, je perdrai un autre cil bientôt.

Nous passons le reste du déjeuner à nous donner des nouvelles au sujet de notre vie professionnelle. Alors que je suis sur le point de partir, Xenia m'empêche d'utiliser mon baume pour les lèvres et explique :

— Si tes lèvres sont assez sèches, elles te démangeront, ce qui signifiera que tu embrasseras quelqu'un bientôt.

Hum ! Je me demande si laisser sécher ses lèvres à dessein ne risque pas d'annuler cette superstition. Mais juste au cas où, je n'applique pas de baume à lèvres.

— Tiens-moi au courant pour Dragomir, dit Xenia alors que nous nous étreignons pour nous dire au revoir.

Je pousse un soupir et fais un pas en arrière.

— Je doute qu'il y ait la moindre nouvelle à ce sujet, mais je le ferai.

———

Avant de rentrer à la maison, j'emmène Gourdin au parc au cas où la magie du cil entrerait en action.

Non.

Quand nous arrivons chez moi, je regarde si j'ai reçu un message d'Alex.

Ah ! ah ! Il veut me parler, alors, je l'appelle.

— Salut, petite sœur.

— Salut. Tu as pris ta décision ?

—Je suis partant. Il faut qu'on parle des détails.

Un trajet en taxi et une fusillade plus tard, je suis de retour dans son bureau, où nous discutons de la logistique du projet et du financement durant le restant de la journée. Vu que son entreprise est la plus respectable des deux, et que c'est lui qui a un pénis, nous décidons qu'il rencontrera les investisseurs en premier, avant de me faire venir quand ce sera nécessaire.

Nous nous répartissons aussi les tâches. Je dois continuer à travailler sur le costume, et il va concevoir deux démos du logiciel : une sexy et une épurée.

———

La première réunion d'Alex avec les investisseurs a lieu la semaine qui suit, et notre stratégie fonctionne. Nous obtenons nos premiers soutiens. Malheureusement, ils ne sont prêts à engager qu'une somme modeste.

Malgré tout, quand je rentre ce soir-là, j'ai la sensation que je devrais fêter ça, alors je me sers un verre de vin et lance un film qui ne manque jamais de m'exciter : Michael Fassbender dans le rôle de Steve Jobs.

Ce n'est pas que j'apprécie particulièrement l'un de ces deux hommes. C'est juste que j'adore les hommes qui portent des pulls à col roulé.

Je sors mon vibromasseur préféré de ma valise de jouets et prends mon pied, sauf qu'au lieu du film, c'est une image mentale de Dragomir vêtu d'un col roulé qui me fait jouir.

Dieu merci, les jouets existent ! Quand j'étais adolescente, je me suis presque endommagé le canal carpien à force de me masturber devant la couverture d'album de *With the Beatles* − celle où tout le groupe porte des cols roulés. Je faisais aussi ça avec la très vieille émission *Cosmo*, dans laquelle le présentateur, Carl Sagan, portait toujours un col roulé.

Ce dernier est peut-être aussi la raison pour laquelle j'ai développé une passion pour la science, ce qui a mené plus tard à mon obsession pour l'ingénierie et, ensuite, tout naturellement, à la conception de sex-toys high-tech.

Pour citer *Le Roi Lion*, c'est l'histoire de la vie.

Chapitre Neuf

— *L*equel vous paraît le mieux : un godemichet à fixer à une perceuse, un stimulateur de clitoris à fixer à une brosse à dents électrique, ou une selle à placer sur une machine à laver ? demandé-je à mon groupe de réflexion sur Zoom. Ou aucun de ceux-là ?

L'appareil à fixer sur une brosse à dents finit par remporter la partie, alors j'en conçois plusieurs, qui fonctionneront avec les marques de brosses à dents électriques les plus populaires.

Alors que je déjeune après ma frénésie de conception, je reçois un appel vidéo de mon frère, Vlad.

— Ton nouveau projet, dit-il dès que je vois son visage, presque identique à celui d'Alex, mais en moins négligé et avec des lunettes. Je veux participer.

Je souris à la caméra.

— Bonjour à toi aussi.

— Désolé. Salut, petite sœur. J'étais juste un peu contrarié d'avoir été laissé à l'écart.

— Oh, désolée ! Je ne voulais pas te mettre dans une position inconfortable. On sait tous les deux que si je t'avais demandé cet argent, tu aurais voulu dire oui sans même savoir pour quoi c'était.

Son expression sévère s'adoucit.

— Je n'avais pas pensé à ça.

Mon sourire s'élargit et je lance :

— Après tous les tests que tu as effectués pour Belka, je me disais qu'il était temps que je m'impose plutôt auprès d'Alex.

Il roule les yeux.

— Eh bien, Alex m'a parlé de ton projet, et je veux investir dedans ! Parlons des détails.

C'est ce que nous faisons, et au passage, il accepte de nous aider, Alex et moi, avec la cybersécurité – sa spécialité. Il trouve aussi un nom sympa pour le projet : Projet Morpheus. Et le dernier point, mais pas des moindres, c'est qu'il s'engage à hauteur d'un million de dollars, ce qui me rapproche un peu plus de mon objectif.

———

La semaine suivante, nous tentons de traquer d'autres investisseurs, sans vraiment de succès. Je ne tombe pas non plus sur Dragomir dans le parc – double déception.

Mais le mardi, j'ai le hoquet, ce qui signifie que quelqu'un se souvient de moi. J'espère que c'est lui.

La semaine d'après est la même que la précédente : pas de nouveau financement, et pas de Dragomir. Mais le mercredi, mes oreilles me paraissent chaudes, ce qui signifie que quelqu'un pense à moi – encore une fois, j'espère que c'est lui.

Le jeudi soir, Xenia passe chez moi pour un marathon de films avec Liam Neeson. Il s'avère que lui et beaucoup d'autres acteurs masculins portent des cols roulés dans *Love Actually* – une information que j'enregistre dans ma banque de contenus orgasmiques en lien avec les cols roulés, qui grandit sans cesse.

Le dernier film que nous regardons est *Star Wars*, et voir son acteur préféré les cheveux longs et doté de pouvoirs de Jedi doit faire beaucoup d'effet à Xenia, parce qu'elle s'évente chaque fois que son personnage apparaît à l'écran.

Quand le générique se lance, je tente de la convaincre d'essayer mes jeux en réalité virtuelle – l'un de mes passe-temps préférés.

— Tu aimerais beaucoup *Beat Saber*, dis-je en lui tendant le casque de VR. C'est un jeu dans lequel on tient deux sabres laser, exactement comme Liam dans *Star Wars*, et on s'en sert pour frapper des notes au rythme de la chanson que tu veux.

Elle accepte avec réticence, alors je place le casque sur sa tête et lui mets les manettes dans les mains.

Gourdin s'écarte – il se souvient clairement de la

fois où j'ai failli le piétiner, durant ma dernière session de VR.

Dès que la partie commence, Xenia se met à hurler comme un putois en russe et agite tellement les bras dans tous les sens que l'une des manettes lui échappe des mains et me heurte le sein.

Tout en massant la blessure, j'aide mon amie à échapper au casque diabolique.

— Je crois que la réalité virtuelle n'est pas faite pour toi, dis-je alors qu'elle me fusille du regard.

Dommage ! Jusqu'à maintenant, Xenia était sur ma liste de bêta-testeurs potentiels pour le costume sexuel en VR du Projet Morpheus.

Est-ce de l'amusement que je décèle dans les yeux de Gourdin ?

— *Ma chérie*, j'ai soudain très envie de poulet, de préférence avec la tête coupée.

Le vendredi de la semaine suivante, Alex m'apprend qu'il a trouvé un « gros poisson » — une société de capital-risque aux poches bien remplies, qui pourrait engager tout l'argent dont on a besoin d'un coup. Ils aiment ce que nous avons à proposer, et maintenant, ils veulent me rencontrer pour obtenir tous les détails techniques au sujet de l'équipement.

Je suis tellement surexcitée que je me donne trois orgasmes en utilisant mes meilleurs jouets, puis je reste éveillée toute la nuit pour policer ma présentation. Quand le matin arrive, j'ai un peu les yeux bouffis, mais je suis fraîche et dispo et parfaitement prête.

J'enfile mon costume d'affaires conservateur, glisse mes pieds dans mes talons aiguilles préférés, me tartine de maquillage comme de peintures de guerre, et je prends un taxi jusqu'au centre-ville.

Tout le fric nécessaire pour financer mon rêve, me voilà !

Chapitre Dix

Tout, dans cette entreprise, empeste le luxe, du bâtiment brillant en verre et en acier jusqu'au sol en marbre immaculé, en passant par la salle de réunion gigantesque et pleine de testostérone dans laquelle j'entre.

Alex me fait un clin d'œil, puis il s'adresse aux huit autres hommes présents dans la pièce, une expression sérieuse sur le visage.

— Messieurs, je vous présente Bella Chortsky, ma partenaire et l'experte en équipement que nous attendions.

Le type qui semble être le chef de file était en train de me reluquer comme si j'étais un bonbon. Maintenant, il arbore une expression déçue non dissimulée.

— Elle va nous expliquer comment fonctionnera l'équipement ? demande-t-il en appuyant beaucoup trop sur le *elle*.

Son accent fait penser à l'Europe de l'Est, et son visage me paraît vaguement familier, pour une raison que j'ignore, même si je suis sûre de ne l'avoir jamais rencontré jusqu'alors.

Je gratifie ce connard de mon regard glacial de Reine des neiges.

Alex crispe les mains contre ses flancs.

— En effet. C'est elle, l'experte. Diplômée du MIT, figurez-vous, avec…

— Je ne voulais pas sous-entendre quoi que ce soit.

Le type s'éloigne de mon frère d'un pas. Malgré son comportement généralement décontracté, celui-ci peut être assez effrayant, quand il est en colère.

— Et si vous passiez en revue les spécificités techniques du costume pendant qu'on attend monsieur Lamian ?

— Bien sûr, répond Alex en reprenant une expression agréable. Je cède la place à Bella, ma sœur ainsi que la coactionnaire du Projet Morpheus.

Le type me tend sa main moite et je la serre avec un sourire faux.

— Je suis Marco Fluroff, se présente-t-il. Vous pouvez m'appeler Marco.

— Et vous pouvez m'appeler Bella.

J'extrais ma main de la sienne et résiste à l'envie d'essuyer sa sueur sur ma paume.

Attendez un peu. Marco ? Voilà qui il me rappelle. Le méchant dans *Taken*, le film que j'ai regardé à nouveau avec Xenia pendant notre marathon spécial Liam Neeson. Même le nom du trafiquant d'êtres humains du film était le même : Marco.

Je monte sur le devant de la scène, j'ouvre ma présentation et me lance dans mon laïus soigneusement répété à propos de l'équipement. Alors que je passe en revue tous les détails techniques, je ne peux m'empêcher de m'imaginer prononcer une version paraphrasée de l'ultimatum de *Taken* à ce Marco :

— Je possède un ensemble de compétences très spécifiques ; s'agissant de concevoir des sex-toys. Je les ai acquises au fil d'une longue carrière destinée à aider les gens excités. Ces compétences font de moi un cauchemar pour les gens comme vous. Si vous me donnez l'argent maintenant, tout sera terminé — je ne vous chercherai pas, je ne vous poursuivrai pas… mais si vous ne le faites pas, je vous chercherai, je vous trouverai… et je vous enfoncerai un énorme godemichet dans le cul.

— Des questions ? lancé-je avec un sourire éclatant une fois que j'ai énuméré tous les points essentiels.

Marco hausse les épaules et jette un coup d'œil à un homme à lunettes.

— Eugenius ?

Le type se lève.

— Juste pour clarifier les choses, le retour tactile que vous avez intégré au costume permettra aux utilisateurs de sentir un contact aussi léger que celui d'une plume ?

Une plume si vous jouez à vous chatouiller, ou le baiser d'un amant, ainsi qu'un coup de langue… mais je garde tout ça pour moi.

— C'est ça. Comme vous pouvez l'imaginer, cela permettra d'éprouver des sensations très réalistes tant qu'on portera le costume.

— Intéressant, dit Eugenius d'un ton approbateur. Ce sera adaptable pour les utilisateurs plus sensibles ?

— Tout à fait.

Il se rassoit. J'adresse un regard de défi à Marco et demande :

— Et vous ? Avez-vous compris quoi que ce soit à ce que j'ai dit ?

Compte tenu de la manière dont son regard s'est vidé quand je suis passée aux explications techniques, j'en doute fortement.

Il se racle la gorge et répond :

— Je suis plutôt spécialisé dans les finances, mais tout cela m'a paru très clair. Et je viens de recevoir un message de monsieur Lamian. Il va bientôt arriver dans la…

Les portes s'ouvrent et un homme grand à la carrure musclée et vêtu d'un costume sombre entre dans la pièce.

Ses yeux noisette perçants se posent sur moi − et se plissent immédiatement en deux fentes comme ceux d'un chat.

Bordel de merde !

Mon cœur se met à battre à toute vitesse et tout mon corps rougit.

C'est lui, monsieur Lamian ?

Je le connais sous un autre nom.

Son prénom.

Dragomir.

Chapitre Onze

— *V*ous ? grogne Dragomir tout en traversant la pièce vers moi à grands pas.

— Vous ? m'exclamé-je presque en même temps.

Tout le monde nous regarde d'un air confus.

Je ne peux pas leur en vouloir. Dragomir semble à deux doigts de cracher du feu.

— J'ai perdu le gobelet avec votre numéro, lâché-je avant qu'il ait eu le temps de m'accuser de quelque chose d'affreux.

— Une excuse bien pratique, rétorque-t-il.

Son regard parcourt la pièce et il ordonne :

— Laissez-nous.

Son entreprise n'est pas une démocratie, c'est une certitude. Marco et les autres bondissent sur leurs pieds et s'éparpillent comme des cailles devant un chasseur.

Seul Alex reste. Il vient se placer entre Dragomir

et moi et une expression inquiétante habille son visage.

— Qui êtes-vous et que voulez-vous à ma sœur ?

— Tout va bien, assuré-je en russe. Je l'ai déjà rencontré. Il a une bonne raison d'être en colère. C'est un malentendu. Je vais arranger ça.

Si mes ovaires n'explosent pas, en tout cas. Dragomir est si séduisant dans ce costume – peut-être encore plus qu'avec un col roulé. Non, c'est un blasphème. Mais peut-être un costume par-dessus un col roulé ? Ouais, ce serait…

Attendez, qu'est-ce qui me prend ? Je dois me concentrer. Le projet de mes rêves est en jeu.

— Je n'en ai rien à foutre de ses raisons, grogne Alex en russe. S'il s'avise de…

— Je veux juste parler, l'interrompt Dragomir dans un russe au fort accent. Je ne lui ferai jamais de mal. Pour quel genre de sauvage vous me prenez ?

Il est trilingue ? J'imagine que ça ne devrait pas me surprendre. Beaucoup d'habitants d'Europe de l'Est apprennent le russe en deuxième langue. L'anglais aussi, d'ailleurs.

— Juste parler ? répète Alex, son expression féroce s'adoucissant un peu.

Je crois qu'il vient de se souvenir que je n'étais pas une préadolescente et que nous nous trouvions dans un environnement professionnel, pas sur un terrain de jeu rempli de petites brutes. Non pas que j'aie jamais eu besoin que mes frères s'occupent des petites brutes pour moi, au grand désespoir de ma mère.

— La discussion sera sûrement très courte, en plus, répond Dragomir en repassant à l'anglais. Est-ce qu'on pourrait avoir un peu d'intimité, s'il vous plaît ?

Alex se dirige vers la porte avec réticence. Avant de sortir, il se retourne et adresse un autre regard noir à Dragomir, juste au cas où.

— Si vous faites du mal à ma sœur de quelque manière que ce soit, ça ne se terminera pas bien pour vous.

Il est si convaincant que je dois me remémorer qu'il est ingénieur informaticien, et pas un homme de main de la mafia tout droit sorti des *Promesses de l'ombre*.

— Winnie va bien ? demandé-je aussitôt qu'Alex a refermé la porte. La boule est ressortie ?

Dragomir hoche la tête.

— Tout s'est résolu le jour même.

Il m'étudie d'un regard intense, et ses yeux changeants semblent osciller entre le vert et le brun parsemé d'or.

— Vous avez fait un test MST à Bonaparte ?

Zut ! Je suis tentée de mentir, mais ce ne serait pas sympa. J'opte pour la vérité.

— Je suis désolée. Je n'avais pas vos coordonnées, alors je n'ai pas cru ça nécessaire.

Maintenant que j'y réfléchis, j'aurais dû le faire quand même – et je l'aurais fait, si je n'avais pas été si occupée par les recherches de financement.

Dragomir pince les lèvres.

— Comme je l'ai dit, c'est une bonne excuse.

Je fais un pas vers lui en m'efforçant de ne pas songer à quel point ses lèvres semblent sexy, même maintenant.

— Écoutez-moi, s'il vous plaît. Je sais de quoi ça a l'air. Si j'étais vous, je serais sûrement sceptique aussi, mais je vous jure que c'est un malentendu. J'ai pris un gobelet sur lequel il y avait quelque chose d'écrit, mais je me suis ensuite rendu compte que ça disait juste « Barbara. » Je suis aussitôt retournée au parc en courant, mais il venait d'être nettoyé et les poubelles ramassées. J'y suis allée tous les jours après ça dans l'espoir de vous retrouver, vous et Winnie, et de tout vous expliquer.

Et pour le revoir, mais je ne le lui dis pas. C'est beaucoup trop tôt. Et puis, me rapprocher de lui était stratégiquement un mauvais calcul – en tout cas pour ce qui est de ma capacité à garder l'esprit clair. Alors que cette subtile note de cannelle me chatouille les narines, tout ce dont j'ai envie, c'est de me jeter dans ses bras et…

Attendez, son expression sévère ne vient-elle pas de s'adoucir ?

Un point pour moi !

Il se souvient peut-être d'avoir vu le nom *Barbara* écrit sur l'un des gobelets.

Je pousse mon avantage et reprends :

— Maintenant que nous avons repris contact, je vais évidemment tester Gourdin pour tout ce que vous voulez dès que possible.

Il incline la tête.

— Vraiment ?

— Bien sûr.

— Pourquoi pas tout de suite ?

Je le regarde en clignant des yeux.

— Genre, maintenant ?

— Vous avez dit « dès que possible ».

— Très bien, faisons ça maintenant.

Je réalise un peu tard à quel point cette réunion d'investissement est un fiasco – ce qui craint vraiment, parce que j'espérais en finir avec la partie financement du projet pour pouvoir passer aux trucs marrants, comme la construction du costume proprement dite.

Il se dirige vers la porte et l'ouvre pour moi.

Quand nous sortons, tout le monde nous regarde d'un air interrogateur, surtout Alex.

— La réunion est ajournée, lance Dragomir de ce ton intransigeant de patron du monde entier qui n'appartient qu'à lui.

— Nous devons régler une affaire privée, murmuré-je à Alex en russe. Ne t'en fais pas. Il n'est pas une menace pour moi.

Pas en ce qui concerne mon bien-être physique, en tout cas. Pour mes hormones, Dragomir est une kryptonite, mais mon frère n'a pas besoin de s'inquiéter de ça.

— Envoie-moi un message quand votre affaire sera réglée, dit celui-ci.

Il est clair que je devrai lui raconter toute l'histoire, en omettant les boules dans mon vagin.

— Marché conclu.

Nous montons tous dans l'ascenseur et descendons dans le silence le plus inconfortable que j'aie jamais connu.

Marco est le premier à quitter la cabine dans le hall, puis Alex et le reste du groupe d'investisseurs le suivent. Dragomir et moi restons pour descendre jusqu'au parking.

— C'est ici, dit-il en faisant un geste vers un véhicule étrange qui nous attend déjà contre le trottoir.

Je regarde ce monstre, bouche bée.

Si un bus, un camping-car et une limousine explosaient et que les morceaux étaient réassemblés au hasard en une seule voiture hybride, elle ressemblerait peut-être à ça.

— Est-ce que ce genre de truc est autorisé dans les rues de New York ? demandé-je. Il ressemble à un mobile home… pour milliardaire éco-tech.

Il étire les lèvres.

— C'est légal. Le stationnement peut être un peu compliqué, mais grâce à Fyodor, je n'ai pas à me soucier de ça.

Une portière s'ouvre et une échelle en descend. Un homme vêtu d'une veste de smoking avec une queue-de-pie nous salue d'une voix grave au fort accent britannique.

— Entrez, je vous en prie.

Le camping-car est muni d'un majordome ?

— Merci, Fyodor, dit Dragomir, avant de me faire signe de passer en premier.

Étonnamment, le véhicule semble plus grand de l'intérieur que de l'extérieur – comme le TARDIS de *Doctor Who*. Je repère un tapis de course assez large pour permettre à un ours de courir dessus – et c'est exactement ce que l'ourse de Dragomir est en train de faire –, un ordinateur de bureau épuré conçu pour alterner entre les positions debout et assise, un canapé en cuir moelleux plus grand que celui que j'ai dans mon salon, et un bar grandeur nature qui semble rempli de toutes les boissons imaginables.

— Certains studios de Manhattan sont plus petits que ça, remarqué-je, émerveillée, alors que Dragomir me rejoint.

— Winnie s'ennuie quand je la laisse à la maison, explique-t-il en haussant les épaules. Comme ça, je peux l'emmener avec moi dans la plupart de mes voyages.

Et moi qui croyais que mon Gourdin était pourri gâté ! Il s'avère qu'il ne connaît même pas la signification de ce mot.

— Puis-je vous servir quelque chose à boire ? demande Fyodor.

— Ça ira.

— Nous sommes pressés, précise Dragomir. Nous allons chez madame Chortsky.

Il me regarde et demande :

— Quelle est l'adresse ?

Je grimace.

— Ne m'appelez pas madame Chortsky, s'il vous plaît. Ça ressemble trop à ma mère.

— Dois-je plutôt vous appeler « maîtresse » ? demande Fyodor sans la moindre trace d'humour.

— À moins de vouloir que je vous donne une fessée, appelez-moi Bella, s'il vous plaît.

Et pour mettre fin à toute autre discussion sur ce sujet, j'énonce mon adresse.

Fyodor s'incline devant moi et s'empresse d'aller s'asseoir au volant. Dès que le véhicule se met en mouvement, une paroi s'élève entre nous et le chauffeur, nous empêchant de le voir.

Le tapis de course s'arrête et Winnie remarque la présence de Dragomir.

Dans un souffle de fourrure, elle se retrouve soudain dressée sur ses pattes arrière et lui lèche le visage.

Petite chanceuse ! J'aimerais bien faire ça aussi.

Pendant que Dragomir gère l'affection de son ourse, je parcours la pièce des yeux.

En plus de tout le confort que j'ai déjà remarqué, je repère le dernier et meilleur casque VR sur le marché, posé sur une étagère près du tapis de course. Il est encore mieux que celui que j'ai chez moi, et j'ai pourtant dépensé sans compter.

Ça craint vraiment. En plus de rouler sur l'or, Dragomir est un amateur de réalité virtuelle. Il aurait été l'investisseur parfait pour notre projet, si je n'avais pas tout fait foirer. Maintenant, qui sait combien de temps il me faudra pour trouver un autre investisseur comme lui !

Ce sera sûrement aussi difficile que de trouver un

autre homme qui m'attirerait autant. Même avec de la bave sur le visage, s'il voulait m'embrasser à cet instant, je le laisserais faire.

Il se libère finalement et sort une boîte de lingettes, s'essuie le visage et éponge l'humidité résiduelle avec son mouchoir.

Bizarre. Les initiales D.C. sont cousues sur le mouchoir. Ça ne devrait pas être D.L. pour Dragomir Lamian ?

— Asseyez-vous, dit-il en faisant un geste vers le canapé.

J'obéis et il me rejoint — même si, malheureusement, il s'installe sur le coussin le plus éloigné de moi.

— Vous aimez le VR ? demandé-je avec un signe de la main en direction de son casque.

Il hoche la tête.

— C'est ce qui avait attiré mon attention dans votre projet. Les casques sont presque grand public, maintenant, et il existe aussi quelques tapis de course à usage spécial sur le marché.

Il jette un œil à celui sur lequel Winnie était en train de courir et reprend :

— Un ensemble de costumes en réalité virtuelle me paraît être la suite logique.

— C'est vrai, dis-je avec enthousiasme. Et je compte bien être celle qui l'offrira aux gens.

Il étire ses lèvres sexy en un sourire.

— Vous ne manquez pas d'assurance, c'est une certitude.

C'est un compliment ? Je prends.

— Quel est votre jeu en VR préféré ? demande-t-il avant que j'aie pu faire dévier la conversation vers la possibilité qu'il investisse dans le Projet Morpheus, finalement.

— *Beat Saber*, dis-je avec un sourire. Et vous ?

Ses yeux semblent passer du brun clair au vert.

— Pareil. Quelle est votre chanson préférée ?

— *Radioactive*, d'Imagine Dragons. Quelle est la vôtre ?

— Encore une fois, pareil que vous. Vous l'avez terminée en Expert ?

— Évidemment ! dis-je avant d'étudier mes ongles rouge vif. Je l'ai aussi faite en Expert Plus.

Il hausse les sourcils.

— Vraiment ?

Il a du mal à faire confiance, non ? Pourquoi je mentirais sur un truc comme ça ? Vu que j'ai envie de rester dans ses bonnes grâces, je réponds :

— Tout à fait. Mon nom est dans le top dix du tableau des scores mondial : BabushkaPwned. Vérifiez. Ou mieux encore, je pourrais vous montrer mes talents.

Il secoue la tête.

— Dans une voiture en mouvement, ce serait dangereux.

Ouais, c'est ça ! Le véhicule avance tout en douceur. Je parie qu'il veut juste maîtriser le mode Expert Plus quand je ne serai pas là. C'est ce que je ferais si j'avais appris que quelqu'un que je connais dans la vraie vie était meilleur que moi sur ma chanson préférée. Ou sur n'importe quelle chanson. Ou n'importe quel jeu.

Je suppose que je suis un peu compétitrice.

Vu que je doute que le défier l'incite à investir, je change de sujet.

— Quel âge aviez-vous quand vous avez emménagé aux États-Unis ?

— Vingt-quatre ans, répond-il. Et vous ?

Waouh ! Les professeurs qui lui ont enseigné l'anglais devaient être très bons – soit ça, soit il a un don pour les langues.

— J'avais cinq ans. Je me souviens à peine de la Russie.

Il grimace et répond :

— Je me souviens très bien de la Ruskovie.

Donc, il y a quelque chose qu'il n'aime pas, dans son pays natal. J'imagine que c'est normal, pour des gens qui ont quitté un endroit pour aller ailleurs.

— Et votre famille ? demandé-je. Elle a déménagé avec vous ?

Au mot *famille*, son visage devient froid et sans expression.

Intéressant.

Avant que j'aie pu lui demander autre chose, la voiture s'arrête.

— Allez chercher Gourdin, dit-il d'une voix redevenue froidement impérieuse.

Tout en rejoignant mon appartement, je réfléchis à sa réaction, et une idée dérangeante me vient à l'esprit. Se pourrait-il qu'il soit marié et qu'il me le cache, comme mon connard d'ex ?

C'est possible. Un type aussi sexy et riche a toutes les chances d'être avec quelqu'un. L'absence d'alliance à son doigt ne veut rien dire du tout, si je me base sur ma douloureuse expérience, et le fait qu'il n'y ait aucune photo de famille dans son camping-car non plus.

Une fois dans mon appartement, je me dirige aussitôt vers mon ordinateur et tape « Dragomir Lamian » sur Google.

Rien.

Il n'y a pas la moindre information sur lui.

C'est bizarre. Mon frère Vlad est presque pathologiquement paranoïaque s'agissant de son profil numérique, et même lui a plus d'informations sur internet, comme une mention sur le site de son entreprise.

Le fonds de capital-risque de Dragomir ne précise pas qui est aux commandes.

— C'est louche, non ? demandé-je à Gourdin tout en le préparant pour le voyage.

— *Oui*. Il a peut-être *une femme*.

Mince ! L'existence possible d'une femme signifie que je dois cesser d'être attirée par lui. En fait, même s'il se révèle célibataire, il y a trop d'autres soucis. Il est clairement plein aux as, il évolue dans les hautes sphères de la société − il a un majordome, pour l'amour du Ciel − et il va probablement regarder de haut mon entreprise de sex-toys. Et puis, si son cabinet finit par investir dans notre projet, aussi peu probable que ce soit maintenant, je ne peux pas mélanger les affaires et le plaisir.

Je redresse les épaules.

Ma décision est prise.

Peu importe à quel point j'ai envie de lui lécher le visage, style ours, je ne céderai pas à cette pulsion.

Chapitre Douze

Gourdin dans les bras, je remonte dans le camping-car limousine.

Bon sang !

En voyant à nouveau les traits ciselés de Dragomir, je réalise qu'il va m'être délicat de me convaincre de ne pas être attirée par lui. Si je veux vraiment faire ça, je devrai l'éviter après le test de MST.

Ouais. Ce serait la décision la plus judicieuse.

Quand Gourdin et Winnie se voient, leur queue se met à remuer ; celle de Gourdin me frappe le menton de manière répétée et celle de la chienne manque de faire trébucher Dragomir.

Je ne peux m'en empêcher : je projette la voix de Gourdin quelques centimètres plus bas, là où se trouve sa tête.

— Ah, Winnie, *ma petite* ! Je n'ai pas arrêté de penser à notre dernier *rendez-vous*.

C'est clairement un sourire que je vois danser au coin des yeux de Dragomir.

Dans le pire exercice de ventriloque de l'histoire, celui-ci donne une voix beaucoup trop grave à Winnie, comme si elle provenait de son entrejambe – et pour je ne sais quelle raison, il lui donne un accent russe.

— Comment osez-vous, Napoléon Carlovitch ? Vous prenez la vertu d'une femme et vous n'appelez pas, vous n'envoyez pas de message sur Facebook, ni même un tweet ?

Je souris.

— Carlovitch ? répété-je.

Essaie-t-il de donner au chien un patronyme russe ? À moins que… est-ce que ce genre de truc existe aussi en Ruskovie ? Le mien est Borisovna, ce qui signifie *fille de Boris*. Est-ce que ça veut dire…

— Carlo Bonaparte était le père du célèbre général, explique Dragomir, répondant à ma question silencieuse. En parlant d'histoire, si quelqu'un devait être qualifié de petit, c'est votre chien. L'un des nombreux surnoms du véritable Napoléon était *Le Petit Caporal*.

— Je déteste avoir à vous l'apprendre, dis-je en prenant une voix de conspirateur, mais mon chien n'est pas vraiment la réincarnation du vrai Napoléon. Je sais que ça paraît troublant, compte tenu de son intelligence et tout ça.

Le sourire s'étire sur les lèvres de Dragomir.

— Vous devez bien admettre qu'il suffirait de

mettre un bicorne sur sa tête, et ils seraient comme des jumeaux.

Je ris.

— Ça vous dérange si je le laisse passer du temps avec elle ?

Le sourire de Dragomir disparaît.

— Assurons-nous d'abord qu'il est en bonne santé, ensuite, on verra.

Gourdin et Winnie ont tous deux l'air tristes de ne pas être autorisés à interagir, alors nous les distrayons avec des friandises et des caresses sur le ventre autant que nous pouvons.

Par chance, le trajet jusqu'au cabinet du vétérinaire de Dragomir est bref.

— Reste avec Fyodor, dit celui-ci à Winnie dès que nous sommes garés. On revient bientôt.

L'ourse émet un drôle de geignement et regarde la portière.

— Fyodor ! s'écrie Dragomir, avant de grommeler quelque chose en ruskovien.

Le majordome apparaît et enfile une laisse à Winnie. Une fois que nous sommes tous sortis du véhicule, Dragomir se tourne vers moi et dit :

— Retenez votre respiration.

Hein ?

Avant que j'aie pu lui demander ce qu'il veut dire, il regarde Winnie et lance un ordre en ruskovien. Ça ressemble à « Kraken » – même si j'ai peut-être ce mot à l'esprit à cause du Zeus de Liam Neeson dans *Le choc des titans*.

THPPTPHTPHPHHPH.

Le pet qui s'échappe du postérieur de Winnie s'étire pendant ce qui me paraît durer une heure.

Gourdin se crispe dans mes bras et écarquille les yeux.

Je suis si stupéfaite que j'oublie l'injonction de Dragomir de retenir mon souffle, et que je prends accidentellement une inspiration.

Puuutain ! Les larmes me montent aux yeux et je me mets à hoqueter.

Dire que les flatulences de l'ourse sentent les œufs pourris serait faire affront aux œufs pourris. Même si j'avais passé ma vie à manger de la salade fermentée infusée avec du sulfure d'hydrogène pur et que j'avais retenu mes pets pendant une décennie, le produit final aurait été loin d'être à ce niveau de puanteur.

Est-ce de cette manière que cette race a débarrassé la Ruskovie des loups et des ours ?

Dragomir secoue la tête tout en pressant un mouchoir contre son nez, style masque chirurgical.

— Désolé pour ça. Comme vous pouvez l'imaginer, si elle avait fait ça dans la voiture, j'aurais dû en changer.

Changer de voiture ou de chien ?

Il s'avance à grands pas vers le bâtiment, et Gourdin et moi nous empressons de le suivre.

Une fois à l'intérieur, je prends enfin une inspiration.

De manière incroyable, la puanteur est parvenue à nous suivre jusqu'ici, mais au moins, maintenant, elle est diluée et me rappelle simplement le pire pet que j'aie jamais eu le malheur de sentir jusqu'ici.

Gourdin regarde Winnie avec mélancolie à travers la porte en verre. Connaissant les chiens, l'incident du Kraken a peut-être rendu son béguin pour elle encore plus fort.

— *Ma petite*, le *destin* cruel nous a *séparés*.

Nous dépêchant de nous éloigner le plus possible de l'épicentre du pet, nous sautons dans l'ascenseur.

Quand nous entrons dans la salle d'attente vide du docteur, l'odeur a enfin disparu.

— Pourquoi ne pas simplement avoir testé Winnie pour vérifier qu'elle n'avait aucune MST ? demandé-je à Dragomir après avoir aspiré une bouffée reconnaissante de l'air vicié du cabinet médical.

— Je l'ai fait. Mais et si Gourdin avait quelque chose qui ait une longue période d'incubation ?

Je résiste à grand-peine à l'envie de lever les yeux au ciel et demande :

— Comme quoi ?

Il hausse ses larges épaules.

— Je ne veux prendre aucun risque. En fait, quand Gourdin aura terminé, je ferai tester Winnie une deuxième fois.

Avant que j'aie pu lui demander quel était l'intérêt de faire ça, le médecin – un homme barbu qui ressemble vaguement à Einstein – apparaît. Il regarde Dragomir à travers une paire de lunettes munie des verres les plus épais que j'aie jamais vus, et dit quelque chose en ruskovien.

— En anglais, s'il vous plaît, dit Dragomir.

— Toutes mes excuses, répond le médecin avec un fort accent. Permettez-moi de traduire ma langue. J'ai demandé : « Comment va la chienne ? »

Je plisse les yeux.

— Comment vous venez de m'appeler ?

— *Winnie* est avec Fyodor, répond Dragomir. Nous sommes là pour l'autre souci.

Ah ! Le bon docteur prenait des nouvelles de sa patiente chienne. Je suppose que je peux l'autoriser à vivre un jour de plus.

Le médecin tend la main vers Gourdin avec un regard rusé de scientifique fou sur le visage.

— Alors, c'était lui, l'étalon ?

— *Ma chérie*, je décrète qu'à partir de ce jour, tout le monde devra s'adresser à moi sous le nom de « étalon. »

Je regarde Dragomir en arquant un sourcil.

— J'ai expliqué au docteur Delomalov ce qui était arrivé au parc.

Je hoche la tête et tends Gourdin au spécialiste.

Mon chien m'adresse un regard suppliant.

— *Ma chérie*, ne les laisse pas m'enlever ma virilité, *s'il te plaît.*

— C'est juste un examen, le rassuré-je.

— Le docteur Delomalov m'a assuré que ce serait complètement indolore, intervient Dragomir.

Le vétérinaire ronronne quelque chose en ruskovien, et cela semble rassurer un peu Gourdin, mais dès qu'ils ont disparu, je ne peux m'empêcher de faire les cent pas avec angoisse.

Quand je me cogne le tibia contre la table où sont posés les magazines, je m'arrête et sors vivement mon téléphone pour vérifier que le vétérinaire ne mentait pas à propos du niveau de douleur de l'examen.

Bizarre !

Je n'ai pas de réseau.

— Cet endroit est comme une cage de Faraday, dit Dragomir. Généralement, j'apporte un livre papier si je sais que ça va prendre un moment.

Je pousse un soupir déçu et me remets à faire les cent pas.

— Ne vous en faites pas, dit Dragomir à mon dixième aller-retour. Le docteur Delomalov est l'expert en chiens le plus réputé du monde.

Je me force à m'asseoir.

— Et si nous échangions nos coordonnées ? propose-t-il en sortant son téléphone. Convenablement, cette fois.

Mon cœur fait un salto arrière surexcité. Je suis sûre qu'il demande ça pour nos chiens et notre potentielle future collaboration professionnelle, mais ma main tremble quand même un peu quand je crée le nouveau contact et lui fais entrer son numéro. Il me laisse ensuite faire la même chose.

Je range mon téléphone, et mes pensées se tournent vers ladite collaboration. Je réfléchis à la meilleure manière de l'évoquer, puis décide de me lancer :

— Si Gourdin est en bonne santé, envisagerez-vous d'investir dans Morpheus ?

Il fronce ses épais sourcils.

— Je l'envisagerais quoi qu'il en soit. Les affaires sont les affaires.

Je laisse échapper un soupir soulagé.

— Je craignais qu'après tout ce qu'il s'est passé… laissez tomber.

— Il y a quand même un bémol, dit-il en frottant son menton mal rasé.

Zut ! Est-ce qu'il est déjà au courant pour mon entreprise de sex-toys ?

— Je vais devoir m'écarter du processus décisionnel, continue-t-il.

Ouf !

— Vous devrez travailler avec Marco plutôt que moi.

J'ai parlé trop vite.

Avoir affaire à Marco sera une terrible expérience, j'en ai la certitude. À en croire nos interactions jusqu'ici, j'aurais sûrement moins de mal à convaincre Marco de kidnapper la fille d'un homme doté d'un certain ensemble de compétences.

Naturellement, si je disais quoi que ce soit de tout ça à Dragomir, ce serait comme ouvrir la boîte de Pandore, alors, je me contente de demander :

— Pourquoi vous écarter ?

Il m'étudie de ses yeux noisette changeants.

— Je préfère éviter de prendre des décisions professionnelles en me basant sur mes émotions.

J'ai un mouvement de recul, et de manière irrationnelle, je me sens blessée.

— Vous me haïssez tant que ça pour l'incident avec Winnie ?

Il hausse un sourcil sombre et répond :

— Qui a parlé de haine ?

Chapitre Treize

Je le regarde en clignant des yeux.

Si ce n'est pas de la haine, quelle autre émotion risquerait d'altérer ses décisions professionnelles ?

Avant que j'aie pu poser la question, le médecin apparaît, un Gourdin aux yeux assez écarquillés dans les bras.

— *Ma chérie*, c'était *terrible*, *horrible*. Ne revenons plus jamais ici.

— L'étalon a été un vrai champion, dit le docteur Delomalov en me tendant mon chien.

— Est-ce que vous pourrez nous donner les résultats à tous les deux ? demande Dragomir. À supposer que ça ne dérange pas Bella ?

— Ça ne me dérange pas, dis-je en caressant la tête de Gourdin pour le calmer.

— Super, dit Dragomir. Je vais m'occuper de la facture, maintenant.

Ah oui ! La facture. J'avais complètement oublié.

— Je peux payer mes factures de vétérinaire moi-même, assuré-je. Mon entreprise n'est peut-être pas un fonds de capital-risque luxueux avec des bureaux dans un immeuble huppé – nous n'avons même pas de bureau à proprement parler, d'ailleurs, puisque mes employés et moi travaillons depuis chez nous –, mais elle est plutôt rentable et grandit vite, sachant que les revenus de cette année sont déjà à sept chiffres.

Dragomir m'effleure le poignet, et un frisson d'électricité me parcourt le dos.

— Bella, s'il vous plaît, laissez-moi faire. C'est moi qui vous ai traînée ici, après tout.

Je reste figée sur place, muette. Il est fort possible que je sois obligée de dire oui à tout, après ce contact. Même à certaines choses innommables. *Surtout* à des choses innommables.

— Je vote pour que Dragomir paie, dit le médecin.

Je fronce les sourcils. Est-il sexiste, ou est-ce que mon argent ne vaut rien, ici, pour je ne sais quelle raison ?

Avec un sourire entendu, Dragomir sort une authentique pièce d'or de sa poche. J'aperçois le visage d'un homme âgé sur l'une des faces avant que le docteur Delomalov range la pièce dans son portefeuille.

Qu'est-ce que c'était que ça ? Est-ce que je me

suis endormie pour me retrouver dans un film de *John Wick* ?

Le milieu de la pègre utilise des pièces d'or, dans cette franchise.

À bien y réfléchir, Dragomir a d'autres points communs avec John Wick. Par exemple — alerte *spoiler* —, je peux facilement l'imaginer se lancer dans une série de meurtres vengeurs, si quelqu'un tuait *son* chien. En fait, il serait peut-être même capable d'assassiner quelqu'un rien que pour avoir regardé Winnie de travers.

— *Ma chérie*, selon ces *critères*, tu es aussi John Wick.

— J'ai failli oublier, dit le médecin en me tendant un formulaire. J'ai besoin de vos coordonnées et de celles de l'étalon.

— Bien sûr.

Je pose Gourdin au sol et commence à remplir le papier.

— Je vais descendre pour m'assurer que Winnie est prête pour son examen, dit Dragomir. À bientôt.

Je me dépêche de finir de remplir le document pour qu'on puisse descendre ensemble, mais il disparaît avait que j'aie terminé.

— Merci, docteur, dis-je en lui rendant le questionnaire. Maintenant, si vous voulez bien m'excuser…

Le médecin prend le formulaire puis, à ma grande stupéfaction, dépose un baiser léger sur le dos de ma main.

— Un plaisir de rencontrer Napoléon et vous. Tant de beauté et de grâce ne sont pas courantes dans ce pays.

Ouais, d'accord, si tu veux, mec ! Je me retiens à grand-peine de rouler les yeux alors que je récupère ma main. Les Ruskoviens plus âgés doivent être encore pires que leurs homologues russes de la même génération, même si les amis de mes parents ont aussi tendance à faire des compliments exagérés qui font grincer des dents.

Gourdin et moi prenons l'ascenseur pour redescendre et tombons sur Dragomir et Winnie dans le hall. Quand il la remarque, Gourdin se met à imiter un drone avec sa queue.

— *Ma petite. Ma petite.* Cela ne fait-il pas un an que je n'ai pas revu votre *beau visage* ?

La queue de Winnie cogne contre la cuisse de Dragomir avec tant de force que je m'attends à moitié à le voir trébucher.

— *Da*, Napoléon Carlovitch. J'ai perdu la notion du temps, tant je me languissais de nos retrouvailles.

— Fyodor va vous ramener chez vous, me dit Dragomir. Inutile que nous attendions tous les deux que Winnie ait été testée.

Tant pis pour la possibilité pour les chiens de traîner un peu ensemble. Ou pour nous deux.

Je dissimule ma déception, hoche la tête et sors du bâtiment.

De manière incroyable, l'odeur du pet de l'ours s'attarde encore dehors.

— *Le bouquet, ma chérie. Le bouquet exquis.*

Je serre Gourdin contre moi et fonce vers le camping-car limousine. Fyodor m'ouvre la portière juste au moment où je l'atteins, avant d'attendre poliment que j'aie repris mon souffle à l'intérieur.

— Prête à partir, madame ? demande-t-il.

J'inspire un air merveilleusement dépourvu d'odeurs de pet.

— Ramenez-nous à la maison.

Chapitre Quatorze

Dès que nous sommes de retour chez moi, je prépare un sandwich et emmène Gourdin en balade.

Après le traumatisme du vétérinaire et de la séparation avec Winnie, il a clairement besoin qu'on lui remonte le moral.

La promenade est un succès. Non seulement Gourdin fait sa petite affaire en vitesse, mais John ne m'accuse qu'une fois d'être une communiste quand je lui donne le sandwich – un nouveau record.

À mon retour chez moi, je découvre un message d'Alex :

Bonne nouvelle. Ils ont reprogrammé la réunion d'aujourd'hui. C'était quoi, cette histoire entre le dirigeant et toi ?

Je lui passe un appel vidéo et lui explique comment j'ai rencontré Dragomir – en taisant la partie à propos des boules de Kegel pour ne pas le traumatiser.

— On dirait que tu as envie de sortir avec ce type, remarque mon aîné quand j'ai terminé.

Je grimace.

— Ce serait une mauvaise idée.

— Tu as dit qu'il s'était mis à l'écart. Quel est le problème ?

— Il y en a tellement ! Mais le principal, c'est que je crois qu'il cache quelque chose.

Alex tapote des doigts sur son bureau.

— Tu devrais en parler à notre fouineur de frère.

Voilà qui n'est pas une mauvaise idée. En plus de cacher ses propres informations privées au monde entier, Vlad est extrêmement doué pour déterrer des choses que les gens veulent garder secrètes. Staline l'aurait trouvé très utile.

— Ce ne serait pas une violation de la vie privée de Dragomir ? demandé-je, posant autant la question à moi-même qu'à Alex. Je n'aimerais pas ça, si un mec avec qui *je* sortais faisait ce genre de recherche approfondie sur moi.

Il balaie cette remarque de la main.

— Comme tu l'as dit, vous ne sortez pas ensemble. Plus important encore, nous sommes sur le point de faire affaire avec lui, ce qui rend cette démarche plutôt raisonnable. Je parie qu'il fait des recherches sur nous, lui aussi.

Super ! Ça veut dire qu'il va apprendre dans quel

domaine est spécialisée mon entreprise et se retirer. Et pas comme on le fait pour éviter une grossesse.

Je pousse un soupir.

— J'imagine que je devrais parler à Vlad.

— Assure-toi de faire ça en face à face, conseille Alex avec un sourire narquois. Tu sais comment il est.

Vlad préfère généralement les interactions en direct, parce que, selon ses propres mots, « pourquoi inviter la NSA dans notre conversation ? »

— Merci, dis-je à Alex. Je vais prendre rendez-vous avec lui. Maintenant…

— Attends. Est-ce que tu seras là pour l'anniversaire de maman ?

— Comment pourrais-je ne pas y aller ? Tu me prends pour qui ? Vlad ?

Il sourit.

— Il s'est amélioré s'agissant d'assister aux soirées en famille. Fanny a une bonne influence sur lui.

— Je suis d'accord. On se voit à la fête.

Alex raccroche, et j'envoie un message à Vlad.

Il me répond aussitôt :

Tu veux passer me voir à Binary Birch demain à neuf heures ?

Je souris en songeant au cadeau que je vais lui offrir.

D'accord. À bientôt.

———

Alors que je sors de l'ascenseur à l'étage de l'entreprise de Vlad, je jette un œil à la plaque à l'aspect si sérieux.

Parfois, je me demande si mes frères se sont donné le mot pour que leurs entreprises soient à l'opposé total l'une de l'autre. Binary Birch dégage une atmosphère art moderne, d'une manière froide et pratique. Il n'y a aucune arme Nerf en vue ni de salle de jeux ou de coin pour se reposer.

En fait, cela ressemble un peu aux bureaux de la société de capital-risque de Dragomir.

Je regarde mon téléphone. Pas d'appel ou de message de la part de ce dernier.

Dommage ! Une partie de moi espérait qu'il reprendrait contact avec moi sans tarder.

Je n'ai reçu aucun appel ou message vocal de la part du vétérinaire non plus à propos du test MST de Gourdin − ce qui m'aurait donné une excuse pour appeler Dragomir. Non pas que j'aie besoin d'une excuse. S'il s'était agi d'un autre homme, je l'aurais sûrement appelé ou je lui aurais envoyé un SMS, mais compte tenu de ce qu'il s'est passé entre nous, je veux vérifier qu'il a envie de reprendre contact.

Alors pour l'instant, j'attends. Ou plutôt, vu qu'il est presque neuf heures, je me précipite vers le bureau de Vlad.

Quand ses employés me remarquent, ils s'empressent de s'écarter du passage − même si je ne saurais dire ce qui les effraie le plus : sa réputation ou la mienne.

— Salut, petite sœur, lance Vlad quand j'entre dans son bureau.

Nous nous étreignons et je l'embrasse sur la joue, avant de lui fourrer une boîte en plastique dans les mains.

— Un cadeau.

Sans regarder dedans, il la laisse tomber dans un tiroir et le referme ostensiblement.

— Eh, tu n'as pas envie de savoir ce qu'il y a dedans ?

Mon frère conserve une expression impassible.

— Je peux deviner.

— Très bien, je vais te le dire, alors, répliqué-je avec une moue déçue. C'est une pompe à pénis. Un remplacement pour celle que vous avez cassée, Fanny et toi.

Il secoue la tête.

— Elle n'avait rien à voir là-dedans. Je te l'ai dit, c'était un problème de taille.

— C'est ça, c'est ça ! dis-je en conservant une expression exagérément sérieuse. C'est pour ça que cette version, que j'ai conçue pour toi, est deux fois plus grosse que celle que tu as brisée. Avec un peu de chance, elle sera appropriée pour quelqu'un possédant ton prodigieux… don.

Il pousse un soupir exaspéré.

— Je crois que tu es venue ici parce que tu attendais quelque chose de moi. Tu crois vraiment que te moquer de moi est la meilleure manière de l'obtenir ?

Je lui lance mon meilleur regard de chien battu.

— Oh, allez, ne soit pas comme ça ! Tu sais que tu ne peux jamais dire non à ta petite Belochka.

Ses lèvres frémissent.

— C'est vrai. Malgré tout, si tu prononces un mot de plus à propos de la taille de mes bijoux de famille, je trouverai la volonté de dire non.

— La faveur que je veux te demander est en rapport avec l'affaire dont tu fais désormais partie, expliqué-je. Alors, tu t'aideras aussi toi-même. Et Alex.

— Quelle est cette faveur ?

Je lui explique la mystérieuse absence de représentation en ligne de Dragomir.

— Épelle-moi son nom, dit Vlad en déverrouillant son ordinateur.

Je m'exécute, puis demande :

— En plus de Dragomir, ça pourrait valoir le coup de voir ce que tu peux trouver à propos de Marco Fluroff. C'est le type à qui j'aurai affaire pour obtenir le financement.

Vlad hoche la tête.

— Je vais voir ce que je peux faire.

— Je suppose que tu viendras à l'anniversaire de maman ?

Il parvient à transmettre sa réticence dans son acquiescement du menton, comme si je le forçais à y aller.

— À plus tard, lancé-je en me levant.

Il me raccompagne jusqu'à l'ascenseur, et cette fois, les gens nous évitent encore plus.

Il doit les effrayer plus que moi.

———

Après être rentrée et avoir nourri Gourdin, je jette un nouveau coup d'œil à mon téléphone.

Pas d'appel.

Bon sang !

Je meurs d'envie de savoir quelle est cette émotion à laquelle Dragomir a fait référence avant de se récuser. Et puis, ce serait sympa d'avoir de ses nouvelles.

Et puis zut ! Plutôt que d'attendre à côté du téléphone, je vais me tenir occupée – les opérations quotidiennes chez Belka ne vont pas se faire toutes seules.

Je me plonge d'abord dans mes e-mails.

Un client veut commander nos canards en caoutchouc vibrants reliés à des godemichets, alors j'envoie un e-mail à l'équipe requise. Un autre client veut se procurer nos plugs anaux et godemichets équipés de caméras, alors je me charge aussi de ça.

Un membre du marketing suggère que nous étendions notre portée d'action aux lubrifiants parfumés aux odeurs de nourriture et que nous développions plus notre catalogue d'accessoires BDSM.

Hum ! Le lubrifiant comestible devrait-il être

approuvé par la FDA[1] ? Et puis, quels parfums plairaient aux gens ? Le bacon ? Non, c'est plutôt le truc de Gourdin, ça. Les fraises ?

Dans tous les cas, je me pencherai sur le lubrifiant parfumé un autre jour, je jette donc un œil aux accessoires populaires dans la section BDSM des revendeurs en ligne, pour voir ce que nous ne proposons pas actuellement et ce qui manque peut-être sur le marché.

Intéressant.

Nous pourrions lancer une gamme de raquettes pour les fessées qui laissent des marques rouges amusantes – comme des visages de célébrités. Oh, oui ! Ça se vendrait sûrement très bien. Nous proposons déjà des plugs anaux en forme de politiciens, que les gens adorent et détestent, et ils ont un gros succès.

Puisque je suis inspirée, je passe le reste de ma journée de travail à finaliser la conception d'un autre jouet – une chaussure équipée d'un godemichet, censée permettre de pénétrer son partenaire avec le pied.

Si je me débrouille bien, je donnerai un nouveau sens à l'expression « faire du pied à quelqu'un ».

———

Aucune nouvelle de Dragomir le lendemain matin.

Je prépare ce que je dirai à Marco demain, puis je

passe le restant de la journée à travailler sur le costume pour le Projet Morpheus.

La stimulation des tétons s'avère être un vrai casse-tête. Les vibrations et la pression de l'air, qui fonctionnent à d'autres endroits du corps, ne suffisent pas dans ce cas-là. Je dois m'assurer que les tétons auront la sensation d'être caressés, touchés brutalement, pincés, léchés, sucés… la liste est longue.

Et puis, vu que nous allons nous étendre dans le BDSM, de toute façon, le costume devrait-il contenir des éléments tels que les attaches de tétons dès le départ ?

À mesure que la journée avance, je dois me fouetter les tétons de manière répétée, et les presser contre différents matériaux pour voir à quel point ils se rapprochent du contact humain.

Quand arrive l'heure de me coucher, je n'ai reçu aucun appel de Dragomir.

Dommage !

Je l'imagine vêtu d'un col roulé et me sers de toute une gamme de jouets pour m'apaiser et m'assoupir, puis je mets fin à cette journée.

———

— Parlons finances, lance Marco à Alex, avant d'énumérer une liste de questions.

Dire que je suis agacée par la réunion d'aujourd'hui serait un euphémisme. Non seulement Dragomir n'est nulle part dans la pièce – ce qui est déjà une déception en soi –, mais en plus, Marco ne m'a pas posé une seule question de la journée. Je sais qu'il ne se rend pas compte que ce projet est plus ou moins le mien, mais malgré ça, toute cette situation m'irrite.

Vu que je veux ce financement, je parviens à rester cordiale jusqu'à la fin.

— Merci, Alex, dit Marco en serrant la main de mon frère. Nous avons beaucoup de choses auxquelles réfléchir. Je vous recontacterai bientôt.

— Nous attendons votre appel, répond mon aîné en mettant l'accent sur le « nous. »

Marco me regarde comme s'il avait oublié ma présence.

— Bien sûr. Mon « vous » était pluriel.

C'est ça ! Maintenant que j'y réfléchis, Alex est le seul à avoir reçu la demande de réunion, l'autre jour.

Peu importe.

Alex et moi quittons la salle de conférence, laissant Marco et ses hommes derrière nous. Quand nous sortons de l'ascenseur, je l'aperçois enfin.

Dragomir.

Il attend dans le hall – pour moi, avec un peu de chance.

— Je dois y aller, dit Alex avec un clin d'œil, ayant correctement évalué la situation.

Je le prends dans mes bras et lui marmonne quelque chose qui ressemble à peu près à « on se voit plus tard. »

Mon cœur bat la chamade. Je suis tout excitée de

revoir Dragomir. Peut-être un peu trop pour mon bien.

— Salut, dis-je quand j'arrive à sa hauteur.

Je ne sais pas trop si je devrais l'étreindre ou l'embrasser, comme je l'aurais fait avec n'importe quelle autre connaissance.

Il résout mon dilemme en tendant la main. Je la serre — et reçois une décharge d'électricité qui me transperce jusqu'au plus profond de moi-même.

Il n'y semble pas insensible non plus. Ses yeux sont rivés sur mon visage et il a les paupières à demi baissées lorsqu'il me lâche la main, avec une réticence manifeste.

— Il y a un café très sympa, juste à côté, dit-il d'une voix légèrement rauque et sexy. Ou si vous avez faim…

— Un café, ce sera parfait, lâché-je.

Intérieurement, je saute dans tous les sens.

Est-ce un rencard ?

Je n'ai plus été aussi ravie de bénéficier de l'attention d'un homme depuis le lycée.

— Vous êtes venu ici dans votre camping-car ? demandé-je alors que nous sortons du bâtiment.

— Bien sûr, répond-il avec un geste vers la rue.

Ouais. Il est là, approchant lentement de nous.

— Fyodor n'a pas réussi à trouver d'endroit où se garer, alors il tourne en rond, explique Dragomir alors que nous entrons dans le café.

L'endroit est désert, alors il ne nous faut qu'un instant pour commander ce que nous voulons. Quand nous entrons dans l'espace d'attente, le téléphone de Dragomir émet un bip, annonçant l'arrivée d'un message, et il s'excuse pour le lire.

Je me souviens que j'ai mis mon propre téléphone en silencieux pour la réunion et le repasse en mode sonnerie, avant de vérifier mes textos.

J'ai un message vocal du vétérinaire qui m'informe que Gourdin est en bonne santé, ainsi qu'un SMS de Xenia.

En ville. Tu veux manger un sushi ?

Avant que j'aie pu lui envoyer une réponse rapide, je vois Dragomir planer au-dessus de moi, l'air désolé.

— Que se passe-t-il ? demandé-je alors que mon pouls accélère sous l'effet de sa proximité.

— J'ai un imprévu, et je n'ai qu'une demi-heure devant moi avant de devoir me rendre à une réunion d'affaires.

— Ce n'est rien, dis-je, optant pour un mensonge. Je dois manger un *sushi* avec une amie à peu près au même moment que votre réunion.

Autrement dit, *maintenant*.

Est-ce de la déception que je lis dans ses yeux ?

Eh, c'est lui qui s'est avéré trop occupé en premier !

Dragomir s'excuse une nouvelle fois et reporte son attention sur son téléphone, alors j'envoie un SMS à Xenia pour lui dire que je peux la rejoindre à notre restaurant favori dans quarante minutes.

Elle répond aussitôt par l'affirmative avec enthousiasme.

Le serveur nous annonce que nos boissons sont prêtes. Avant que j'aie pu prendre la mienne, Dragomir récupère les deux gobelets et les emporte jusqu'à une table confortable.

Un *gentleman* ! Ça me plaît.

Je m'assois face à lui et souffle sur mon café de la manière la plus séductrice dont je sois capable, mais il semble indifférent à mes tentatives de flirt subtiles.

Hum ! Pourquoi arbore-t-il toujours une expression si sérieuse ? Ça ne fait pas très rencard.

Il repose son gobelet et lâche :

— Il faut qu'on parle.

Bon sang ! Maintenant, je sais pourquoi les hommes appréhendent à ce point ces quatre mots.

C'est clairement une phrase de mauvais augure.

— Bien sûr, dis-je en reposant à mon tour mon gobelet. De quoi voudriez-vous parler ?

Il capture mon regard, et ses yeux noisette sont d'une intensité hypnotique.

Quoi qu'il soit sur le point de dire, ce n'est pas bon.

Pas bon du tout.

Est-il déjà au courant pour mon entreprise de sex-toys ? Ou bien est-ce quelque chose de pire encore ?

Il prend une inspiration et lâche :

— Nous sommes enceintes.

Chapitre Quinze

*J*e lui adresse un regard vide.

— Vous venez de dire « enceintes » ?

Il hoche la tête.

C'est. Quoi. Ces. Conneries ?

Apparemment, c'est la journée des phrases redoutées par les hommes. En fait, « nous sommes enceintes » suit souvent le « il faut qu'on parle. »

Dans tous les cas, je croyais que c'était à moi de lui dire ce genre de trucs — si nous avions couché ensemble et qu'il m'avait mise en cloque, bien sûr.

— Vous vous souvenez de l'examen qu'a passé Winnie après Gourdin ? dit-il. L'un d'entre eux était un test de grossesse.

Oh !

J'ai envie de me donner une tape sur le front. Gourdin a monté Winnie. C'est pour ça que nous les avons tous deux testés pour vérifier qu'ils n'avaient aucune MST. Ce genre d'activité peut aussi mener à des bébés – ou à des chiots, dans ce cas précis.

J'aurais dû y penser. Que je ne l'aie pas fait est presque une insulte envers la virilité de Gourdin, et je suis soulagée qu'il ne soit pas là pour être témoin de cet échange. Il aurait été traumatisé.

Oh, et quand il apprendra ça, il voudra officiellement changer de nom pour s'appeler Étalon ! Après tout, il a mis une foutue ourse enceinte.

Dragomir pose sa main sur la mienne.

— Je sais que c'est beaucoup à encaisser, mais dites quelque chose.

La chaleur qui émane de sa grande paume est incroyable, et plus qu'un peu distrayante. Avec un gros effort, je me concentre à nouveau sur le sujet de notre conversation.

— Vous êtes sûr que c'est le sien ?

Il retire sa main et lâche :

— Ça vous plairait si vous annonciez à un homme qu'il est le père de votre enfant et qu'il mette ça en doute ?

Il marque un point.

— Je suis désolée. J'ai juste un peu de mal à digérer ça, c'est tout.

Il hoche la tête, avec autant de grâce qu'un roi qui accorde le pardon.

— Winnie n'a eu qu'une seule relation sexuelle dans sa vie, alors, Gourdin est forcément le père.

— D'accord. D'accord.

Nous avons donc affaire à une ourse presque vierge. Je me pince l'arête du nez.

— Est-ce qu'elle va… euh… le garder ?

Mince ! Pourquoi je n'arrête pas de parler comme un type qui vient d'apprendre que son coup d'un soir est en cloque ?

Dragomir étrécit les yeux jusqu'à les réduire à deux fentes.

— Si vous parlez d'un avortement, c'est hors de question à l'heure actuelle. Et il y aura toute une portée, alors dites plutôt « les », pas « le. »

J'avale une gorgée de café brûlante.

— Je ne voulais pas donner l'impression de *vouloir* un avortement. Ce n'est vraiment pas ce que je veux. Je serais ravie que Gourdin ait des chiots. Mais je ne sais pas quelle est la position de Winnie quant au débat entre les pro-vie et les pro-choix.

Il me regarde d'un air sérieux.

— Winnie est un chien, vous vous souvenez ? On ne peut que deviner sa position, alors le mieux que je puisse faire, c'est supposer qu'elle voudrait garder ses petits.

— Ça me paraît raisonnable, dis-je avant de me frotter les tempes. C'est assez perturbant.

— Je comprends, répond-il en prenant son café. Quand j'ai appris la nouvelle, j'ai été un peu pris de court. Gardez bien à l'esprit que même si Winnie avait comme par magie appris à parler et m'avait dit qu'elle voulait se faire avorter, il ne serait pas sûr qu'on fasse ça à ce moment de la grossesse. Le médecin pense que la meilleure option pour sa santé est d'aller jusqu'au bout. Après la naissance, quand elle sera prête à être séparée d'eux, nous trouverons un bon foyer pour les chiots. Ou bien je les garderai.

J'essaie de m'imaginer à quoi pourront ressembler lesdits chiots, et mon humeur s'améliore rapidement.

— Je vous aiderai à trouver le meilleur foyer possible pour eux. Et faites-moi savoir si vous avez besoin de quoi que soit. Je peux être présente pour l'échographie, s'il y en a une. On pourra partager les factures et…

— Merci, dit-il.

Un sourire sincère apparaît sur son visage, si sexy que ma culotte se dissout presque sous ma jupe.

— Je voulais vous parler de quelque chose en rapport avec ça, en fait.

— Oh ?

— Un test ADN, pour Bonaparte, explique-t-il. Je veux savoir s'il y a le moindre risque de maladie génétique pour les chiots.

Je grimace intérieurement.

— Un autre passage chez le vétérinaire ? Il est encore traumatisé de la dernière fois.

— C'est juste un prélèvement salivaire. Je demanderai au docteur Delomalov de m'apprendre comment faire et je viendrai chez vous pour le pratiquer moi-même. Bonaparte ne saura même pas qu'il est testé.

— Eh bien, dans ce cas-là, d'accord !

Attendez. Il vient de s'inviter chez moi. Et j'ai dit

oui !

Il boit une gorgée de café et m'observe par-dessus le bord du gobelet.

— Donc, clairement, vous n'avez pas castré votre chien.

Je grimace.

— Ouais, désolée. Je n'ai pas pu me résoudre à le faire. Je n'ai rien contre les gens qui le font, mais c'est un sujet sensible pour moi, d'un point de vue personnel. Gourdin est un être sexuel, et ça lui manquerait si on lui enlevait ça.

Devrais-je lui dire que je prends tellement ce sujet au sérieux que j'ai conçu un jouet à monter pour mon chien ?

Non. C'est trop proche de la question de mon entreprise de sex-toys, que je tiens à éviter. Et je ne peux pas non plus lui dire pourquoi c'est si personnel. Si cela avait été socialement acceptable, mes parents m'auraient stérilisée quand j'étais adolescente. Ce n'est pas que je couchais à droite à gauche ; mais la moindre expression de ma sexualité était un tabou, à leurs yeux.

— Et vous ? demandé-je en repoussant ces souvenirs déplaisants. Winnie n'était visiblement pas stérilisée.

C'est à son tour de grimacer.

— Je ne pouvais m'y résoudre non plus. Et puis il y a le problème de la race de Winnie. Elle fait partie de la lignée de *misha* la plus pure – et par conséquent de l'histoire de la Ruskovie.

— Super ! Gourdin a corrompu une lignée historique.

— Ce n'est pas ce que je voulais dire, répond-il. Et puis, on ne peut pas dire qu'il ait fait ça. Winnie pourra avoir des chiots pure race plus tard. Ceux-là pourront quand même trouver un foyer aimant, même s'ils ne pourront être appelés des « mishas ».

— Ou bien nous pourrions créer une mode de race métisse. On appellerait ça des chishas. Ou des mishuahuas.

Il rit doucement.

— J'aime bien chishas.

Je souris.

— Donc, l'autre question évidente, c'est… vous n'aviez aucune idée que Winnie était en chaleur ?

Il hausse les épaules.

— Je ne suis peut-être pas aussi à l'aise que vous lorsqu'il s'agit de considérer mon chien comme un être sexuel. Je n'ai jamais vraiment cherché à comprendre comment fonctionnaient ces histoires de chaleur… je me disais que je le ferais quand j'aurais une occasion de poursuivre la lignée des mishas. Et puis, maintenant que je me suis renseigné là-dessus, je sais que la plupart des signes sont moins faciles à remarquer à cause de l'épaisse fourrure de Winnie.

Il semble un peu gêné alors qu'il continue :

— Elle avait de légers saignements, au moment de l'incident, mais j'ai cru à tort que ça signifiait qu'elle était moins fertile.

— Ne vous culpabilisez pas, dis-je en gardant un

visage impassible. C'est bien comme ça que ça marche… avec les femelles humaines.

À sa décharge, il n'a pas l'air dégoûté quand je mentionne les menstruations humaines. Au lieu de ça, il recule contre le dossier de sa chaise et drape un bras autour d'une chaise voisine dans cette posture de roi du monde qui le caractérise si bien.

— Et si nous parlions d'autre chose que de nos chiens ?

— Marché conclu. Mais après une dernière question en lien avec eux.

Il incline la tête sur le côté.

— Je vous écoute.

— Quand vous passerez pour le prélèvement de salive, est-ce que vous pourrez amener Winnie pour qu'elle et Gourdin puissent passer un peu de temps ensemble ? demandé-je en observant son visage.

Il fronce les sourcils.

Je le savais. Il n'aime pas l'idée qu'ils interagissent ensemble. Quel snob !

— Écoutez, dis-je, en colère pour mon ami canin. Gourdin n'a aucune MST. Et ce n'est pas comme s'il pouvait la mettre encore plus enceinte.

— Très bien, dit-il, à ma grande surprise. Le rendez-vous de jeux est pris.

Un rendez-vous de jeux ?

Pourquoi est-ce que ça me paraît sexuel ?

Je suis jalouse de nos chiens, soudain.

Il affiche un sourire narquois et lâche :

— Maintenant, vous me devez un sujet de

conversation qui ne soit pas lié aux chiens.

Je lui rends son sourire.

— Que dites-vous des loups ? Ça se rapproche trop des chiens ?

— Ni loups, ni ours, ni rats, répond-il d'un air sérieux.

— Les lions sont exclus aussi ?

— Vous pouvez parler de lions si vous voulez, m'accorde-t-il, magnanime.

— Enfin ! Quelque chose dont nous pouvons parler.

Ses lèvres frémissent.

— Et ce quelque chose, ce sont les *lions*.

— Eh bien, j'ai toujours trouvé bizarre que les lions de fiction rugissent quand ils essaient d'attraper quelque chose. Je pense que les vrais lions ne rugissent que pour faire fuir d'autres lions de leur territoire. Durant la chasse, je parie que ce sont des traqueurs silencieux. C'est ce que je ferais, à leur place.

Il hoche la tête avec sérieux.

— Je pense que vous avez raison. Pour la défense d'Hollywood, un lion qui rugit est plus impressionnant.

— Un lion avec des ailes le serait encore plus, mais ils sont restés proches de la réalité, à ce niveau-là. Maintenant que j'y pense, ce truc de rugissement est vrai pour d'autres animaux de fiction aussi. Il n'y avait pas un barracuda rugissant dans *Le Monde de Némo* ?

Il hausse les épaules.

— Je crois que c'est le cas, continué-je. Sans même parler de la traque silencieuse, je doute qu'il soit possible de rugir sous l'eau.

— Un moteur de sous-marin peut rugir, remarque-t-il.

— Hum ! fais-je, réfléchissant. Vous avez peut-être raison.

Il me sourit, et je suis sur le point de dire autre chose quand je remarque un homme à l'extérieur du café, qui pointe un appareil photo vers nous.

À ma grande stupéfaction, je le reconnais.

Dragomir était en train de hurler sur ce même mec quand Gourdin a sauté Winnie.

Je n'y avais pas vraiment prêté attention, jusqu'alors. J'étais trop accaparée par mes inquiétudes vaginales – autrement dit, par la nécessité de conserver les boules de Kegel dans le mien et le pénis de mon chien hors de celui de Winnie. Maintenant, je réalise que le comportement de ce type était assez bizarre.

Dragomir doit déceler quelque chose sur mon visage, parce qu'il se retourne. Aussitôt, son dos puissant se raidit et il crispe les épaules.

Oups ! Je suppose que ce type et lui ne s'entendent *vraiment* pas bien.

Dragomir se lève brusquement, mais avant qu'il ait pu sortir, l'homme part en courant et disparaît en vitesse au coin de la rue.

Il a l'air d'hésiter à le pourchasser.

De plus en plus curieux. Qui est ce type ?

Pourquoi cet appareil photo ?

Une sensation glaciale grandit dans mon estomac. Et s'il s'agissait d'un détective privé que la femme de Dragomir a engagé parce qu'elle suspecte son mari de la tromper ?

C'est ce qui est arrivé à mon ex, après que j'aie rompu avec lui – en grande partie grâce aux e-mails anonymes de Vlad à l'épouse pour lui suggérer de faire exactement ça.

Eh bien, s'il y a une femme dans l'histoire, je ne serai pas celle avec qui le salopard la trompera !

Plus jamais !

Dragomir décide visiblement de ne pas poursuivre son ennemi et se rassoit.

Je suis passée en mode professionnel. Soit j'éclaircis cette histoire de mariage, soit je ne pourrai plus jamais le revoir… peu importe à quel point il est sexy. Ou à quel point les chiots pourront s'avérer mignons.

— C'était qui ? demandé-je dans ma meilleure imitation de Reine des neiges.

Il hausse les épaules et répond :

— Je ne connais pas vraiment ce taré. Je ne l'ai vu qu'une autre fois. Mais je lui ai dit de rester loin de moi.

OK, c'était une question trop détournée. Je dois lui demander à brûle-pourpoint.

Il me regarde avec intensité.

Je prends une grande inspiration et lâche :

— Dragomir, vous êtes marié ?

Chapitre Seize

Il semble pris de court par ma question.

— Non.

Il éternue juste après avoir prononcé ce mot.

Un immense soulagement m'envahit.

En Russie, on dit que quand quelqu'un éternue après avoir déclaré quelque chose, c'est qu'il dit la vérité. Mais nous croyons aussi en l'adage « fais confiance, mais vérifie », alors je ne serai complètement satisfaite que quand Vlad me dira ce qu'il a découvert. Et puis, j'ai besoin d'une meilleure réponse au sujet de ce type bizarre qui s'est enfui — mon petit doigt me dit que Dragomir n'a pas du tout l'intention de me donner une vraie explication.

Puisqu'on parle de ça, autant le sonder un peu plus.

— Vous avez une petite amie ? Ou un petit ami ? Une amante ? Une maîtresse ?

Ses yeux pétillent d'amusement alors qu'il

répond :

— Non. Je suis célibataire. Je dois dire que ces questions sont bien plus personnelles que la discussion sur les lions.

Zut ! Il a raison.

C'est devenu très personnel. Trop, sachant qu'il est un investisseur potentiel.

— Et vous ? demande-t-il avant que j'aie pu m'excuser. Mariée ?

Je laisse échapper un soupir soulagé et réponds :

— Non.

— Un petit ami, peut-être ? continue-t-il sur le même ton que moi un peu plus tôt. Une petite amie ? Un amant ? Un maître ?

Je secoue la tête.

—Je n'ai plus d'homme depuis presque trois ans.

Il me parcourt du regard d'une manière qui me fait regretter de ne pas avoir mes boules de Kegel à presser.

— C'est très difficile à croire, murmure-t-il quand ses yeux se posent à nouveau sur mon visage clairement rouge.

Vu que je suis une femme de vingt-six ans, je résiste à l'envie de ramener mes cheveux par-dessus mon épaule comme une adolescente devant son premier béguin.

— OK, alors, nous sommes tous les deux célibataires, lâché-je vivement à la place. Je me demande ce que nous avons d'autre en commun.

Il m'observe d'un air spéculateur.

— Eh bien, notre héritage d'Europe de l'Est, déjà, c'est certain. Certaines traditions ruskoviennes sont presque identiques à celles de la Russie. L'architecture aussi.

— C'est vrai, dis-je en vidant le reste de mon café. Et n'oublions pas que nous sommes tous deux gagas des chiens.

Et qu'on a tous les deux envie de baiser ensemble comme des animaux… C'est ce que j'aimerais ajouter, mais je décide de garder ça dans ma tête, et pas juste au cas où cela ne serait pas réciproque.

— On aime tous les deux la réalité virtuelle, ajoute-t-il.

Il tend la main pour se resservir du café en même temps que moi. Nos doigts s'effleurent et des mini-éclairs traversent mes terminaisons nerveuses en crépitant.

Ma respiration devient irrégulière.

— Nous sommes tous deux des compétiteurs, dis-je en faisant un effort pour me concentrer à nouveau sur la conversation. Même si, bien sûr, je le suis bien plus que vous.

Ses narines se dilatent et il réplique :

— Impossible. Je suis bien plus compétiteur que vous. De très loin.

— Oh, je vous en prie ! Je suis si compétitrice qu'il y a une photo de moi dans le dictionnaire sous le mot.

Il se penche en avant et plisse les yeux.

— J'ai inventé ce mot, assure-t-il.

— Et pourtant, vous ne connaissez toujours pas sa

définition. Qui est *moi*.

Il émet un claquement de langue.

— Admettez votre défaite. Compétiteur est mon deuxième prénom officiel.

— Hum… Dragomir Compétiteur Lamian… vos parents doivent être encore pires que les miens.

Son sourire pâlit.

Zut ! Est-ce que je viens de mettre les pieds dans le plat ? Ses parents sont-ils seulement en vie ?

Son téléphone émet un bip.

— Je suis désolé, dit-il. C'est cette affaire que j'ai mentionnée tout à l'heure. C'est dans quelques minutes.

Je regarde mon téléphone.

Ouais. Je dois aussi aller rejoindre Xenia.

J'imagine que le temps file à toute vitesse, quand on discute de grossesse de chien avec le type par qui vous êtes attirée.

Il se lève.

— J'espère qu'on aura l'occasion d'apprendre à se connaître un peu mieux, quand je viendrai collecter l'ADN de Bonaparte.

Rendue sans voix d'allégresse, je hoche la tête un peu trop vigoureusement.

Il récupère nos gobelets vides et ajoute :

— La liste de nos similarités s'allongera peut-être ?

Pendant qu'il va jeter les récipients, je m'efforce de combattre l'envie de lui sauter dessus sur-le-champ, près de la poubelle. Ce n'est pas une bonne idée. Il est toujours un investisseur. Il n'est pas encore au courant de mon entreprise de sex-toys. Plus important encore, Vlad n'a pas fini de fouiner — ce qui signifie que Dragomir pourrait encore être marié et m'avoir menti éhontément à ce sujet. Pour ce que j'en sais, il est peut-être assez tordu pour avoir fait semblant d'éternuer au bon moment.

Il est ruskovien, il est peut-être au courant du truc sur la vérité et les éternuements.

— Vous voulez que je vous dépose au restaurant de *sushis* ? demande-t-il.

Compte tenu des pensées qui m'ont traversé l'esprit il y a quelques secondes, n'importe quelle femme raisonnable aurait refusé, mais je hoche la tête avec jubilation. Mon approbation est récompensée quand il place sa main au creux de mon dos pour me guider hors du café.

Je serais partante pour qu'il me guide comme ça sur cent kilomètres, mais à ma grande déception, le camping-car limousine nous attend déjà.

Fyodor ouvre la portière et nous grimpons à l'intérieur.

Winnie se dresse sur ses pattes arrière et lèche à nouveau le visage de Dragomir. Ou plutôt, elle bave partout sur lui.

Pendant qu'il s'essuie, elle reporte son attention sur moi et perche ses pattes sur mes épaules pour me donner le coup de grâce avec sa grosse langue mouillée.

J'émets un son entre le rire et le couinement — une

erreur, vu que je me retrouve avec de la bave dans la bouche.

Cette expérience est à la fois dégoûtante et adorable. En plus, je crois que par son intermédiaire, je viens de bécoter Dragomir. Ou au moins d'échanger quelques fluides corporels avec lui.

Une fois que je suis libérée, il prépare une lingette.

— Je peux ? demande-t-il.

Il veut me toucher le visage ?

— Oui, s'il vous plaît, dis-je en retenant mon souffle.

Il m'essuie délicatement et, bave de chien ou pas, c'est l'expérience la plus sensuelle que j'aie jamais vécue de ma vie — et elle dure une éternité. Il est vraiment minutieux et s'assure d'avoir nettoyé la moindre trace de bave de ma peau. Je songe brièvement à tout le maquillage qui doit disparaître au passage, mais ça en vaut la peine. Avec un peu de chance, il ne trouvera pas que je ressemble à un troll, sans ça. Ou un gobelin. Ou un ogre. Non, attendez, Fiona de *Shrek* est un ogre, n'est-ce pas ? Ouais, les ogres sont mignons.

Au bout d'un moment, il arrête de m'essuyer et me sèche le visage tout en douceur avec son mouchoir. À en juger la flamme qui brille dans ses yeux noisette, mes inquiétudes quant aux trolls et aux gobelins étaient surfaites.

Il fait un pas en arrière et je relâche le souffle que je retenais.

Le camping-car est-il muni d'une douche ?

J'aurais bien besoin d'en prendre une bien froide, à cet instant. Et je sais exactement à quoi je penserai quand j'aurai mon vibromasseur à la main ce soir : ses mains sur mon visage.

— Je suis désolé, murmure-t-il.

Désolé ? Pour ça ? C'est comme si Michel-Ange s'excusait d'avoir créé sa statue de David. À moins qu'il soit désolé d'avoir ruiné mon maquillage ?

— Elle n'a jamais fait ça avec personne jusqu'alors, continue-t-il.

Ah ! Il s'excuse pour le comportement de Winnie.

— Ce n'est rien. J'espère que ça veut dire qu'elle m'aime bien.

Il baisse les yeux sur Winnie. Elle remue la queue de manière continue et nous fait un sourire de chien — ou d'ours.

— Pour être honnête, j'ai toujours pensé que ce genre d'accueil était un signe d'amour, et pas seulement qu'elle apprécie quelqu'un.

— Eh bien, que voulez-vous ? lancé-je d'un air très sérieux. Les chiennes m'adorent !

Avant qu'il ait pu répondre, la voiture s'arrête et la paroi entre Fyodor et nous s'abaisse.

— Le restaurant de *sushis*, annonce le majordome d'un ton pompeux.

— Je vais accompagner Bella dehors, dit Dragomir à Fyodor, avant de m'ouvrir la portière.

Quand je sors du véhicule, je me sens légère, comme si je flottais. Dragomir m'accompagne jusqu'au trottoir.

Je m'arrête et lève les yeux vers lui.

— C'est le restaurant, dis-je avec un signe vers le bâtiment. Mon amie devrait arriver d'une minute à l'autre.

Il se rapproche suffisamment pour que je détecte les touches de cannelle de son eau de Cologne. Des nuances ambrées et chaudes brillent dans ses yeux.

— J'ai passé un excellent moment avec vous.

— Moi aussi.

Mon cœur bat à tout rompre, exactement comme quand j'étais au lycée, après un rencard.

J'ai peut-être voyagé dans le temps sans m'en rendre compte.

— Je vous recontacte pour le rendez-vous de jeux, dit-il doucement.

Je m'humidifie les lèvres et réponds :

— J'attends ça avec impatience.

Son regard se pose sur ma bouche, et une tension singulière semble envahir son corps. Lentement, comme s'il était aimanté par quelque chose, il penche la tête.

Mon pouls grimpe en flèche et je me mets sur la pointe des pieds, oscillant vers lui. Nos lèvres ne sont plus qu'à un souffle de distance. Si je pouvais juste…

— Bella ? lance une personne diabolique avec la voix de Xenia. C'est toi ?

Dragomir s'écarte.

Je fais volte-face et adresse un regard glacial à la source de ce son.

Ouais. La casseuse de coups est effectivement une

personne que j'ai toujours considérée comme une amie.

— Dragomir, dis-je d'une voix rauque. Je te présente Xenia.

Dragomir tend la main. Mon amie la prend et la serre comme une serviette humide, tout en le regardant avec des yeux de la taille de soucoupes.

— Ravie de vous rencontrer, finit-elle par parvenir à articuler avec un fort accent.

— C'est un plaisir pour moi aussi, répond-il, avant de baisser les yeux sur la main qu'elle ne lâche plus.

— On devrait y aller, lui fais-je remarquer d'un ton entendu.

Xenia tourne les yeux vers moi, puis vers sa main, avant de se souvenir finalement que lorsqu'on fait ce genre de geste, on doit lâcher les gens à un moment donné.

Les lèvres de Dragomir s'étirent en un sourire ironique.

— Je vous recontacte plus tard, dit-il, avant de disparaître dans son camping-car.

Xenia regarde le véhicule s'éloigner, une drôle d'expression sur le visage. Finalement, elle se tourne vers moi.

— Ça va à l'encontre des lois de la nature, qu'un homme puisse être aussi sublime.

Pour une fois, je suis d'accord avec elle — cette femme qui aime à dire qu'un homme doit juste être légèrement plus séduisant qu'un gorille.

Chapitre Dix-Sept

— Raconte-moi tout, exige Xenia alors que nous nous installons et commandons deux assiettes de Sushi Deluxe.

Je lui raconte toute cette histoire de grossesse.

— Son chien a raison, dit-elle.

Je soulève mon verre d'eau et en bois une gorgée.

— Vraiment ? demandé-je.

— Tu devrais porter le bébé de cet homme.

Je manque de recracher l'eau encore dans ma bouche.

— Son bébé ?

Elle hoche la tête avec sagesse.

— Vous êtes les deux plus belles personnes que j'aie jamais vues dans la vraie vie. Si vous faites un bébé, il deviendra une star de cinéma.

Je prends une serviette pour essuyer les gouttes d'eau qui me sont remontées dans le nez.

— Je m'attendrais à entendre ce genre de truc de la bouche de ma mère, pas de la tienne.

Elle me lance un regard insulté.

— Tu me compares à Natasha ?

— Tu as raison. Je suis désolée. C'est trop sévère.

Le serveur nous apporte deux assiettes en forme de bateau et nous nous échangeons nos *sushis* comme nous le faisons toujours : je lui donne les trucs ennuyeux, comme les bâtonnets de crabe et les crevettes cuites, et elle me donne tout ce qu'elle a trop peur de manger, comme les unis, qui sont des testicules d'oursins. Comme le reste de ma famille, je suis une mangeuse aventureuse, alors que Xenia l'est beaucoup moins − ce qui la limite sûrement en tant que chef cuisinière.

Durant le restant du repas, nous discutons des séries télévisées que nous avons vues récemment, et elle me raconte les derniers potins les concernant, elle et Jeune Étalon, en terminant par ses soupçons selon lesquels il serait sur le point de lui poser la grande question.

— Tu vas dire oui ? demandé-je, avant de mettre la dernière cuillerée de ma glace au thé vert dans ma bouche.

Elle hausse les épaules.

— Je ne suis plus toute jeune. C'est peut-être ma dernière chance pour ça.

Je ne lui dis pas qu'elle s'est remise à parler comme ma mère. Au lieu de ça, je me contente de remarquer qu'elle ne devrait épouser Jeune Étalon que si elle en a envie, et pas uniquement pour se caser.

— J'en ai envie. Mais il est si jeune…

Je roule les yeux.

— Il a quarante-cinq ans, et il ne prend pas beaucoup soin de lui-même. Votre espérance de vie est sûrement la même – à supposer que ce soit ce qui t'inquiète, quand tu parles de son âge.

Elle pousse un soupir.

— Qui sait, il ne me fera peut-être même pas sa demande.

Je le soupçonne fortement d'en avoir l'intention. Xenia est une femme incroyable, et le père Noël… je veux dire, Jeune Étalon ne me donne pas l'impression d'être stupide. Jovial, oui, mais pas stupide.

———

Quand je rentre chez moi, Gourdin est particulièrement excité de me voir.

— Tu sens Winnie sur moi ? lui demandé-je.

— *Oui.*

— Est-ce que tu peux déceler à son odeur qu'elle est enceinte ?

— *Oui.* Appelle-moi l'Étalon, à partir de maintenant.

Je réapplique le maquillage que j'ai perdu lors de ma rencontre avec l'ourse, prends un sandwich pour John et emmène Gourdin se promener. Quand je reviens, j'ai un message de Vlad, qui demande à me voir, alors je fais à nouveau le trajet jusqu'aux bureaux de Binary Birch.

———

— Je n'ai rien trouvé sur Dragomir, dit Vlad une fois les politesses passées.

— Rien ? C'est suspect en soi.

Mon frère hausse les épaules.

— Qui sommes-nous pour dire ça ? S'il faisait des recherches sur l'un de nous, il ne trouverait pas grand-chose non plus.

Je grimace.

— Eh bien, je cache *bien* quelque chose ! Mon entreprise de sex-toys.

Mon frère remonte ses lunettes sur son nez.

— C'est vrai, et ils devront creuser très, très profond pour l'apprendre. On t'a mise dans une SARL du Nouveau-Mexique et tout ça.

— Est-ce qu'il y a un moyen pour toi de « creuser très profond » ?

Il se frotte le menton, avant de répondre :

— J'aurais besoin de plus d'informations à son sujet.

— Comme quoi ?

— Le nom des personnes proches de lui, comme des frères et sœurs ou des parents. Peut-être le nom de son meilleur ami. N'importe qui n'étant pas aussi parano que lui.

— Je ne connais aucun nom. Mais si j'en découvre un, je te le ferai savoir.

— Sois subtile. S'il me ressemble un tant soit peu, il n'appréciera pas ça, s'il pense que tu fouines dans sa vie.

— Tu marques un point. Ça craint que ce soit si difficile !

Vlad hoche la tête d'un air compréhensif.

— La bonne nouvelle, c'est que j'ai trouvé quelque chose au sujet de ce Marco.

Je me redresse sur ma chaise.

— Quelque chose de juteux ?

— Il a deux femmes, répond Vlad. Deux familles, en fait – une en Ruskovie et une ici, aux États-Unis.

Waouh ! Même mon ex n'était pas allé aussi loin.

— Tu crois qu'ils sont au courant de l'existence les uns des autres ? demandé-je. C'est peut-être une relation polyamoureuse, ou un truc comme ça.

— J'en doute.

Je secoue la tête, dégoûtée.

— Quel connard !

Vlad me jette un regard spéculateur.

— Qu'est-ce que tu comptes faire de cette information ?

Je le regarde en clignant des yeux, sans comprendre.

— Qu'est-ce que tu veux dire ? Je ne peux pas vraiment le confronter à la vérité sans laisser comprendre à Dragomir que j'ai fouiné ; et je ne crois pas qu'il appréciera.

— Eh bien…

Le regard de Vlad parcourt le bureau, et il baisse la voix :

— Une personne sans scrupules pourrait se servir de cette information pour s'assurer d'obtenir le financement dont elle a besoin.

— Quoi ? Non ! Je ne vais pas lui faire du chantage. Ce n'est pas mon style.

Vlad m'adresse un demi-sourire approbateur.

— C'est bien ce que je pensais. Je ne fais qu'évoquer ça comme ça. Alex m'a dit qu'il était difficile d'obtenir des investisseurs.

Je crispe la mâchoire.

— Je refuse quand même de faire ça.

Par chance, Vlad laisse tomber le sujet et me pose des questions sur la conception de mon costume – je me fais un plaisir de tout lui raconter à ce sujet. J'apprécie tout particulièrement le voir remuer sur sa chaise quand je lui parle en détail de la stimulation des tétons.

Avant de partir, je ne peux m'empêcher d'ajouter d'un ton candide :

— Quand j'aurai un costume fonctionnel, tu crois que Fanny et toi pourrez le tester pour moi, en l'honneur du bon vieux temps ?

Chapitre Dix-Huit

e lendemain matin, je reçois un message de Dragomir.

Pouvons-nous passer à onze heures ?

Je réponds par l'affirmative et ressens une décharge d'énergie excitée excédant de loin les effets de mon espresso matinal.

Dans une heure, il sera là.

Dans mon appartement.

Pas loin de ma chambre.

Je m'efforce de garder une respiration égale et tente de rester calme alors que je me rends présentable. Une fois mes cheveux coiffés et mon maquillage appliqué, je réalise que je dois nettoyer mon appartement.

En ce moment, il ressemble à la tanière d'une tueuse en série collectionneuse compulsive de sex-toys.

Tout en jetant un œil à l'horloge de temps en temps, je me lance dans la quête épique consistant à dissimuler tous les godemichets, les plugs anaux, les vibromasseurs, les chapelets anaux et autres accessoires de chez Belka en cours de conception. À onze heures moins cinq, voyant que je ne progresse pas assez vite, je recours à une mesure désespérée. Plutôt que de ranger soigneusement les objets restants dans des tiroirs, je me contente de les cacher sous le canapé ou le lit d'un coup de pied, selon où ils se trouvent.

Everest — un godemichet particulièrement gros — se retrouve coincé sous le meuble de télévision.

Il est onze heures.

Ouf ! Je crois que j'ai réussi.

Je fais un dernier tour rapide et je trouve un prototype de pinces à tétons utilisé comme fermoir pour un sachet de pop-corn au caramel.

Zut ! Qu'est-ce que j'ai oublié d'autre ?

La sonnerie retentit.

— Qui est-ce ? lancé-je tout en jetant frénétiquement le sachet de pop-corn à la poubelle, avant de cacher les pinces dans le congélateur.

— Winnie et Dragomir.

— J'arrive, hurlé-je.

Je me précipite vers la porte et manque de trébucher sur Gourdin, qui est déjà dans le couloir et remue la queue avec insistance.

Je reprends mon souffle et ouvre la porte — pour recommencer aussitôt à hyperventiler.

Je veux dire, sérieusement. Qui fait ça ?

Dragomir porte une chemise serrée qui souligne

sa carrure musclée aux épaules larges dans des détails presque anatomiques à m'en faire mouiller ma culotte.

La seule chose qui serait pire, ce serait s'il portait un col roulé.

— Salut, murmure-t-il.

Avant que j'aie pu réaliser l'une des diverses pulsions qui défilent dans ma tête, Winnie me dépasse à toute vitesse, comme un ours tornade.

Dragomir dit quelque chose d'une voix sévère en ruskovien, sans résultat.

Elle l'ignore et renifle vigoureusement Gourdin, avant de le lécher des pieds à la tête, comme une sucette.

Celui-ci a l'air d'être au paradis — en tout cas, jusqu'à ce qu'il décide qu'il a envie de renifler le derrière de Winnie, avant de découvrir qu'il est situé beaucoup trop haut pour que son nez puisse l'atteindre.

Même en sautant, il n'arrive qu'à mi-chemin de là où il voudrait être, et Winnie se retourne avant qu'il ait pu bondir une deuxième fois.

Je prends la voix de Gourdin pour en faire profiter Dragomir :

— *Ma petite*, le *destin* nous *réunit* à nouveau — mais pourquoi as-tu mis ton *postérieur piquant* si loin ?

Avec un sourire, Dragomir fait la voix de Winnie :

— Ça vaut peut-être mieux, Napoléon Carlovitch. Je porte déjà le fruit de tes entrailles.

Je souris comme une folle alors que je réponds :

— Appelle-moi l'Étalon, *ma petite*. Appelle. Moi. L'Étalon.

Dragomir secoue la tête, puis sort une petite boîte de la poche de son jean.

— J'ai le test. Tu veux qu'on se débarrasse de ça maintenant ?

— D'accord. Tant qu'il bave devant Winnie, le prélèvement devrait contenir une tonne de salive.

Dragomir et moi nous associons pour effectuer cette tâche. Je maintiens Gourdin en place, il lui offre une friandise pour le faire baver plus, et dès que mon ami à quatre pattes ouvre la gueule, le jeune homme se sert du tampon de prélèvement, avant de le récompenser avec la friandise.

Somme toute, Gourdin n'a pas l'air de réaliser qu'il vient de passer par une procédure médicale.

Si seulement elles pouvaient toutes se dérouler comme ça !

Dragomir scelle le prélèvement dans un sac en plastique.

— Je pense que ça devrait convenir, dit-il.

— Super. Et si nous allions au salon ?

Il me suit, puis s'arrête et émet un sifflement tout en regardant autour de lui.

— Tu as un enfant ?

— S'il te plaît, ne siffle pas dans la maison, dis-je avant d'avoir pu me réfréner.

— Une autre superstition russe ? devine-t-il, l'air amusé.

— Siffler en intérieur porte malheur

financièrement parlant, expliqué-je. Et comme tu le sais, je cherche un investisseur.

— Je vais m'assurer de ne plus siffler en intérieur à partir de maintenant, répond-il en étirant les lèvres en un sourire de sympathie. Mais tu ne m'as pas répondu : est-ce que tu as un enfant ?

— Non, dis-je, sur la défensive.

Je crois savoir pourquoi il dit ça. Sans surprise, sa prochaine question est :

— Tu aimes Disney ?

— Non. J'aime juste *La Reine des neiges*.

Il indique d'un geste le grand poster d'Elsa accroché sur mon mur, mes figurines d'Anna et du reste de sa famille sur l'étagère, et le Olaf en peluche sur le canapé.

— Clairement.

Super ! La prochaine fois, en plus de cacher mes sex-toys, je devrai aussi ranger tous les jouets normaux destinés aux enfants. On ne sait jamais ce qui poussera les gens à vous juger.

Dragomir a désormais les yeux tournés vers le casque VR posé sur la table basse.

— Tu t'es entraînée au *Beat Saber* ?

Je le regarde en plissant les yeux.

— Laisse-moi deviner. Tu arrives à terminer *Radioactive* en mode Expert Plus, maintenant.

Il affiche un sourire suffisant et répond :

— Non seulement ça, mais je parie que je peux battre ton score.

— Pari tenu. Le concours de danse est lancé. À moins qu'il ne s'agisse d'un combat à l'épée ?

Il hausse les épaules.

— Je gagnerai quoi qu'il en soit.

J'attrape le casque et les manettes et lui tends le tout.

— Montre-moi ce que tu sais faire.

Pendant qu'il ajuste le casque pour sa tête beaucoup plus grosse que la mienne, je vérifie que les chiens vont bien et m'assure qu'ils ne se retrouvent pas sous ses pieds – un problème épineux, avec la réalité virtuelle.

Je surprends Gourdin en train de donner à Winnie sa plus grosse balle à mâcher, celle qu'il arrive à peine à tenir dans sa bouche.

— Non ! dis-je en récupérant l'objet.

Winnie était sans aucun doute sur le point de l'avaler toute crue, ce qui aurait signifié une autre visite chez le vétérinaire.

Gourdin s'éloigne en courant et revient avec un os qu'il ronge depuis ces deux derniers jours.

— C'est mieux, dis-je, avant de retourner voir Dragomir.

Il a déjà enfilé le casque et tient les manettes dans ses mains.

Avant que j'aie pu lui demander s'il est prêt, *Radioactive* s'élève des haut-parleurs du casque et il commence à évoluer en rythme avec la musique.

Oh mon Dieu !

Il manie les épées virtuelles avec une grâce

régalienne, tranchant et découpant les notes dans un mélange élégant et athlétique d'arts martiaux et de danse.

Heureusement que le casque l'empêche de me voir. Je bave plus que Gourdin l'a fait en voyant la friandise.

Une partie de moi se demande si je pourrais sortir l'un de mes jouets de là où je les ai cachés pour m'en servir avant la fin de la chanson.

— Deux cent mille points ! s'exclame Dragomir, la respiration forte.

Attendez une seconde, je ne crois pas que j'avais autant de points au moment de la phrase « *deep in my bones* » de la chanson, et c'est un problème. J'étais trop occupée à saliver devant ce spectacle qu'il m'offrait pour réaliser que je pourrais perdre cette compétition.

Hors de question ! Je danserai et trancherai comme une dingue, quand ce sera mon tour. L'échec n'est pas une option.

Pour l'instant, autant profiter du spectacle — et pour en profiter, j'en profite. Enfin, jusqu'à ce qu'il s'arrête et annonce son score final, qui est plus élevé que mon record, mais, heureusement, juste de quelques points.

— Ne te la pète pas trop, lui dis-je tout en rajustant le casque à la taille d'une tête normale. Je vais battre ton score dans un instant.

Il prend un air deux fois plus suffisant et répond :

— Je suis sûr que tu vas essayer du mieux que tu peux.

Avec une détermination sinistre, j'enfile le casque et resserre les doigts autour des deux manettes – qui, dans le jeu, ressemblent à deux sabres laser, un rouge et un bleu.

La musique se lance. Les notes se précipitent vers moi comme des balles.

Tandis que je les tranche une par une tout en ignorant les bombes et en esquivant les murs, je ne peux m'empêcher de me demander à quoi je ressemble aux yeux de Dragomir, en dehors de la réalité virtuelle.

Avec un peu de chance, j'ai l'air aussi féroce qu'un *ninja* et aussi gracieuse qu'une ballerine.

— *I'm waking up to ash and dust*, chante Dan Reynolds.

Bien que ce soit le premier vers de la chanson, je commence déjà à transpirer – et je ne peux pas m'essuyer le front, comme le dit l'une des paroles de la chanson.

Quand j'arrive au premier refrain et son fameux « *Radioactive, radioactive* », je transpire abondamment, mais mon score est plus élevé qu'il l'a jamais été à ce moment de la chanson.

Je pourrais vraiment gagner.

Soudain, j'entends Dragomir hurler en ruskovien. Je ne comprends que deux mots : « Winnie » et « Fu ! »

Merde !

L'ourse a franchi l'espace de jeu.

Avant que j'aie pu me figer sur place, mon bras

droit finit de trancher une série de notes… et mon poing heurte quelque chose de dur.

Je pousse un cri de douleur.

Un homme grogne.

De la fourrure d'ourse se frotte contre ma jambe.

J'arrache le casque de ma tête pour voir quel désastre vient de s'abattre sur moi.

C'est pire que ce que je croyais.

Dragomir est en train de tapoter Winnie d'une main tandis que l'autre est pressée contre son œil.

Un œil qui commence déjà à enfler.

Chapitre Dix-Neuf

— Fais-moi voir ta main, ordonne Dragomir.

Il a parlé d'une voix si autoritaire que j'obéis automatiquement, ce qui ne me ressemble pas du tout.

Il prend ma main et l'examine comme un chirurgien.

— Tu peux bouger les doigts ?

Je les remue et il hoche la tête d'un air approbateur.

— Tu as un sachet de glaçons ou des petits pois congelés ?

— Une seconde.

Je me précipite dans la cuisine, manquant de me prendre les pieds dans Winnie, puis Gourdin, et regarde dans le congélateur.

Les pinces à tétons sont glacées, maintenant, mais je ne crois pas que les utiliser comme compresse froide sur quoi que ce soit d'autre que mes tétons fonctionnerait si bien que ça. Vu que je n'ai ni glace ni petits pois, je récupère un gros morceau de poulet, referme la porte du congélateur avant que quiconque ait pu voir les pinces et me retourne… me cognant dans le torse de Dragomir.

Nous reculons tous deux en trébuchant et nous dévisageons. L'énergie brûlante qui vient de passer entre nous m'a paru carrément… radioactive.

— Mets ça sur ta main, dit-il du même ton impérieux avec un coup d'œil sur le poulet que je tiens.

— Quoi ? Non. C'est pour ton visage.

— Je vais bien. Contente-toi de faire ce que je te dis.

Était-ce un grognement ? Et devrais-je trouver bizarre de me sentir si excitée par son ton autoritaire ?

— Tu te comportes comme si je m'étais cassé la main, dis-je, exaspérée.

Il fronce les sourcils.

— C'est vrai. Allons faire une radio.

— Mec, je me suis juste cognée. Ton visage…

— Ce n'est rien. Commence à refroidir ta main.

Je roule les yeux.

— Et si on faisait un compromis ? Je presse le poulet contre ma main « blessée » à côté de ton œil.

Il pousse un soupir.

— S'il le faut.

Je le fais asseoir et presse la viande contre son œil

tout en me demandant à quel point ce genre de truc doit être peu hygiénique.

Est-ce qu'on peut attraper la salmonellose par les yeux ?

Bientôt, j'ai l'impression que je vais avoir des engelures aux doigts, mais le point positif, c'est qu'être si proche de lui me procure une sensation de chaleur dans la poitrine.

Après ce qui me semble être vingt minutes de tension continue, je dis entre mes dents qui claquent :

— Je meurs de froid et ma main va beaucoup mieux. Tu peux tenir ça ?

— Je vais bien aussi.

Il prend la viande et se dirige vers le congélateur.

— Laisse-moi faire.

Je lui prends le poulet des mains et fais de mon mieux pour cacher l'appareil et les pinces à l'intérieur avec mon corps alors que je le range.

Il ne dit rien, j'ai dû réussir.

Je pousse un soupir soulagé, me tourne face à lui et évalue les dégâts.

Ouais.

Glace ou pas, il a un coquard – ayant grandi avec deux frères, je connais très bien ce phénomène.

— Allons nous nettoyer.

Je me dirige vers l'évier et utilise du liquide vaisselle pour m'assurer de ne plus avoir de jus de poulet sur la main.

Il se nettoie le visage à son tour, puis utilise l'une

de ses lingettes pour Winnie et s'essuie avec son mouchoir.

Super ! Maintenant, je peux lui lécher le visage en toute sécurité.

Attendez, quoi ?

Je dois avoir faim. C'est forcément ça.

— Tu veux qu'on commande à déjeuner ?

Il hoche la tête et m'observe d'un regard voilé aux nuances ambrées.

Putain, ce qu'il est sexy ! Même avec un œil au beurre noir.

Je repousse cette pensée avant de lui sauter dessus, décroche quelques menus du frigo et nous nous décidons rapidement pour une pizza.

Une fois la commande passée, j'ouvre et referme la main pour vérifier si j'ai mal. Tout va bien.

— Je suis prête à recommencer la chanson, annoncé-je.

— Non, réplique-t-il, et ce mot sonne comme un décret royal.

— Non ? répété-je en croisant les bras sur ma poitrine.

— Je ne veux pas que tu sois blessée, dit-il d'un ton bien plus diplomate. Je déclare forfait. Tu as gagné.

— Ça ne marche pas comme ça.

Je sais que ma voix est grincheuse, mais je ne peux m'en empêcher.

Je dois gagner. C'est une obsession.

— S'il te plaît. Ne mets pas ta pauvre main encore plus à l'épreuve. Tu veux bien faire ça pour moi ?

L'expression implorante qui accompagne ces mots réduit au silence mes prochaines objections.

Zut ! J'espère qu'il ne se servira pas de cette expression pour faire le mal, comme, disons, me séduire ici et maintenant.

Parce que ça marcherait.

Hélas, aucune séduction ne se met en branle ! Au lieu de ça, il parcourt la cuisine des yeux et fronce les sourcils.

— Les chiens sont drôlement silencieux. On devrait aller voir ce qu'ils font.

— Juste pour rappel, Winnie ne peut pas devenir plus enceinte qu'elle ne l'est déjà, dis-je, mais je le guide quand même jusqu'au salon.

Nous arrivons juste à temps pour être témoins d'une impressionnante démonstration de force de super-chihuahua.

— Qu'est-ce que c'est que ça ? marmonne Dragomir.

Oh, merde ! Tout ce nettoyage pour rien.

Gourdin est parvenu je ne sais comment à extraire le godemichet Everest de là où je l'avais coincé, sous la télévision, et il est désormais en train de traîner l'objet vers Winnie — un exploit doublement impressionnant, parce que le zizi en silicone dans sa bouche fait presque la même taille que son corps.

— Ce n'est pas ce que tu crois, lâché-je.

Dragomir me lance un regard qui semble dire

« ton chien n'est pas sur le point d'offrir un godemichet géant au mien ? »

Je m'apprête à rétropédaler encore plus quand je réalise que, a) Dragomir a l'air plus amusé que réprobateur, et b) un godemichet ne veut pas dire entreprise de sex-toys.

Et puis zut !

Laissons-le croire que j'aime les énormes faux pénis.

Ce n'est pas comme si c'était faux.

Aussi haletant que s'il venait de terminer un triathlon, Gourdin lâche triomphalement le godemichet aux pieds de Winnie.

Y a-t-il un symbole phallique à lire dans cette scène ? Ou est-ce l'équivalent canin d'une proposition de mariage ?

Quoi que ce puisse être, Winnie est heureuse. Elle remue la queue si fort que cela crée un courant d'air bien détectable dans la pièce. Sans hésiter, elle attrape son cadeau dans sa gueule et fonce dans la cuisine.

— Eh bien ! remarqué-je d'un ton plein de sagesse. Au moins, c'est trop gros pour qu'elle l'avale.

Dragomir ne m'écoute pas. Il suit son chien – ce qu'elle interprète comme un jeu très amusant, parce qu'elle l'esquive et se précipite à nouveau dans le salon, le godemichet toujours serré entre ses dents.

— Tu sais, lui dis-je quand ils reviennent tous les deux en courant dans la pièce. Si tu essaies de reprendre Everest pour moi, ne t'embête pas. Elle peut le garder. Je m'en achèterai un autre.

Voilà. « Acheter » sous-entend que je n'en ai pas toute une collection dans un entrepôt – et lui indique que je ne suis pas du genre prude s'agissant de ce genre de choses. Autant qu'il commence à apprendre à connaître la vraie moi.

Je n'ai rien d'une dame de l'ère victorienne.

Il secoue la tête, l'air à nouveau plus amusé que contrarié.

— Elle va vouloir jouer à la balle avec dans le parc.

Il marque un point. Tout le monde ne sera pas aussi compréhensif que lui.

C'est pourquoi je me joins à la chasse à l'ourse, et au bout d'un quart d'heure à hurler et à courir, Dragomir finit enfin par attraper Winnie, et je l'aide à extraire sa proie de sa gueule.

Elle m'adresse un regard trahi et lève le museau pour émettre un hurlement de loup.

Une flopée de friandises et une promesse de nouveau jouet plus tard, Winnie se calme et s'éloigne pour aller fourrer son museau contre Gourdin et lui donner un autre coup de langue baveux.

Il la regarde avec une expression rayonnante.

— J'ai enfin fait de toi une chienne honnête, *ma petite.*

Nouveau bain de langue de sa part.

— Tu seras mon étalon pour toujours, Napoléon Carlovitch.

La sonnette de la porte retentit, provoquant une

frénésie d'aboiements chez les deux chiens, et je laisse Dragomir les calmer pendant que je vais ouvrir.

C'est notre pizza.

Je la prends et la pose sur la table de la cuisine, puis donne quelques friandises à Gourdin et Winnie.

— Tu as faim ? demandé-je à Dragomir quand il s'assoit.

— Je suis affamé, répond-il en prenant une part.

Nous mâchons notre pizza pendant quelques minutes, puis il dit :

— Donc, ton frère a mentionné que tu avais étudié au MIT. C'est impressionnant.

Je hausse les épaules.

— J'ai eu de la chance. J'ai jeté mon dévolu sur cette école très tôt, alors j'ai fait en sorte que ma moyenne de lycée reste haute, j'ai suivi tous les cours optionnels, j'ai cartonné au SAT[1] et j'ai fait toutes les activités extrascolaires requises. Quand j'ai passé mon entretien avec eux, je me suis assurée de les impressionner, et on connaît la suite.

Il émet un son railleur.

— Je n'appelle pas ça avoir de la chance. Plutôt prendre son destin en main. Tes parents doivent être très fiers de toi.

Je pousse un soupir.

— C'est mal connaître mes parents.

Je prends un fort accent dans ma meilleure imitation de la voix de ma mère et dis :

— Ton père et moi avons tout laissé tomber pour

venir vivre en Amérique. Le moins que tu puisses faire, c'est aller dans une bonne université.

Plutôt que d'être fiers de moi, mes parents sont déçus – seulement en partie à cause de la carrière que j'ai choisie.

— Je suis désolé, dit-il, et son regard renvoie une expression sincèrement compatissante. Les parents peuvent être durs.

Ma gorge se serre de manière inexplicable, et ma bouchée de pizza suivante a un goût de carton. Je fais un effort pour reprendre le contrôle de moi-même et dis d'un ton léger :

— Les miens sont les plus durs qui existent, c'est une certitude.

Il grimace.

— Tu n'as pas rencontré les miens.

— Tu ne pourras jamais remporter cette compétition-là, assuré-je. Mes parents sont presque diaboliques – avec moi, en tout cas. Ils traitent très bien mes frères.

— Conneries ! rétorque-t-il, un peu trop violemment à mon goût.

Il prend une grande inspiration, puis reprend d'un ton plus calme :

— Il est impossible que tes parents soient pires que les miens, lorsqu'il s'agit de préférer nos frères… ou d'être déçu, ou quoi que ce soit d'autre.

— Écoute, dis-je d'une voix douce.

Il s'agit clairement d'un sujet sensible pour lui aussi.

— Ce n'est pas une compétition que j'ai *envie* de gagner, mais ce serait le cas.

Il secoue la tête d'un air buté.

— Et si on prenait les paris, alors ? proposé-je.

— Je suis prêt à miser n'importe quoi, répond-il aussitôt.

N'importe quoi ? Des images pornographiques dansent devant mes yeux, dissipant en partie mon cafard.

— Le problème, continue-t-il, c'est comment décider du gagnant ?

Une idée diabolique me traverse l'esprit.

— L'anniversaire de ma mère arrive bientôt. Tu pourrais m'y accompagner et les rencontrer. Une fois que tu auras admis ta défaite et que tu seras parti en courant et en hurlant, j'aurai remporté le triste honneur de posséder les pires parents.

Attendez. Est-ce que je viens de lui proposer de rencontrer mes parents ?

— Marché conclu, dit-il avant que j'aie pu faire marche arrière.

Super ! Maintenant, même s'il se passe quelque chose entre nous, tout sera terminé une fois qu'il aura rencontré mes géniteurs dans toute leur splendeur. Mais après tout, ça vaut peut-être mieux.

Il ne devrait *rien* se passer entre nous.

— Ça fait des siècles que je ne suis plus allé à une réception d'anniversaire russe, remarque-t-il.

Je laisse échapper un soupir.

— Tu vas le regretter.

— Que font tes parents dans la vie ? demande-t-il, imperturbable.

Je prends une autre part de pizza et réponds :

— Dans notre mère patrie, mon père était chirurgien et ma mère architecte. Maintenant, ils sont propriétaires d'un restaurant à Brighton Beach. Ce qu'ils considèrent comme un déclassement. Ils ont fait en sorte que mes frères et moi n'oubliions jamais le noble sacrifice qu'ils ont fait.

Je mords dans ma pizza et, tout en mâchant, demande :

— Et les tiens ? Que font-ils dans la vie ?

Dragomir pince les lèvres.

— Ils n'ont jamais fait quoi que ce soit qui ressemble à un métier… sauf si on compte les complots.

Hum ! Bizarre.

— Ils vivent encore en Ruskovie ?

Ses yeux prennent la couleur du jade, froids et durs.

— Oui, mais ils viennent régulièrement à New York.

OK, il a peut-être de plus gros problèmes que moi avec ses parents.

— Tu as combien de frères et sœurs ? l'interrogé-je en espérant alléger l'atmosphère.

Raté. À en juger par la manière dont ses épaules se raidissent, je viens peut-être d'empirer les choses.

— Nous sommes dix, répond-il avec dégoût.

— Waouh !

J'essaie de visualiser ce que ça doit faire de donner naissance à dix bébés, et je frémis devant les horribles images qui me traversent l'esprit. Le pauvre vagin de sa mère… pas étonnant qu'elle soit méchante.

— C'est une tradition ruskovienne d'avoir une aussi grande famille ? demandé-je prudemment.

Il secoue la tête.

— Juste celle de ma famille. Et toi ? J'ai rencontré Alex, bien sûr. Il y en a d'autres ?

Je souris.

— Oui. Vlad.

— C'est le diminutif de Vladimir ?

— Tu as deviné.

— J'espère que tu t'entends aussi bien avec lui qu'avec Alex.

— Oh, oui ! Mes deux frères m'adorent.

Il prend un air songeur.

— Ce doit être sympa.

Je cherche désespérément un autre sujet de conversation.

— Où tu es allé à l'école ?

— Dans une université de Ruskovie, répond-il. Je doute que tu en aies entendu parler.

J'ai à peine entendu parler du pays, alors il a sûrement raison.

— Quand as-tu ouvert ton fonds de capital-risque ?

Voilà. Ce devrait être un sujet sympa et neutre.

— Quelques années après avoir obtenu mon diplôme universitaire, répond-il.

Je hausse un sourcil, impressionnée.

— Il ne faut pas déjà avoir un capital pour lancer ce genre de truc ?

Sa mâchoire se crispe.

Oups ! Apparemment, je ne suis pas encore sortie du champ de mines de son passé.

— Tu veux bien m'accorder une faveur ? demande-t-il après quelques secondes de silence tendu.

— Ça dépend ce que c'est, dis-je en l'observant avec méfiance par-dessus ma part de pizza.

— Ne me pose pas de questions sur mon *business*.

Je fourre la pizza dans ma bouche en songeant à la pub pour Twix.

Parce que si je ne m'abuse, c'est une citation exacte du *Parrain*, et une idée qui ne me plaît pas du tout s'implante dans ma tête.

Dragomir pourrait-il faire partie de la mafia ?

Chapitre Vingt

Alors que je mâche ma pizza, je réalise que ce n'est pas aussi dingue que ça pourrait paraître.

Il vient d'Europe de l'Est… ce qui correspond parfaitement au dernier stéréotype hollywoodien du crime organisé… et il est très mystérieux, refusant de parler de ses affaires ou de sa famille.

Sa famille est peut-être *la* famille, dans le sens mafia.

Ça expliquerait la pièce d'or qu'il a glissée au vétérinaire.

Attendez une minute. Le type que j'ai pris pour un détective privé pourrait-il être un vrai enquêteur – le genre qui travaille pour la police ou le FBI ? Est-ce que je vais être approchée un jour et qu'on me demandera d'aider à organiser un coup monté ?

Sa société de capital-risque est-elle un moyen de laver l'argent sale ?

Je dois faire un effort pour avaler la nourriture dans ma bouche.

J'aimerais avoir envisagé cette possibilité *avant* de l'inviter à l'anniversaire de ma mère. Mes parents ont eu une altercation avec des mafieux russes il y a quelques années, et ce n'était pas drôle. Par chance, Vlad a pu les aider.

En parlant de Vlad, il devrait pouvoir tirer cette affaire au clair. Si Dragomir est sous le coup d'une enquête menée par je ne sais quel bureau, ce sera un indice pour mon fouineur de frère.

— Tu es contrariée ? demande Dragomir, et je réalise que je suis restée silencieuse un peu trop longtemps. Si c'est important pour toi, je…

— Non, rétorqué-je vivement. J'essaie juste de me souvenir si j'ai promené Gourdin ce matin.

Quand je prononce le mot « promener » ainsi que son nom, mon chien commence une danse de la joie.

Dragomir lui adresse un sourire, avant de regarder l'ourse.

— Winnie aime se promener l'après-midi. Tu veux qu'on y aille ensemble ?

— D'accord.

Ce n'est peut-être pas une mauvaise idée de faire sortir ce potentiel criminel de mon appartement. Le parc est public, Gourdin et moi devrions donc y être en sécurité.

— Mais je n'ai qu'une demi-heure de libre, ajouté-je. J'ai un rendez-vous avec Vlad.

Ce n'est pas tout à fait un mensonge – je vais

vraiment passer le voir pour savoir ce que pense mon frère de ma théorie insensée.

Dragomir hoche la tête, et nous attaquons le reste de la pizza. Puis nous préparons nos animaux et allons au parc.

Tandis que nous marchons, je demande au jeune homme de me raconter quelque chose d'intéressant au sujet de la Ruskovie, me disant que quelles que soient les circonstances, ce sujet doit être sans danger.

— Comme quoi ? demande-t-il.

— Je ne sais pas. Des traditions intéressantes, peut-être ?

Il se gratte le menton, et finit par dire :

— Nous avons une fête durant laquelle tout le monde se jette du raisin trop mûr. Un peu comme lors de La Tomatina en Espagne, sauf qu'ils utilisent des tomates, pour je ne sais quelle raison étrange.

— Bien sûr, dis-je avec un sourire narquois. Le raisin est un projectile logique, mais les tomates, c'est complètement dingue.

— Voilà une anecdote que tu devrais trouver amusante… commence-t-il.

Il raccourcit la laisse de Winnie avant qu'elle ne fourre son nez dans le crottin de cheval laissé par l'un des chariots qui traversent Central Park.

— Nous organisons un festival de l'ours durant lequel les gens préparent de la nourriture appréciée des ours et s'habillent même comme eux.

Je souris.

— Tu es sûr que cette journée n'est pas dédiée à la race des mishas ?

— Certain, répond-il.

Il me raconte quelques autres traditions, comme le fait que tout le monde déteste la couleur rouge, à cause des Soviétiques, et que les Ruskoviens jettent leurs dents de lait sur le toit plutôt que de les laisser sous leur oreiller. Mes préférées sont leurs histoires de grand-père Krampus… un genre de démon opposé au père Noël qui effraie les enfants pour les forcer à être sages.

Quand nous nous laissons séparer accidentellement par un arbre, je fais faire demi-tour à Dragomir.

— C'est une autre superstition russe, expliqué-je. Deux personnes ne doivent pas passer d'un côté différent d'un arbre. Il faut choisir un côté, ou nous risquons de nous disputer.

Il effleure son œil au beurre noir et répond :

— J'ai l'impression que la dispute a déjà eu lieu.

Je grimace et m'excuse à nouveau pour le coquard alors que nous continuons de marcher pendant que les chiens font leur affaire.

— Tu as des tocs ? demande-t-il alors que nous reprenons le chemin de l'appartement.

— Non. Pourquoi ?

Il indique le trottoir d'un signe de la main.

— Tu ne marches jamais sur les fissures.

— Oh ! Ce n'est pas un toc. Ça porte malheur de marcher sur les fissures.

— Bien sûr, bien sûr ! répond-il avec un sourire.

Je surveille ma démarche durant le restant du trajet jusqu'à mon immeuble et réalise à quel point éviter les fissures est devenu un automatisme.

Ouais, peu importe. J'ai besoin de conserver toute ma chance – surtout durant le reste de ce rendez-vous de jeux.

Quand nous traversons finalement la rue et nous retrouvons à l'entrée de mon immeuble, je sors ostensiblement mon téléphone pour jeter un œil à l'heure.

— Je ferais mieux d'y aller.

— C'était sympa, dit-il en se rapprochant de moi.

Mon cœur se met à battre plus fort à proximité de lui.

— On devrait recommencer, un de ces jours.

Une seconde. Qu'est-ce que je raconte ? Est-ce que je ne viens pas d'émettre la théorie selon laquelle il ferait partie de la mafia ? Je devrais trouver un moyen de retirer mon invitation à ma fête de famille, plutôt que…

Il réduit la distance entre nous.

Sa délicieuse odeur de cannelle masculine et chaude afflue dans mes narines dilatées et m'embrouille la tête.

Ses yeux passent du brun clair à l'or parsemé de vert, et il pose les mains sur mes hanches.

Putain !

Mes hormones prennent le dessus et je fonds contre lui, les yeux rivés aux siens.

Il se penche en avant.
Je me mets sur la pointe des pieds.
Nos lèvres fusionnent.

Chapitre Vingt-Et-Un

*M*eeeerde !

C'est. Incroyable.

Mon premier orgasme buccal. La chair de poule recouvre ma peau, et comme mus par une volonté propre, mes doigts s'étalent sur la bosse de bonne taille au niveau de son jean.

De très bonne taille.

Genre, du niveau d'Everest.

Dragomir émet un grognement bas venu du fond de sa gorge et approfondit le baiser. J'ai l'impression d'être sur le point d'exploser de désir.

Il pourrait vraiment être « le bon », parce qu'il n'y a aucun sex-toy dans les environs et que je suis presque prête à jouir.

Mes vêtements deviennent irritants et mes doigts s'activent sur sa braguette. Pourquoi n'est-il pas déjà nu ? Avant que j'aie pu libérer Everest de son pantalon, je sens tout le corps de Dragomir se raidir.

La respiration forte, il lève la tête et fait un pas en arrière, la frustration que je ressens se reflète dans ses yeux.

Bouche bée, je regarde bêtement ses lèvres enflées, puis son pantalon presque ouvert.

Mince !

J'avais oublié qu'on était dehors.

J'avais aussi oublié que je ne baissais jamais le pantalon d'un mec au premier rencard – et aujourd'hui n'était même pas un rencard clairement défini.

Je rougis, prends une inspiration et recule, à l'écart de sa force de gravitation.

Winnie me regarde en inclinant la tête.

— Tsst, tsst, Bella Borisovna. On fait des petits en public ?

Un sourire étire lentement les lèvres de Dragomir, alors que ses yeux noisette parcourent mon corps des pieds à la tête.

— À suivre ? demande-t-il d'une voix rauque.

Oh, non ! Non, non, non ! Potentiel criminel, tu te souviens ?

— Je dois y aller, marmonné-je en traînant Gourdin dans l'immeuble d'une démarche vacillante.

Je peux sentir le regard brûlant de Dragomir sur mon dos.

Mon chien traîne des pattes durant tout le trajet jusqu'à l'ascenseur. Quand la porte commence à se refermer, il gémit et adresse un regard nostalgique à Winnie.

— Je sais ce que tu ressens, mon pote, dis-je d'une voix râpeuse.

— Oh, *ma chérie* ! Les Lamian et les Chortsky font des couples *parfaits*.

— Pas si les Lamian font partie de la mafia, répliqué-je, avant de m'efforcer de calmer ma respiration durant le restant du trajet en ascenseur.

———

Après avoir déposé Gourdin, j'hésite à récupérer l'un de mes jouets, avant de décider que la nécessité de voir Vlad passe avant ma libido grippée.

Je prends un taxi jusqu'au centre-ville et m'efforce de ne pas songer à ce qui vient de se passer. Mais mon esprit est resté bloqué sur ce baiser incroyable, et toutes sortes de questions y tourbillonnent.

Comment ai-je pu l'embrasser seulement quelques minutes après avoir songé qu'il pouvait être dans la mafia ?

Est-ce que ça veut dire que cela ne me dérange pas d'être la femme d'un mafieux ?

Non. Impossible. Pas si ça signifie qu'il risque de me tromper comme l'a fait Tony avec Carmela dans les *Sopranos*. Non pas que je le laisserais faire. Si je surprenais mon mari à me tromper, je le ferais buter. Mais bon sang ! Après ça, je devrais diriger son organisation criminelle toute seule, en plus de mon entreprise de sex-toys ! Je n'aurais aucune chance d'arriver à faire les deux. Je finirais par faire un *burn-*

out et par me réfugier dans la drogue. Comme la coke. En un rien de temps, je me transformerais en cocaïnomane et j'enfreindrais la loi cardinale qui interdit de se défoncer avec son propre produit.

Donc, en conclusion, je ne devrais plus jamais l'embrasser.

Et s'il en a envie ?

Et si, après avoir goûté à mes lèvres, il a tellement envie de moi qu'il est prêt à me kidnapper ? Vais-je me retrouver dans un complexe isolé de la Ruskovie, où je développerai le cas de syndrome de Stockholm le plus rapide de l'histoire ?

Quand le taxi s'arrête, je me précipite dans le bureau de Vlad comme une tornade.

Il détourne les yeux de son code, une expression inquiète sur le visage.

— Qu'est-ce qu'il se passe ?

Je me laisse tomber sur la chaise face à lui et lui explique tout.

Il secoue la tête.

— J'ai déjà vérifié s'il faisait l'objet d'une enquête, et ce n'est pas le cas.

— Tu as fait ça ?

Il sourit.

— J'ai dû tirer quelques ficelles, mais bon, combien de sœurs préférées j'ai ?

Je me mets presque à sauter dans tous les sens de joie.

— Tu ne crois pas qu'il fasse partie de la mafia ?

Son sourire s'élargit.

— Honnêtement, je ne crois même pas qu'il existe une mafia ruskovienne. Pas dans son pays natal, et encore moins aux États-Unis.

— Pourquoi pas ? demandé-je, commençant à me sentir stupide.

— La Ruskovie a le taux de criminalité le plus bas du monde. Ils n'ont pas de prison ni de base de données de criminels qu'on pourrait hacker.

Vlad est-il en train de dire qu'il serait prêt à hacker la base de données criminelle d'un gouvernement étranger pour moi ? Si c'est le cas, c'est peut-être la dernière fois que je lui demande de déterrer des infos sur quelqu'un. Je ne voudrais pas qu'il ait des ennuis à cause de moi.

Je réprime l'envie de le réprimander. C'est un grand garçon. Au lieu de ça, je dis :

— Le Japon a un taux de criminalité faible, mais ils ont les *yakuzas*.

— Tu marques un point. Mais il n'y a pas assez de Ruskoviens aux États-Unis pour diriger une organisation criminelle. Oh ! et contrairement aux Japonais, presque tous les Ruskoviens sont riches. Et ce sont de vieilles fortunes, ils ont donc moins de motivation à prendre le risque de s'associer à des crimes.

Je pousse un soupir soulagé.

— OK, dans ce cas-là, tu as raison. J'imagine qu'une mafia ruskovienne a autant de chances d'exister qu'une mafia monégasque.

— Exactement, répond-il.

— Eh bien, j'en suis ravie. Je l'ai invité à l'anniversaire de maman et…

— Ce n'est pas parce qu'il ne fait pas partie de la mafia que c'est une bonne idée de faire *ça*, m'interrompt Vlad en fronçant les sourcils. Il est toujours une énigme, et ça ressemble à un rencard.

Je pousse un soupir. Il a raison — et il n'est même pas au courant pour le baiser.

— Tu pourras peut-être tirer quelque chose de lui si tu le rencontres en face à face ?

— Comment ? demande mon frère en m'examinant d'un air interrogateur.

Je hausse les épaules.

— En prenant une photo de lui et en faisant une recherche d'images inversée ? En hackant son téléphone ? Je ne sais pas, c'est ton domaine.

— Les deux sont de mauvaises idées. Sauf si tu te fiches qu'il découvre que j'ai fouiné.

— Je ne veux vraiment pas qu'il le découvre.

— Dans ce cas-là, la recherche d'images inversée est hors de question. S'il me ressemble un tant soit peu, il a dû créer une page qui déclenche une alerte quand il est recherché de cette manière. Pour ce qui est du téléphone, je devrais le voler pour entrer dedans. Je ne suis pas la NSA ; je ne peux pas faire ça à distance.

— Oublie ça, dis-je en me levant. On va s'en tenir au premier plan : j'essaierai de t'obtenir d'autres infos. Il mentionnera peut-être le nom de l'un de ses nombreux frères et sœurs. Ou de ses parents.

— C'est une bonne idée, répond Vlad en se levant à son tour.

Je le serre dans mes bras, lui rappelle qu'il a intérêt à être présent à l'anniversaire, puis rentre chez moi.

———

Je passe le restant de la journée à travailler sur mes concepts de produits, de plus en plus excitée à l'idée de mon rencard imminent avec Dragomir. Le lendemain matin, Alex me fait un point sur la situation : pas de nouvelles de Marco et son équipe, et pas d'autres débouchés.

Merci, mon frère. Excellente manière de jeter un froid sur mon enthousiasme. Même si Dragomir s'est mis à l'écart, sortir avec lui, c'est jouer avec le feu, s'agissant de notre financement.

M'occuper l'esprit avec le boulot n'est peut-être pas la manière la plus mature de gérer mes doutes concernant Dragomir, mais c'est la voie que je suis, et d'ici la fin de la journée, Belka dispose d'un nouveau produit : un plug anal équipé d'une queue d'écureuil duveteuse, tout cela conçu dans un matériau compatible avec la machine à laver et le lave-vaisselle, pour être nettoyé plus facilement.

Ce qui me rappelle que je dois trouver un cadeau d'anniversaire à ma mère.

Je réfléchis à cela un instant.

Un objet qui serait ouvertement un *sex-toy*

l'énerverait, alors c'est hors de question. Mais après tout, elle se plaint tout le temps de ses douleurs dans le cou, alors pourquoi pas lui offrir un objet prétendument pour ça ?

Il ne me faut pas longtemps pour prendre ma décision.

Ma mère aura droit au meilleur produit de chez Belka : la baguette magique Hitachi.

Marque déposée depuis 1968, ce « masseur personnel » était le vibromasseur de prédilection des femmes, à une époque où le plaisir féminin – et tout particulièrement la masturbation – était plus tabou qu'aujourd'hui. Ce qui signifie qu'il aura parfaitement sa place dans la maison de mes parents.

Et si ma mère ne l'utilise que sur son cou, tant pis pour elle.

Mon cadeau choisi, je jette un œil à mon téléphone.

But ! J'ai un message de Dragomir.

Il veut connaître des détails sur l'anniversaire.

Je lui envoie l'adresse du restaurant de mes parents et lui dis de me rejoindre là-bas. Comme ça, je pourrai arriver en avance et supplier ou corrompre ma famille pour la convaincre de se montrer sous son meilleur jour. Même si je me rends bien compte que c'est incompatible avec notre pari « mes parents sont pires que les tiens ».

Je suppose que je n'ai pas envie qu'il s'enfuie en hurlant pour ne plus jamais envisager une relation romantique avec moi, ce qu'il fera avec certitude s'il voit mes parents de manière non censurée.

Attendez, qu'est-ce que je raconte ? Je *devrais* le laisser s'enfuir en hurlant. C'était précisément…

Est-ce que je dois apporter un cadeau ?

Son message me tire de mes ruminations.

J'en ai un qu'on peut offrir de notre part à tous les deux, je réponds. *Tu peux apporter des fleurs, si tu veux. Mais assure-toi qu'il y en ait un nombre impair. Pour les Russes, les bouquets de fleurs au nombre pair sont réservés aux funérailles.*

Il répond par une émoticône souriante, ce qui stimule l'enthousiasme que je ressentais plus tôt.

La prochaine tâche sur ma liste est de remonter le moral de Gourdin. Il a toujours l'air morose, sûrement parce que Winnie lui manque. Par chance, je connais un moyen idéal pour l'égayer. Je lance *Ratatouille*, son dessin animé préféré, dans le salon.

Ça fonctionne.

Comme d'habitude, il lève la tête et commence à faire les cent pas dans la pièce tout en jetant des coups d'œil à l'écran, aussi longs que le permet sa capacité de concentration de chien.

La raison pour laquelle il apprécie tant cette histoire-là est un mystère, pour moi. J'aime à croire qu'il rêve peut-être de devenir un grand chef français, comme le héros rat, mais la part la plus pragmatique de moi-même sait que la réponse est sûrement plus simple que ça. Il pense peut-être que ce film parle d'un autre chihuahua.

Mais après tout, mes théories sont sans doute

fausses. Il n'aime pas les autres films avec des chihuahuas, comme *La revanche d'une blonde*, ni ceux à propos de la cuisine française, comme *Julie et Julia*.

— *Ma chérie,* ne creuse pas trop ta jolie petite tête pour ça. Je suis simplement un mystère enveloppé dans une énigme… et du bacon, d'accord ?

———

Le matin de l'anniversaire de ma mère, je reçois un SMS de Xenia :

Grosse nouvelle. Je peux passer ?

Même si je peux deviner quelle est cette nouvelle, je fais semblant de n'en avoir aucune idée jusqu'à ce qu'elle arrive et m'annonce exactement ce à quoi je m'attendais : Jeune Étalon a fait sa demande.

— Et c'était romantique, dit-elle quand j'ai terminé les sauts de joie, étreintes et cris enthousiastes obligatoires. Regarde.

Elle me montre la bague, puis une photo d'un congélateur contenant une rangée de quatre bouteilles de vodka Stolichnaya, sur lesquelles Jeune Étalon a remplacé les étiquettes habituelles par d'autres qui forment la phrase « Veux-tu m'épouser ? »

— Oooh, c'est *vrai* que c'est romantique ! dis-je.

C'est aussi le signe possible que quelqu'un a besoin de suivre le fameux programme en douze étapes, mais ouais, c'est sûr que c'est original.

— J'ai le cadeau parfait pour vous deux, lancé-je tout en me précipitant hors de la pièce.

Je reviens avec un plateau, que Xenia examine d'un air dubitatif.

— Est-ce que ce sont des anneaux de mariage ? Si c'est le cas, ils m'ont l'air beaucoup trop gros.

— Ce sont des anneaux péniens, expliqué-je. Vibrants.

Xenia étudie le plateau, puis moi, l'air toujours aussi confus.

— C'est pour Jeune Étalon, il pourra le porter lors d'une soirée spéciale, expliqué-je.

Puis je prends un godemichet sur une table basse toute proche et lui montre où se place l'anneau pénien et comment l'activer.

— Et ça vibre ? demande-t-elle, l'air intrigué.

— Ouais. Choisis juste sa taille.

Xenia observe d'un air songeur l'extra-extra large, l'extra large et le large. Puis elle pose les yeux sur l'un des plus gros médiums.

— Bravo à toi, dis-je quand elle le prend. Fais-moi savoir ce que vous en avez pensé.

———

Alors que je sors du taxi à côté du restaurant de mes parents, je prie pour être arrivée avant Dragomir malgré tout. La loi de Murphy fait que je suis encore une fois en retard pour une réunion de famille – alors que je suis partie une demi-heure plus tôt que la dernière fois.

En vérité, il y a de bonnes chances pour que je

l'aie devancé. Autrement, j'aurais reçu un message de sa part, et ce n'est pas le cas pour l'instant.

Le restaurant de mes parents s'appelle La Hutte, un diminutif pour La Hutte aux pattes de poule. C'est une référence à Baba Yaga, une sorcière cannibale qui a peuplé mes cauchemars d'enfant. Vous voyez, c'est vraiment l'association parfaite pour un restaurant.

Je secoue la tête et grimpe en courant l'escalier en bois grinçant, avant de me glisser à l'intérieur entre les « pattes » de poule décoratives.

Je crois que mes parents sont si prudes qu'ils n'ont pas du tout conscience du symbole vaginal qu'ils ont accidentellement créé ici.

Dans le restaurant, la fête bat son plein.

Boris, l'homonyme de mon père, est le chanteur du jour, et pour je ne sais quelle raison, il est en train de brailler une chanson tirée de son répertoire non russe : « Gangnam Style. »

Je ne parle pas coréen, mais je perçois quand même le fort accent russe de Boris alors qu'il massacre les paroles de la chanson. Le point positif, c'est que grâce à sa carrure robuste et aux lunettes de soleil réfléchissantes qu'il porte, il ressemble vraiment au chanteur — ou ce serait le cas si Boris avait rasé sa barbe. Et puis, sa chorégraphie de cavalier est impeccable. Pareil pour les danseurs qui l'accompagnent sur la scène.

Alors que je me fraie un chemin à travers la piste de danse, je suis presque piétinée par de vieux Russes en pleine danse du cavalier au rythme de la K-Pop, sans craindre les crises cardiaques ou les hanches cassées. La fête vient tout juste de commencer, mais je parie que le niveau d'alcool moyen dans le sang dépasse déjà le palier de la conduite en état d'ivresse.

Certaines de ces personnes font partie de ma famille éloignée, mais la plupart sont des amis et des connaissances de ma mère. Elles m'adressent des regards mauvais à l'unisson, sans aucun doute parce que je suis le sujet des plaintes de celle-ci que ces pauvres diables ont dû endurer au fil des années.

Ma famille est rassemblée à sa table habituelle ; ils sont tous présents, je suis donc officiellement à nouveau la retardataire.

— Salut, tout le monde, lancé-je en anglais.

Je suppose que nous parlerons cette langue durant la majeure partie de la soirée, compte tenu de la présence de Fanny à la table.

Mes frères m'adressent un sourire, tout comme la jeune femme, mais mes parents me lancent un regard renfrogné, comme d'habitude.

Eh, au moins, ils n'ont pas commencé à boire ou à manger sans moi, cette fois — ce qui constitue une grosse insulte, dans la culture russe !

— Encore envie de faire une entrée remarquée ? lance ma mère.

Son maquillage est si lourd, aujourd'hui, qu'elle pourrait rendre une *drag-queen* jalouse. Elle exhibe aussi un décolleté assez grand pour étouffer un cheval.

Vlad la regarde en plissant les yeux et Alex lève les yeux au ciel.

Je me force à sourire.

— Joyeux anniversaire, maman, lancé-je en lui fourrant ma boîte cadeau dans les mains. Que ta vie soit prospère et en bonne santé.

Voilà. J'ai pris le dessus.

Voyons voir combien de temps cela durera.

Ma mère prend la boîte et semble momentanément apaisée. Puis une expression désapprobatrice recouvre à nouveau son visage alors qu'elle demande :

— Où est ton rencard ?

— Je lui ai dit que la fête commençait un peu plus tard qu'en réalité.

— Pourquoi ? demande mon père.

Sa moustache paraît particulièrement touffue, aujourd'hui, tout comme son monosourcil.

Je prends une grande inspiration et explique :

— C'est un investisseur potentiel, alors je voudrais vous demander à tous de ne pas me mettre dans l'embarras devant lui, aujourd'hui.

En d'autres termes, je demande un miracle.

— Quand t'avons-nous jamais mise dans l'embarras ? demande ma mère en m'adressant un regard dur.

Elle est sérieuse ?

Songeant qu'une dispute n'arrangera rien pour moi, je réponds :

— Je ne dis pas que c'est le cas. Je vous demande juste de ne surtout pas le faire aujourd'hui.

— Nous nous montrerons sous notre meilleur jour, assure Vlad d'un ton entendu.

À ses côtés, Fanny hoche solennellement la tête, et Alex ajoute :

— Nous nous en tiendrons aux sujets appropriés en bonne compagnie. Pas de religion, de politique ou de discussions sur l'argent.

— Nous évitons toujours ces sujets, intervient ma mère. Et puis, si quelqu'un risque de faire honte à notre famille, c'est Bella !

J'essaie d'avoir des pensées positives. Elle m'a donné la vie. Ça a dû faire mal. C'est son anniversaire. Je ne veux pas que Fanny s'enfuie en courant si nous nous lançons dans l'une de nos querelles légendaires.

En parlant de Fanny, Vlad bondit sur ses pieds et plie sa serviette comme s'il s'apprêtait à partir. Alex a l'air prêt à fuir, lui aussi, et Fanny remue d'un air extrêmement mal à l'aise.

— Attendez, se récrie ma mère en voyant ce qui est sur le point d'arriver. Ni religion, ni politique, ni discussion d'argent, c'est promis.

Ma mère a-t-elle vraiment fait un compromis ? Si c'est le cas, une licorne s'apprête-t-elle à péter un arc-en-ciel ? Si je devais deviner pourquoi c'est arrivé, je dirais qu'elle essaie de rester dans les bonnes grâces de Vlad. Maintenant qu'il a Fanny, elle le voit comme son moyen le plus direct de tenir un petit-enfant dans ses bras – un désir qui l'obsède jusqu'à friser la folie.

— Je vais m'asseoir, dis-je, avant de me diriger vers la chaise la plus éloignée de mes parents.

— Ne t'assois pas là, dit ma mère. C'est le coin !

Évidemment ! Comment ai-je pu oublier cette superstition ? S'asseoir au coin d'une table signifie qu'on ne se mariera pas avant sept ans.

— Assieds-toi à côté de Fannychka, suggère Vlad.

Je m'exécute avec joie. Il se trouve que j'ai apporté un petit quelque chose pour Fanny, aujourd'hui, et cela me permettra de le lui offrir discrètement sans attirer l'attention de ma mère.

— Salut, murmure Fanny quand je me laisse tomber à côté d'elle. Je suis contente de te revoir.

— Moi aussi, avoué-je en toute sincérité.

Je dois avouer que j'ai un béguin platonique pour la petite amie de Vlad. Elle est l'une des créatures les plus mignonnes que j'aie jamais rencontrées − et cela inclut mon chien. Avec son visage rond qui rougit souvent, elle irradie presque la douceur et la générosité − et pourtant, je sais qu'elle a une part sauvage secrète, et beaucoup de cran.

Quand je les regarde, Vlad et elle, je comprends pourquoi ma mère se languit de les voir lui donner un petit-enfant. Ils sont tous deux pâles, aux cheveux noirs et aux yeux bleus, et il est facile d'imaginer à quoi ressemblera leur progéniture potentielle : un adorable hybride entre un chérubin et un vampire.

— Je t'ai apporté ça, murmuré-je à l'oreille de Fanny d'un ton conspirateur.

Elle me regarde comme un lapin pris dans les phares d'une voiture.

Je lui tends le sac avec mon cadeau et ajoute :

— C'est ma dernière création.

L'air encore plus hésitante, Fanny jette un œil dans le sac. Dès qu'elle remarque le plug anal avec une queue d'écureuil, elle écarquille les yeux comme dans un dessin animé et ses joues prennent une teinte rouge que je n'aurais jamais imaginée naturelle.

— Merci, balbutie-t-elle, l'air d'avoir envie d'être avalée par le sol.

— Pas de problème, dis-je avec un sourire. Vlad voulait un poney quand il était petit, alors tu devrais peut-être faire comme si c'était une queue de cheval, plutôt que d'écureuil.

Vlad doit avoir entendu quelque chose, parce qu'il me regarde en plissant les yeux.

Avant que j'aie pu répondre par une expression de chiot innocent, je remarque le regard de ma mère qui s'arrondit, tourné vers la foule. Puis elle s'évente et se mord la lèvre.

Eh bien, voilà qui est bizarre !

Je suis son regard et comprends immédiatement sa réaction.

Dragomir est ici, dans toute sa gloire à en baver par terre et à faire fondre votre culotte.

Chapitre Vingt-Deux

êtu d'un costume sur mesure qui accentue sa carrure musclée, il tient un bouquet de fleurs si immense qu'il a dû couper tout un champ pour l'obtenir.

Je me lève et lui fais signe.

Il étire les lèvres en un sourire sexy et approche de la table.

À mon grand soulagement, soit son coquard a disparu, soit il n'est pas visible sous l'éclairage actuel.

Ma mère bondit sur ses pieds avec une telle vigueur que c'est un miracle que sa poitrine généreuse reste à l'intérieur de sa robe.

— Tout le monde, je vous présente Dragomir, lancé-je. Dragomir, voici…

— Natasha, dit ma mère, à bout de souffle.

— J'allais dire « voici tout le monde », terminé-je en levant légèrement les yeux au ciel.

— Bonjour tout le monde, et Natasha, dit-il.

— Voici Fanny…

Je la pointe du doigt, avant de montrer mon frère :

— … et Vlad. Tu connais déjà Alex, et là…

Je fais un signe de tête vers mon père.

— … c'est mon père, Boris.

J'étudie le visage de Dragomir pour voir s'il a remarqué que mes parents s'appellent Boris et Natasha, comme dans le dessin animé *Les Aventures de Rocky et Bullwinkle*. La plupart des gens font aussitôt le lien, parce que mes parents ressemblent même au duo de méchants, et qu'ils ont un accent similaire.

Si Dragomir a fait la connexion, il ne le montre pas.

— Joyeux anniversaire, Natasha, dit-il dans un russe à l'accent presque parfait. Je vous souhaite une très bonne santé.

Ma mère marmonne un remerciement, l'air en extase.

Beurk !

Dragomir s'incline majestueusement devant elle et lui tend les fleurs.

Ma mère se raccroche à son collier de perles – littéralement – puis fait signe à un serveur d'approcher et lui tend le bouquet. Une fois qu'elle a les mains libres, elle saute presque sur Dragomir, l'embrasse sur la joue droite, puis la gauche, avant de le serrer dans ses bras comme si elle voulait l'étouffer entre ses seins.

Mon père se lève et s'avance vers Dragomir.

Au début, je me demande s'il est jaloux de

l'attention que lui réserve sa femme et s'il s'apprête à faire ou dire quelque chose qui mettra toute la famille mal à l'aise.

Mais non. Dès que ma mère arrête de baver sur mon rencard, mon père gratifie à son tour Dragomir d'un baiser sur chaque joue.

Eh, au moins, il s'est abstenu de l'étreindre ! Je suis à peu près sûre que si elle avait bénéficié d'une minute de plus, ma mère l'aurait peloté.

Mes frères, qui sont normaux, se contentent de serrer la main de Dragomir. Fanny lui fait un signe timide, rougit et murmure un bonjour.

Bien joué, Fanny. Tu peux garder la vie sauve.

Quand Dragomir s'assoit sur la chaise à côté de la mienne, les notes de cannelle de son eau de Cologne me donnent envie de le mordre.

Ou de le lécher.

Je suis affamée, et pas de nourriture.

J'ai envie de le traîner sur la piste de danse et de me frotter contre lui dès que ce sera socialement acceptable – probablement après au moins quelques toasts.

Mon père s'empare de la bouteille de vodka.

Fanny lève son verre à *shot*, mais Vlad replace délicatement sa main sur la table – ça porte malheur, de remplir un verre en l'air.

— Maintenant que tout le monde est là, commençons, lance mon père en m'adressant un regard mauvais.

Il aime boire, et je l'ai fait attendre quelques minutes supplémentaires.

Sans demander si tout le monde veut de la vodka, il verse une tournée. Pour sa défense, c'est la tradition russe.

— Souviens-toi, ne bois pas trop, lui dit ma mère. Tu as promis.

Avec un soupir, il se verse un verre à shot plutôt qu'un verre normal et répond :

— En tant qu'époux de la reine de la fête, c'est à moi que revient l'honneur de porter le premier toast.

Il réfléchit de toutes ses forces, avant de tourner un regard désolé vers Fanny.

— Ma chère, ça vous dérange si je prononce le premier en russe ?

La jeune femme sourit et secoue la tête.

— Je traduirai après coup, dit Vlad, le front légèrement plissé. Nous ne voulons pas que qui que ce soit se sente mis à l'écart.

Mon père entame son toast.

Je me penche vers Dragomir, assez près pour lui mordiller l'oreille, et murmure :

— Un toast sera porté à chaque verre, et il y aura beaucoup de verres.

Dragomir acquiesce de la tête.

— Si tu ne veux pas avoir l'air d'une mauviette, termine tous les verres que tu boiras d'un coup, continué-je. En résumé, sois prudent. Si tu essaies de tenir le rythme avec tous les membres de ma famille, tu te retrouveras sous la table en un rien de temps.

Ce que je n'ajoute pas, c'est que s'il se saoule trop, nous ne pourrons pas danser.

Dragomir se penche vers moi, et je sens son souffle chaud contre mon oreille.

— Ce n'est pas ma première réunion russe. Et pour ce qui est de finir sous la table, tu t'y retrouveras bien avant moi.

— Ah oui ? souris-je. Défi accepté.

— Je fais au moins vingt-cinq kilos de plus que toi, murmure-t-il. Tu n'arrêtes pas de démarrer des batailles que tu ne peux pas gagner.

Mon sourire s'élargit.

— Bois un verre à chaque fois que j'en bois un, et on verra comment ça se passe.

Il secoue la tête d'un air exaspéré.

Je me concentre à nouveau sur le toast de mon père, qui est long, même pour lui.

Quand il se termine enfin, tout le monde vide son verre et mange un cornichon — sauf Fanny. Elle se contente de siroter le sien et saute l'étape du cornichon. Ce comportement est un grand non suivant les superstitions russes ayant trait à la boisson, mais nous faisons semblant de ne rien remarquer. Mieux vaut un peu de malchance plutôt que de la perdre dans un coma éthylique.

Tout le monde se sert à manger et Vlad traduit le toast à Fanny, qui fait visiblement de son mieux pour conserver un visage impassible.

— Joyeux jour parfait, créature angélique. Toi qui fais encore trembler mon cœur comme une feuille sous le vent. Toi que je veux caresser avec amour. La mère de mes enfants. Que tu bénéficies de la santé et du bonheur éternels…

Et ainsi de suite.

Je secoue la tête en écoutant la traduction de Vlad. Caresser avec amour ? a) épargne-nous les détails et b) ce n'est pas tout à fait ce qu'a dit notre père. C'était plutôt « te câliner avec passion, » ce qui est aussi beaucoup trop précis.

— Mange quelque chose, murmuré-je à l'oreille de Dragomir. Ou je n'aurai aucun mal à te faire boire jusqu'à ce que tu finisses sous la table.

Il lève les yeux au ciel et prend du *sel' edka pod shuboy* – un plat qu'on pourrait traduire par « hareng en manteau de fourrure. »

— Transmettez mes compliments au chef, dit Dragomir d'une voix forte après avoir goûté. C'est la meilleure version de ce plat que j'aie jamais goûtée.

Mes deux parents arborent une expression rayonnante de fierté. Même s'ils ne préparent pas la nourriture eux-mêmes, ils participent à la création des recettes.

J'entends Vlad expliquer le plat de hareng à Fanny.

— Le poisson est fermenté, est-il en train de dire, et servi sous une couche de betteraves hachées et cuites et d'œufs, mélangés à de la mayonnaise.

Noyé dans la mayonnaise, plutôt.

Pour sa défense, Fanny accepte une petite portion du plat et le goûte sans plisser le nez. La dernière fois que je l'ai vue ici, elle était une mangeuse beaucoup plus prudente. Mon frère commence clairement à déteindre sur elle – de bien des manières.

Malgré tout, elle fixe la limite au *kholodetz*, un plat de viande en gelée qui contient des ingrédients qu'elle trouve inconcevables, comme de la truffe et des oreilles de cochon, des pattes de poulet et des queues de bœuf.

Dans ma propre assiette, il y a mon plat préféré, la *vinegret* – une salade avec de la betterave bouillie, des pommes de terre, des cornichons, des carottes, des oignons, du chou et des haricots.

Dès que j'ai terminé ma portion, Dragomir m'en propose une autre, et je le laisse remplir mon assiette.

En voyant son geste, ma mère murmure à mon père d'un ton approbateur :

— Son rencard lui sert à manger. Il faut le garder.

N'a-t-elle pas compris que Dragomir parlait russe ?

Mon père adresse un signe de tête à ma mère et attrape à nouveau la bouteille de vodka.

— L'écart entre le premier et le deuxième verre doit être court.

Son toast est plus concis, cette fois – juste assez long pour que tout le monde se mette à bâiller –, puis nous buvons.

Je jette un coup d'œil à la piste de danse. Avec un peu de chance, on pourra la rejoindre bientôt.

L'écart entre le deuxième et le troisième verre s'avère aussi très court, et je commence à me sentir plaisamment grisée. En tout cas, jusqu'à ce que ma mère se lève pour porter un toast, transformant mon état grisé en appréhension.

— J'espère qu'on pourra pardonner à une femme de mon âge de penser à l'héritage de sa famille, surtout le jour de son anniversaire, dit ma mère.

Elle regarde Alex en plissant les yeux – sûrement parce qu'il est la seule personne à la table qui n'ait pas de rencard. Puis elle adresse un regard approbateur à Fanny et Dragomir et ajoute :

— À la bonne santé de mes petits-enfants à naître.

Même si ce n'est pas la première fois qu'elle entend ça, Fanny rougit.

Je m'attends à moitié à ce que Dragomir s'étrangle avec sa nourriture, ou au moins à ce qu'il cligne des yeux, mais il ne bronche pas, comme si elle venait de porter un toast à la santé de nos chiens – ce qui n'est pas une si mauvaise idée, d'ailleurs.

Les Ruskoviens manquent peut-être aussi de subtilité s'agissant de ce genre de trucs ?

Nous buvons nos verres.

Vlad ressert tout le monde et est le prochain à porter son toast.

Puis Alex.

Quand mon tour arrive, plutôt que de porter un toast à la santé de nos chiens spécifiquement, j'annonce que nous devrions boire à la santé des animaux de compagnie de tout le monde, « quoi qu'ils soient ».

De manière assez agaçante, Dragomir n'a pas

encore l'air saoul – soit ça, soit je suis moi-même trop dans le cirage pour m'en rendre compte.

Ce serait le bon moment pour aller danser, et je suis sur le point de le faire remarquer quand les lumières se tamisent.

Mince !

Comment ai-je pu oublier le spectacle, alors qu'il y en a un à chaque célébration ? Et alors que j'ai été forcée d'y participer quand j'étais enfant ?

Ouais, mon talent de ventriloque n'est pas vraiment un passe-temps que j'ai choisi toute seule, même si je suis contente d'avoir cette capacité, aujourd'hui.

Ces spectacles sont organisés à chaque fois qu'on fête quelque chose d'important ici, et ils sont chorégraphiés par ma mère, totalement non qualifiée pour ça. C'est pourquoi ils contiennent tout un fatras de trucs qu'elle aime bien, y compris (mais pas uniquement) le ballet. les contes de fées, le Cirque du Soleil et les Rockettes.

Comme d'habitude, des danseuses déguisées en arbre lèvent la jambe sur la scène jusqu'à ce que notre animateur, Boris – maintenant déguisé en Baba Yaga – fasse de son mieux pour danser le ballet parmi elles. Il ressemble plus à un hippopotame qu'à une sorcière.

Fanny écarquille les yeux alors que le spectacle progresse, mais Dragomir réagit comme s'il voyait tout le temps des sorcières cannibales à moustache pirouetter dans tous les sens.

Après ça se déroule l'une des histoires de Baba Yaga les plus communes – qui ressemble beaucoup à *Hansel et Gretel*. Évidemment, dans la version de ma mère, c'est un ballet, et à mon avis, Hansel a un peu trop les mains baladeuses quand il jette Gretel dans les airs. Je vais partir du principe qu'ils sont des demi-frère et sœur, dans cette adaptation.

Par bonheur, le spectacle se termine quand Baba Yaga est brûlée dans un four représenté par des danseuses habillées en orange.

— Mesdames et messieurs, annonce Boris, la piste de danse est à vous.

Sur ces mots, il se met à chanter *A Million Scarlet Roses*, un classique russe du slow.

C'est le moment.

Il est temps de danser.

Dans une pure démonstration de pouvoirs psychiques, Dragomir se lève gracieusement et me tend la main, dans un geste que je ne peux ignorer.

Dans ma vision périphérique, je vois mes parents hocher la tête d'un air approbateur, et ma mère lance un regard appuyé à Vlad, avant de faire un geste vers Fanny.

— Puis-je avoir cette danse ? murmure Dragomir.

Je lui prends la main, saute sur mes pieds, et mon cœur se met à battre plus fort à la sensation de ses doigts forts autour des miens.

Il se met en position pour une danse de bal.

Je pose mon autre main dans la sienne.

Waouh !

Le contact de sa peau enflamme toutes mes terminaisons nerveuses, et j'ai beaucoup de mal à respirer tant il est près de moi.

Nous commençons à nous balancer au rythme de la musique.

Double waouh !

Son regard changeant est hypnotisant. Possessif.

Le sol ne tremble-t-il pas un peu, aujourd'hui ?

Je me sens un peu faiblarde.

À bout de souffle.

J'ai des palpitations.

Je me presse tout contre lui.

Les parties dures de son corps se collent contre les parties douces du mien, et ma respiration devient irrégulière.

Si ce slow est censé être une tentative de séduction, c'est mission accomplie. Quelques battements de cœur plus tard, nos bouches se rejoignent.

Triple waouh !

La pièce semble disparaître autour de nous.

Je ne suis plus qu'une boule de sensations pures — je n'ai plus conscience que de ses lèvres douces, de sa langue qui tourbillonne et de son corps large et dur.

En parlant de ça, je glisse la main plus bas et sens Everest sous son pantalon.

On en est à combien de waouh, maintenant ?

Il arrache ses lèvres des miennes et murmure d'une voix rauque :

— Pas ici.

Merde !

J'ai encore oublié où on était. Ou bien je m'en fichais.

D'une certaine manière, je m'en fiche *encore*, tellement j'ai envie de lui.

Soudain, la musique change. La mélodie lente est remplacée par les notes enjouées de l'une des danses favorites de ma mère : la lambada.

Basée sur une chanson populaire bolivienne appelée *« Llorando se fue »*, cette mélodie s'est retrouvée dans le répertoire d'un tas de chanteurs au fil des années, et dès les premières paroles braillées par Boris, je reconnais *On the floor* de Jennifer Lopez.

Avec un sourire effronté, Dragomir glisse la main jusqu'au creux de mon dos et m'attire plus près – dans la position de la lambada.

Nouveau waouh !

Nous arquons les jambes et faisons plusieurs pas de danse rapides d'un côté et de l'autre, parfois en tournant, parfois en nous balançant, et tout en bougeant les hanches autant que possible.

En d'autres termes, nous nous frottons l'un contre l'autre en public.

L'inspiration originale pour cette chanson ne s'appelle pas « la danse interdite » pour rien. Elle *devrait* être interdite – au moins sur la piste de danse du restaurant de vos parents.

Surtout si lesdits parents vous prennent déjà pour une nymphomane obsédée.

— *If you go hard, you gotta get on the floor,* braille Boris dans sa meilleure imitation de Jlo, qui n'est pas bonne du tout.

Dragomir, lui, est effectivement dur. C'est tout le problème. Je peux sentir chaque centimètre carré de lui se frotter contre moi, et une pression grandit au creux de moi en réaction.

Waouh numéro trois cent !

Je suis à deux doigts de jouir. Sans jouet, et sans même le moindre contact.

Oubliez l'idée qu'il soit « le bon. » Il est plutôt mon déclencheur d'orgasmes personnel – parce que je suis sur le point d'en avoir un ici et maintenant, au beau milieu de la fête de ma mère.

Les pupilles de Dragomir se dilatent, et son regard s'assombrit, prenant une nuance ambrée riche et profonde. Je crois qu'il sait.

— *Grab something, drink a little more*, chante Boris.

J'ignore les paroles et me concentre sur mon orgasme grandissant.

J'y suis presque.

J'ai juste besoin de me frotter encore un peu contre lui – je veux dire, de me balancer au rythme de la musique.

Juste un peu plus.

C'est presque bon.

Presque…

La musique s'arrête.

Non !

Dragomir s'écarte – et je comprends pourquoi.

Nous avons tellement bien dansé que les gens applaudissent.

Zut ! Zut ! Zut !

Je croise le regard de Fanny. Elle rougit et me fait un clin d'œil.

Bordel de merde !

La chanson suivante a plutôt intérêt à me donner une excuse pour me frotter un peu plus contre Dragomir.

Mais non. Ce n'est pas mon jour.

Je reconnais la musique dès les premières notes. Tout le monde la reconnaît. Boris est clairement parti dans un *trip* latino. Dans son plus fort accent russe, il chante :

— *When I dance they call me Macarena.*

À l'unisson, les amis de ma mère et tous mes parents éloignés lèvent les bras comme une horde de zombies.

Avec un soupir, je fais la même chose, tout comme Dragomir. Puis nous retournons nos paumes avec tous les autres.

— *They all want me*[1], continue Boris.

Il a vraiment l'air d'apprécier ce vers, et après tout, pourquoi ne pas garder espoir ?

Tout le monde met sa main droite sur son épaule gauche, avant de répéter le geste avec son autre main.

Mon orgasme tout proche n'est plus qu'un lointain souvenir. C'est la danse qui se rapproche le plus d'une douche froide.

Nous plaçons nos mains à l'arrière de nos têtes.

Tuez-moi !

Nos mains se retrouvent sur nos hanches, et tout le monde se met à les remuer.

OK, voilà qui est plus intéressant. En agitant les hanches de cette manière, Dragomir accomplit l'impossible : il parvient à rendre la Macarena sexy.

Malheureusement, il imite bientôt les autres et accomplit un saut de côté à quatre-vingt-dix degrés, tout comme moi.

Certains imitent la plongée sous-marine pendant que d'autres applaudissent. Puis la séquence se répète. Et encore. Et encore.

Quand la chanson s'arrête enfin, je l'attire vers moi et murmure :

— Allons chez moi.

Il écarquille les yeux, et ses pupilles deviennent d'un vert doré alors que son visage se crispe.

— Tu veux dire tout de suite ?

Oups, il a raison ! On ne peut pas partir comme ça. Le deuxième plat n'a même pas encore été servi. Ma mère s'en rendrait compte si nous décampions maintenant. Elle bondirait sur la scène pour chanter *« It's my party and I'll cry if I want to »*.[2]

Très bien.

On va juste continuer à danser.

— Mesdames et messieurs, lance Boris plutôt que de se lancer dans une autre chanson, c'est l'occasion pour vous de prendre ce micro et de porter un toast à notre chère Natashen' ka.

Super ! Ils vont aussi faire ça ? En général, c'est super barbant.

Nous revenons à notre table, et mon père verse une nouvelle tournée.

Ma grand-tante récite un poème qu'elle a composé en l'honneur de ma mère.

Quand il se termine (Dieu merci), nous buvons.

Les serveurs apportent le plat de shish-kebab, et nous buvons à cela.

Un membre du club de lecture de ma mère lui souhaite « une descendance robuste », et nous buvons aussi à ça.

L'un des copains de beuverie habituels de mon père s'empare ensuite du micro.

— Mes amis, ce n'est pas bon de boire tout seul, mais c'est bien mieux de le faire collectivement.

Il lève son verre de vodka et ajoute :

— Au pouvoir du collectif !

— Ça ressemble à un slogan communiste, maugréé-je tout en vidant mon verre suivant.

— Camarades, dit la personne suivante. Buvons autant de notre peine qu'il y a de gouttes dans nos verres.

Applaudissements. Nous buvons à ça.

Le prochain toast annonce :

— Qu'il y ait des gens dans ta vie en l'honneur de qui tu auras envie de porter un toast, et pas de ceux qui te donnent envie de te saouler !

Un autre verre.

Puis un autre.

Je commence à perdre le compte des toasts et des verres — tout ce que je vois, c'est que Dragomir arrive à tenir le rythme.

Impressionnant.

— Est-ce que quelqu'un peut me raconter une blague Vovochka ? demande Fanny quand la série de toasts se termine enfin. Je les aime beaucoup, et Vlad m'a raconté toutes celles qu'il connaissait.

Je me penche vers Dragomir et lui murmure à l'oreille :

— Vovochka est l'équivalent russe de Toto.

— Je sais, répond-il. Je connais même certaines de ces blagues.

Cet homme n'arrêtera-t-il donc jamais de m'impressionner ?

— J'y vais en premier, dit Alex tout en remplissant les verres de tout le monde. « Tes parents se disputent encore ? » demande grand-mère à Vovochka. « Ouais, répond-il. Quand maman est rentrée de sa vaccination, elle a rapporté quelque chose qui s'appelle la *chaude pisse*. Elle l'a offert à papa, puis à oncle Sergey, puis à un voisin de l'autre côté de la rue. Maintenant, ils hurlent et se disputent tous, mais je ne sais pas si c'est parce qu'elle n'en a pas apporté assez ou parce qu'elle n'a pas divisé le cadeau équitablement. »

Fanny rougit et rit, et nous l'imitons tous.

Nous buvons un autre verre.

— J'en ai une, dit Dragomir, et mes parents échangent un regard impressionné. Grand-mère demande à Vovochka pourquoi il pleure. « Maman a dit à papa que c'était un âne, et il l'a traitée de vache. » Grand-mère lui tapote la tête. « Et alors ? » Il se met à pleurer encore plus fort et dit : « Ça veut dire que je suis quoi, moi, comme animal ? »

Des petits rires résonnent autour de la table, et nous buvons un autre verre.

Je sais que je ne devrais pas, mais je ne peux pas m'en empêcher.

— J'en connais une aussi. Mais elle est vulgaire.

— Vas-y, répond ma mère d'un ton magnanime.

Tout le monde a désormais les yeux rivés sur moi, alors je commence :

— Le professeur de maths dit : « Vovochka, je te donne trois cents roubles. Si tu en donnes cinquante à Vera, cinquante à Dasha et cinquante à Elena, qu'est-ce que tu auras ? » Les yeux de Vovochka pétillent avec enthousiasme alors qu'il répond : « Une orgie ? »

D'autres rires et plus de vodka s'ensuivent.

— J'en connais une, dit ma mère. « Maman, donne-moi la photo de papa », demande Vovochka. « Pourquoi ? » répond-elle. « Parce que le professeur veut voir qui est l'idiot qui a fait mes devoirs. »

Un verre plus tard, mon père raconte une histoire à son tour :

— Quand Vovochka, six ans, rentre de l'école, son père demande : « Qu'est-ce que tu as pensé de ta nouvelle professeure ? » Vovochka se frotte le menton et répond : « Je l'ai beaucoup aimée. Dommage qu'il y ait une si grande différence d'âge entre nous. »

Nouvelle tournée.

Les serveurs arrivent avant que quiconque ait pu raconter une autre blague. Ils apportent les desserts. Plus précisément, le gâteau qui porte le même nom que mon chien : un Napoléon.

La ligne d'arrivée est atteinte. Maintenant, il est socialement acceptable pour nous de partir.

L'opération « chez Dragomir » est de nouveau lancée.

Chapitre Vingt-Trois

Je me lève pour m'excuser, mais Boris prend alors la parole depuis la scène :

— C'est l'heure de jouer, mesdames et messieurs.

Ma mère frappe dans ses mains, fait un signe à Boris et nous pointe du doigt, Dragomir et moi.

L'animateur sourit.

— On dirait que nous avons nos premiers volontaires.

Au temps pour notre fuite !

Tout le monde applaudit alors que Dragomir et moi nous dirigeons vers la piste de danse désormais déserte.

Boris me tend une jarretelle fluorescente et nous explique le jeu.

C'est la version russe de ce que font parfois les Américains aux mariages : je dois enfiler la jarretelle sur ma jambe, et Dragomir doit la retirer.

Ouais.

La vodka est un prérequis important pour jouer à ce jeu.

Avant que l'un de nous ait pu se dégonfler, les danseuses m'entourent de manière à m'accorder l'intimité nécessaire pour enfiler la jarretelle sous ma robe.

Je passe ma jambe dans le tissu élastique et souris malicieusement tout en le remontant aussi haut que possible. Il n'y a pas de raison de rendre le boulot de Dragomir *trop* facile.

Les danseuses me font asseoir sur une chaise.

Boris met un bandeau sur les yeux de Dragomir. Pas mal. L'animateur guide ensuite le jeune homme jusqu'à ma chaise et l'aide à se mettre à quatre pattes.

Miam ! Quand nous finirons enfin chez lui, je crois que je voudrai recréer tout ce scénario. Ce pourrait être excitant de lui bander les yeux.

Dragomir me palpe d'abord à l'aveuglette, avant de trouver rapidement ma cheville.

Oh mon Dieu ! Une chaleur envahit toute ma jambe à ce contact. Puis ses doigts remontent, de plus en plus, jusqu'à ce qu'il se retrouve tout en haut, sous ma jupe.

J'adore ce jeu !

J'ai envie d'y jouer pendant des heures.

Tout le monde autour de nous applaudit et acclame, ce qui me rappelle que nous sommes dans un endroit public et qu'aucun de mes fantasmes ne se réalisera.

Les doigts de Dragomir effleurent l'intérieur de ma cuisse. Puis, peut-être à dessein, il rate la jarretelle et referme les doigts sur mon *string*.

OK. Un peu plus haut sur la gauche et…

Non. Il réalise son erreur et finit par attraper l'élastique.

— Non. Attrape-la avec tes dents !

Est-ce ma *mère* qui vient de hurler ça ?

— Avec tes dents, entonne tout le monde. Tes dents, tes dents !

Dragomir sourit, puis plonge sous ma jupe.

Je prends une brusque inspiration.

Sa bouche est presque à l'endroit où je rêverais qu'elle soit. Je peux sentir son souffle chaud à travers mon *string* en train de fondre à toute vitesse.

C'est moi, ou un léger gémissement vient de s'échapper de mes lèvres ?

À ma grande déception, Dragomir s'écarte de mon clitoris palpitant et attrape cette stupide jarretelle avec ses dents.

Il tire.

La jarretelle se déchire sur ma cuisse.

Il émerge de sous ma jupe et se lève.

À la vue du tissu entre ses dents, les spectateurs acclament à tout rompre.

Il retire le bandeau et m'embrasse sur la joue.

Les applaudissements sont si assourdissants que ma tête se met à tourner.

Je laisse échapper un soupir tremblant et reviens à la table, les jambes flageolantes.

— Salut, les gars, lance Alex en se levant. J'ai une grosse journée demain, alors, je vais filer.

Ah ! ah ! Le dessert a été servi et maintenant, Alex s'en va. Ça veut dire qu'il est totalement acceptable de procéder à l'Opération Chez Dragomir – ce qui est une bonne chose, parce que je suis aussi près d'exploser d'excitation qu'une femme peut l'être.

— Tout le monde, dis-je. Dragomir et moi devons aussi partir.

Vlad m'embrasse les joues et Fanny nous adresse un sourire rayonnant tout en nous disant au revoir de la main.

Ma mère s'avance vers moi et me serre étroitement contre elle.

Attendez, quoi ?

Cela fait des années qu'elle n'a plus fait ça.

Avant que j'aie pu m'en remettre, je reçois une surprise encore plus grosse. Non seulement mon père me prend dans ses bras, mais en plus, il me dit :

— Ça m'a fait tellement plaisir de te voir !

Il doit geler en Enfer, autant que dans le film *Le jour d'après*.

C'est alors que le comportement de mes parents s'explique.

Ma mère étreint Dragomir assez fort pour qu'il sente certaines parties de son corps qu'il ne devrait pas sentir, puis elle lui bave sur les joues style Winnie.

Dès qu'elle a fini, mon père offre un traitement similaire à mon rencard.

Je suis tellement hébétée, quand nous parvenons enfin à nous échapper, que je ne marche plus droit.

Quand nous passons à côté de Boris, je fouille dans mon sac à main pour trouver un peu de liquide, trouve cent dollars et les pose dans sa main dodue.

— Choisis Vlad et sa petite amie pour le prochain jeu, murmuré-je. Et refais le truc de la jarretelle.

Boris hoche la tête.

Je lance à mon frère un regard railleur. Je suis convaincue que mon rôle dans sa vie est de le pousser à s'amuser plus. Ma mission est accomplie pour aujourd'hui. J'espère juste qu'il n'est pas physiquement possible de rougir jusqu'à en mourir. Autrement, quand Fanny vivra ce que j'ai enduré sur cette chaise, elle risque fort de succomber sur place.

Eh, ils nommeront peut-être ce genre de mort en son honneur : le syndrome de Fanny Pack ! Pauvre fille ! Je n'arrive toujours pas à croire que ses parents l'ont appelée Fanny alors que son nom de famille est Pack[1].

Les miens ne sont peut-être vraiment pas les pires qui existent.

— Tes parents sont adorables, remarque Dragomir alors que nous quittons la piste de danse.

Il lit dans les pensées ?

Je laisse échapper un hoquet. Adorables devant lui, peut-être.

— Ma mère vendrait son âme au diable pour avoir un petit-enfant aussi sublime que toi.

Une seconde. Qu'est-ce que je viens de dire à voix haute ?

Zut ! Comme la plupart des hommes, il va sûrement partir en courant à l'évocation des enfants – et je ne peux pas le laisser fuir. Je veux parvenir à mes fins avec lui.

À ma grande stupéfaction, il se contente d'arborer un sourire narquois.

— Des excuses, des excuses. Tu vas perdre ton pari. Mes parents sont tous aussi obsédés par les petits-enfants, mais les tiens sont quand même des anges, comparés à eux.

Grr ! Je n'arrête pas de perdre nos compétitions. Je n'ai pas réussi à le faire boire jusqu'à ce qu'il finisse sous la table. Je ne l'ai pas battu au *Beat Saber*… à moins de compter l'œil au beurre noir. Et maintenant, je n'ai même pas réussi à prouver que mes parents sont pires que les siens – même si j'imagine que dans ce cas précis, je n'ai pas fait beaucoup d'efforts.

Alors que nous sortons du restaurant, j'éprouve une sensation étrange et déplaisante au creux de l'estomac. Si je ne savais pas à quel point ma mère était méticuleuse dans le choix d'ingrédients frais, je pourrais croire que j'ai mangé quelque chose de pourri.

Dragomir agite son téléphone devant moi.

— Fyodor me dit qu'il est coincé dans les bouchons. Il pense qu'il arrivera dans dix minutes.

— Non, allons-y maintenant, dis-je en pointant le

doigt vers un taxi qui nous attend déjà contre le trottoir.

Dragomir acquiesce et nous plongeons dedans. Il donne son adresse et sort une liasse de billets, avant d'en tendre la moitié au chauffeur.

— Emmenez-nous là-bas rapidement, et vous aurez l'autre moitié, promet-il.

Le chauffeur hoche solennellement la tête et appuie sur la pédale d'accélérateur.

Quand la voiture bondit en avant, je sens un accès de mal des transports m'envahir, mais je ne dis rien. Si nous arrivons vite chez Dragomir, ça vaudra la peine de se sentir un peu mal à l'aise.

Et puis, je connais un moyen idéal de m'occuper l'esprit.

Je fonds sur Dragomir et l'embrasse. Violemment.

Il m'embrasse en retour, et son baiser est brûlant.

Le taxi et le monde entier disparaissent. Tout ce qu'il reste, ce sont ces lèvres sensuelles et les mains fortes, chaudes et légèrement calleuses qui parcourent mon corps.

Après ce qui me semble être une minute d'extase, la voiture s'arrête dans un crissement de pneus.

On est déjà arrivés ?

Le temps file vite quand vous êtes à deux doigts de l'orgasme.

Dragomir tend le reste de son argent au chauffeur et me guide jusqu'à un gratte-ciel huppé. Durant le trajet en ascenseur, nous nous embrassons à nouveau

– mais cela ne dure qu'un claquement de doigts, puis nous devons sortir.

— Bienvenue chez moi, dit-il quand nous entrons dans un immense *penthouse*.

Avant que j'aie pu regarder autour de moi, une créature aux allures d'ourse m'attaque – et me bave partout sur le visage. Encore.

Beurk ! L'haleine de chien de Winnie est forte, aujourd'hui. Elle me donne un haut-le-cœur.

Je dois me nettoyer au plus vite. Non seulement mon estomac se rebelle à cette odeur, mais en plus, Dragomir ne voudra jamais m'embrasser dans cet état.

Quand il en a fini avec moi, l'ourse rabat-joie va baver sur son maître.

Celui-ci sort ses lingettes et m'en offre une, mais je secoue la tête.

— Je peux utiliser ton évier ?

Winnie sur les talons, il me guide à travers un salon où toutes les étagères sont couvertes de trophées.

Hum ! Chaque statue en or tient un objet vaguement phallique à la main. Est-ce qu'on peut recevoir des trophées de masturbation ?

Non, j'en doute. Si c'était possible, j'aurais remporté la médaille d'or aux Jeux olympiques, maintenant.

— Je fais de l'escrime, explique-t-il en suivant mon regard.

L'escrime. Évidemment ! C'est bien plus logique.

— Eh ! remarqué-je en faisant de mon mieux

pour ne pas me retrouver avec trop de bave de chien dans la bouche. Tu as triché !

Il arque un sourcil alors que nous entrons dans la cuisine.

— Tu avais un avantage au *Beat Saber*, vu que tu es doué à l'épée. Ou à la rapière, ou je ne sais quoi, dis-je tout en m'approchant de l'évier pour me débarrasser des puces de chien.

Mon fond de teint et mon *blush* sont déjà fichus, mais je fais de mon mieux pour ne pas enlever mon mascara. Si je ressemble à un raton laveur, Winnie risque d'essayer de me manger.

Elle me regarde déjà avec une expression qui pourrait fort bien être de la faim.

Quand j'ai fini de me laver le visage, il me tend une serviette.

— Depuis quand être bon dans quelque chose est-il considéré comme de la triche ? demande-t-il pendant que je m'essuie.

— Ça ne me paraît juste pas très sportif de la part d'un professionnel de jouer contre une novice comme ça. Tu es plus ou moins un escroc du *Beat Saber*.

Avec un sourire, il se penche au-dessus de l'évier et s'asperge à son tour un peu d'eau sur le visage.

Je profite de l'opportunité pour parcourir la cuisine des yeux, à la recherche d'éventuelles photos de sa femme ou sa petite amie. Par chance, il n'y en a aucune. En revanche, j'en vois une de lui vêtu de son apparat d'escrimeur.

Oh Bon Dieu !

Je ne m'en étais pas rendu compte jusqu'alors, mais ces tenues protectrices sont serrées. Et le pire, c'est qu'elles ressemblent étrangement à des cols roulés.

Dès que j'ai fait le lien, mes ovaires se mettent en branle. Je racle ma gorge soudain devenue sèche.

— J'ai besoin que tu tiennes Winnie occupée pendant les quelques prochaines heures, demandé-je.

Il se redresse et s'essuie le visage. Son regard s'assombrit alors que ses yeux se posent sur ses lèvres.

—Je m'en occupe, répond-il d'une voix rauque.

Il plonge la main dans le tiroir et en sort ce qui ressemble à un fémur de T-rex. Il le tend à l'ourse, lui ronronne quelque chose en ruskovien, et elle commence à mâchouiller l'os.

Il fait un signe de tête vers la porte de la cuisine.

Je dépasse Winnie sur la pointe des pieds pour retourner dans le salon, et il me suit.

Enfin seuls !

Avec une grâce de prédateur, il réduit la distance entre nous et m'embrasse à nouveau.

J'ai l'impression que la pièce tourne autour de moi.

Avant de m'être rendu compte de ce que je faisais, je me retrouve à lui arracher ses vêtements, pendant qu'il m'ôte les miens.

Enfin !

C'est. En train. D'arriver.

Sans rompre le baiser, il me soulève. Une seconde

plus tard, mon dos nu est contre le canapé et ses yeux errent sur ma peau exposée.

Eh, c'est pas juste ! Il porte encore son pantalon – mais son torse musclé compense ce péché pour l'instant.

J'observe sa peau brillante et légèrement bronzée, parsemée de poils masculins, et l'eau me monte à la bouche.

Il se penche vers moi et demande :

— C'est ce que tu veux ?

Sa voix est rauque et son regard si brûlant que j'en frissonne.

— Oh, oui ! C'est entièrement ce que je veux.

Son visage se crispe soudain.

— Nous devons être prudents. Je ne voudrais pas qu'on se retrouve dans la même situation que nos chiens.

— Je prends la pilule, précisé-je en m'humidifiant les lèvres.

— Je n'ai aucune maladie, répon-il, et son expression devient vorace.

— Moi non plus.

Puis je l'embrasse avant qu'il ait pu perdre encore plus de temps en futilités.

Nous dansons la lambada avec nos langues.

Il me mord la lèvre inférieure.

Je défais son pantalon et glisse une main à l'intérieur.

Everest est doux comme la soie au toucher, et aussi dur que… eh bien, qu'une montagne !

Dragomir m'embrasse dans le cou, avant de me mordiller.

Ma peau se couvre de chair de poule.

Sa langue descend le long de ma clavicule et recouvre mon téton droit.

J'émets un hoquet et ma main se referme autour d'Everest, que je commence à caresser de haut en bas.

Il lâche un grognement de plaisir, mais écarte Everest tout en se mettant à descendre le long de mon corps avec sa langue, jusqu'à mon nombril, puis de plus en plus bas, jusqu'à ce qu'il soit exactement là où je veux qu'il soit.

Là où j'ai besoin qu'il soit.

— Couche-toi sur le dos, m'ordonne-t-il d'une voix rauque.

Je me fais un plaisir d'obéir. Je vais découvrir sur-le-champ s'il est le bon.

Quand son souffle chaud effleure mon clitoris, je sais sans l'ombre d'un doute que c'est le cas.

Ça va être incroyable. Mieux encore que le chocolat et les chiots.

Il donne un tout petit coup de langue à mon renflement charnu gonflé de désir.

Je gémis de plaisir.

Il aplatit sa langue et établit un nouveau contact.

Le plaisir commence à se lover au creux de moi alors qu'un autre gémissement s'arrache à mes lèvres.

Ses coups de langue se transforment en baisers.

Je serre les poings dans ses cheveux. À ce rythme, je risque fort de le scalper, le pauvre !

Ses baisers sont à nouveau remplacés par des coups de langue.

Je lâche ses cheveux et jouis dans un cri. Le plaisir est si intense que mes doigts de pied se crispent spasmodiquement et que tous les muscles de mon corps tremblent et se contractent.

C'est officiel. Mes trois ans passés à ne connaître l'orgasme qu'avec des jouets touchent à leur fin.

Il lève la tête vers moi, une satisfaction purement masculine sur le visage et les yeux semblables à de l'or en fusion.

Mes battements de cœur ralentissent un peu et je me tortille pour m'écarter de lui.

— Maintenant, couche-toi.

Il prend ma place.

La pièce se met à tourbillonner comme un grand huit autour de nous.

Bizarre. Ce doit être une rémanence de l'orgasme.

Je raffermis mes mains et je débarrasse Dragomir de son stupide pantalon, avant de libérer Everest du caleçon.

Puuuutain ! Malgré l'avertissement de Xenia au sujet de la réputation des Ruskoviens d'être bien montés, et même si je l'ai palpé, je ne m'attendais pas à ce qu'Everest soit aussi immense… ni si beau.

Il m'appelle de la même manière que la montagne homonyme doit appeler les amateurs de sensations fortes du monde entier. Je comprends pourquoi ils risquent leur vie pour cette escalade. Gravir *cet* Everest est désormais sur ma liste des choses à faire avant de mourir — et je compte bien y parvenir, même si c'est la dernière chose que je dois faire dans ma vie.

Mais d'abord, voyons voir s'il peut tenir dans ma bouche. Ça risque d'être un peu difficile, mais je n'ai jamais reculé devant un défi.

Je commence par un coup de langue de sucette.

Dragomir grogne et Everest se contracte sous ma langue, m'encourageant à continuer.

C'est parti.

J'ouvre grand la bouche et l'engloutis autant que je peux.

Attendez une seconde. Généralement, je n'ai pas de haut-le-cœur facilement, mais quelque chose cloche.

Quelque chose s'active.

Oh ! oh !

C'est comme si tous mes petits problèmes précédents — la nourriture peut-être pas fraîche, le trajet en voiture houleux et la pièce qui tourne — décidaient de remonter à la surface en même temps.

Oh, par tous les dieux de la vodka ! J'étais dans le déni et ne voulais pas admettre que j'avais perdu une autre compétition contre Dragomir.

La compétition de la boisson.

Prise de vertige, je m'extirpe d'Everest et je me redresse sur des jambes tremblantes.

Ouais. Je suis bourrée. Et le pire, c'est que le contenu de mon estomac est en train de remonter.

— Qu'est-ce qui ne va pas ? demande Dragomir, une expression inquiète sur le visage.

— Toilettes, hoqueté-je. Toilettes ! Où sont les toilettes ?

Il bondit sur ses pieds, mais je suis trop préoccupée pour admirer sa merveilleuse nudité.

— Ici, dit-il.

Il s'empresse de descendre un couloir et ouvre une porte, avant de se tourner face à moi.

— Tu vas bien ?

Je ne peux pas répondre, vu que cela nécessiterait que j'ouvre la bouche.

Au lieu de ça, je préserve mes forces et me concentre sur le fait d'arriver jusqu'à la terre promise que constitue cette pièce.

Je fais de mon mieux pour courir.

Vu que la vodka a diminué depuis longtemps la consommation d'énergie de mon cervelet jusqu'à la vitesse d'un escargot, ma course se termine quand je me cogne dans le mur. Fort.

Non ! Non ! Non !

Le coup manque de me faire pousser un cri, et donc ouvrir la bouche.

Mais je m'en abstiens. Je suis une héroïne.

Je dois terminer ma quête épique jusqu'aux toilettes. Les enjeux sont plus élevés que jamais.

Je mobilise toute la volonté dont je dispose et marche aussi vite et droit que possible, au vu des circonstances. Si, après la masturbation, on donnait des médailles d'or olympiques pour la capacité à marcher sous influence de l'alcool, ce serait dans la poche, après ça !

Je parviens habilement à ne pas rentrer dans Dragomir ni la porte qu'il tient encore ouverte. Je plonge dans la cuvette, tombe à genoux et prie les dieux de la vodka de toutes mes forces devant l'autel en porcelaine de fortune.

Des mains fortes me tiennent les cheveux et des mots apaisants sont murmurés au-dessus de moi.

Je suis si embarrassée que si je pouvais tomber entre les dalles du carrelage jusqu'à un autre appartement, je le ferais.

Ce n'est pas seulement une prière, c'est aussi une offrande de nourriture – et j'espère vraiment que les dieux de la vodka aiment la betterave bouillie, les pommes de terre, les carottes, les oignons, le chou, les haricots et les cornichons.

Enfin, tout le monde sait qu'ils aiment les cornichons, mais je suis moins sûre pour le reste.

Je baisse les yeux sur l'autel. Grave erreur.

Une autre prière jaillit de ma bouche, style *Exorciste*.

Puis une autre.

Au bout d'un moment, je suis à court de ferveur spirituelle. Tremblante, je tire la chasse et m'écarte de l'autel.

Incapable de croiser le regard de Dragomir, je me lave le visage, puis attrape une bouteille de bain de bouche sur le lavabo et la bois en entier. Ensuite, je prends le tube de dentifrice, en verse une partie dans ma bouche, le fais tournoyer avec ma langue et avale.

— Tu ne devras jamais parler de ça à aucun

Russe, dis-je, et mes mots sont pâteux même à mes propres oreilles. Ils révoqueraient mon adhésion.

Il m'enveloppe délicatement dans une robe de chambre.

— Allons te rhabiller.

Je le laisse me ramener dans le salon, où il m'aide à enfiler mes vêtements.

Winnie est là, et comme Dragomir, elle m'observe d'un air inquiet.

— Je vais bien.

C'est un mensonge et mes mots sont encore plus pâteux, maintenant.

— Et si tu t'étendais, propose-t-il.

— Je veux…

Je laisse échapper un hoquet.

— Je veux rentrer chez moi. J'ai besoin d'une sieste.

Il fronce les sourcils.

— Ce ne serait pas mieux si tu restais ici ?

Je secoue violemment la tête, et sens une autre prière affluer.

— Je vais prendre un taxi.

— Tu ne feras pas ça.

Ça ressemble à un constat, alors je ne proteste pas et le laisse me guider au rez-de-chaussée, avant de me faire monter dans la limousine camping-car qui nous attend déjà.

— Couche-toi, ordonne-t-il dès que nous sommes montés.

J'obéis, soulagée de ne plus avoir à tenir debout

sur mes jambes tremblantes, et il s'assoit à côté de moi et me caresse les cheveux.

— C'est agréable, marmonné-je alors que mes paupières se ferment.

— Bien. Détends-toi.

Je fais ce qu'il me dit, et un instant plus tard, je me suis endormie.

Chapitre Vingt-Quatre

Je me réveille au lit, alors que j'aurais voulu ne jamais me réveiller.

Ne plus. Jamais. Boire.

Ma migraine a mal à la tête, et l'arrière-goût dans ma bouche est contraire à la convention de Genève.

Comment en suis-je arrivée là ?

Hier soir s'est-il vraiment produit, ou bien était-ce juste un cauchemar cruel ?

Compte tenu de l'odeur de vodka dans l'air, c'est bien arrivé. J'ai dû m'endormir dans le camping-car. Et après quoi ?

Dragomir m'a-t-il portée jusque chez moi comme une mariée ?

C'est une idée assez sympa, à vrai dire. J'espère que ça s'est passé comme ça et que je n'ai pas été portée par lui et Fyodor par les bras et les jambes, comme un sac de pommes de terre fermentées.

Je jette un œil sous les couvertures.

Pas de vêtements.

Intéressant. Il m'a aussi déshabillée ?

Si c'est le cas, ce n'est pas si incroyable. Il m'a vue nue chez lui, de toute façon. Il est aussi possible que je me sois déshabillée toute seule, mais que je ne m'en souvienne pas à cause d'une amnésie provoquée par l'alcool.

Hum ! Si je me suis déshabillée toute seule, je suis peut-être aussi parvenue à mes fins avec Dragomir ?

Mais non ! Je suis à peu près sûre que je me souviendrais d'un événement aussi capital. Et puis, compte tenu de la circonférence d'Everest, je me sentirais endolorie, et ce n'est pas le cas. Presque l'opposé, en fait. Je ressens un vide dévorant au creux de mes parties intimes, qui ne disparaîtra sûrement pas tant que je n'aurai pas fait entrer Everest là-dedans – à supposer que ce soit encore possible, après mon faux pas d'hier soir.

Avec un grognement, je me redresse en position assise et glisse mes pieds dans les chaussons que quelqu'un a laissés près du lit.

Gourdin se précipite dans la chambre et remue la queue trop vite pour que mon cerveau confus puisse enregistrer les mouvements.

— *Ma chérie*, tu sens comme le cul d'un chien qui aurait mangé un escargot fermenté dans une sauce à la vodka. *Délicieux*.

Je me lève, les jambes flageolantes.

Hum ! Mes commandes motrices semblent à nouveau fonctionnelles. C'est un bon début.

Quand j'atteins le salon, le canapé attire mon attention. Les oreillers ne sont pas là où ma femme de ménage les laisse d'habitude.

Dragomir a-t-il dormi ici ?

C'est possible. Si les rôles avaient été inversés, je serais restée pour m'assurer qu'il ne s'étouffe pas dans sa prière.

— Dragomir ?

Pas de réponse, mais quand j'entre dans la cuisine d'un pas vacillant, ma théorie est confirmée.

Une boîte de céréales est posée sur le four, un verre rempli d'un liquide étrange se trouve sur la table et ma cafetière est pleine et prête à être lancée.

Il y a aussi une note sur la table :

Parti travailler. Dans le verre, il y a un remède ruskovien contre la gueule de bois. Bois-le et tu seras comme neuve.

J'avale le produit miracle. Ça a un goût de médicament, de jus de cornichon et de coca à la cerise. Je ne suis pas sûre de son efficacité en tant que remède contre la gueule de bois, mais si quelqu'un me forçait à boire ça chaque fois, ça me dégoûterait beaucoup plus de boire que la gueule de bois elle-même.

Quand j'ai fini de forcer mon estomac à accepter les céréales, je me souviens de ce que ça fait d'être humaine.

Je me verse un café et envoie un message à Dragomir.

Merci pour le petit déjeuner. Et pour m'avoir ramenée à la maison.

Sa réponse est instantanée :

Avec plaisir. Tu as une seconde pour un appel vidéo ?

Je laisse mon café sur la table et me précipite à la salle de bains. J'applique du maquillage et j'examine mon visage.

Je ne suis pas au top, mais ce n'est pas le pire non plus.

D'accord, je réponds une fois que je me suis à nouveau laissé tomber sur la chaise de la cuisine.

Aussitôt après, je reçois un appel en visio de Dragomir.

Je réponds.

Derrière lui, ce doit être son bureau – il fait la taille de l'appartement de certains, avec plusieurs écrans d'ordinateur qui recouvrent un bureau blanc étincelant et un mur entier de bibliothèques qui exposent un peu de tout, des manuels d'économie aux trophées d'escrime.

Il étudie mon visage de ses yeux noisette perçants.

— Le *barabul'ka* a dû fonctionner. Tu as déjà l'air d'aller mieux.

— *Barabul'ka ?* répété-je.

En russe, ce mot signifie « mulet à rayures rouges. » Et bien que cela ressemble à la coupe de cheveux d'un strip-teaseur roux des années quatre-vingt, c'est en réalité une espèce de poisson, aussi appelée rouget.

— *Barabul'ka* est le nom du remède, explique-t-il.

Était-ce du bouillon de poisson, alors, ou du

poisson cru passé au mixeur ? À bien y réfléchir, je n'ai pas envie de le savoir.

— Merci encore, dis-je avant de boire une gorgée de café. Et désolée pour hier soir.

Il se laisse aller contre le dossier de sa chaise de bureau aux allures de trône.

— Aucun problème.

J'arque un sourcil.

— Je n'arrive pas à croire que tu ne sois pas en train de te délecter de ta victoire. J'aimerais avoir autant de *self-control*.

Ses yeux pétillent.

— Me vanter d'avoir mieux tenu l'alcool que toi serait comme un chanteur d'opéra se targuant de savoir se racler la gorge.

Était-ce une pique ? Si c'est le cas, je laisse passer.

— Tu dois me laisser faire quelque chose pour toi pour te remercier d'avoir si bien pris soin de moi.

Je me passe la langue sur les lèvres au cas où il n'aurait pas saisi ce que je veux dire.

Mission accomplie. Son regard devient avide et tout son corps se raidit, comme s'il était sur le point de bondir.

— Qu'est-ce que tu avais à l'esprit ?

— Et si tu passais chez moi ce soir ? proposé-je, insufflant autant de sensualité que possible dans ma voix. Je te ferai… à dîner. J'espère que tu viendras.

— Je serai là, répond-il d'une voix plus rauque.

— Bien.

Puis je lui envoie un baiser et je raccroche.

Ça va enfin arriver — et il n'y aura pas de vodka pour nous arrêter, cette fois.

Grisée d'excitation, je vide le reste de mon café et me précipite dans la chambre pour tout préparer pour ce soir. Draps propres — fait. Musique romantique prête à être lancée — fait. *Sex-toys ?* Je vais oublier pour l'instant.

J'ai même posé quelques bougies à LED autour du lit.

Maintenant, je vais devoir aller au bout de mon prétexte et nous préparer à dîner.

Que devrais-je cuisiner ? Aucune idée, mais je sais à qui demander. Oui, elle fait à manger pour les chiens, maintenant, mais elle a été chef cuisinière pour les humains, avant ça.

Je compose le numéro de Xenia et lui raconte mes récentes aventures, puis je lui explique mon dilemme culinaire.

— Je connais la recette parfaite, répond-elle avec enthousiasme. Voilà les ingrédients que tu devrais incorporer dans tous tes plats : des artichauts, des asperges, de l'avocat, de la noix de coco, des dattes, des bananes, des œufs, des mangues, des champignons, du gombo, des pistaches, des graines de sésame, du persil et du céleri. Pour le dessert, mélange simplement des noix avec du miel.

Est-ce que ça fait quatre plats, en comptant le dessert ? Je commence à comprendre pourquoi Jeune Étalon a l'air si joyeux.

— Chérie, c'est une sacrée liste ! remarqué-je.

Quel genre de plat peut contenir à la fois du gombo et des bananes ?

— Qui a dit que ce devait être le même plat ? Ces ingrédients sont réputés dans le monde entier pour leurs propriétés aphrodisiaques. Par exemple, les Français pensent que les artichauts réchauffent les organes génitaux.

— Certaines MST aussi.

— Ils les réchauffent, ils ne les brûlent pas, réplique-t-elle, et je l'entends presque rouler des yeux à l'autre bout du fil. En tant que Russe, tu devrais savoir à quel point les noix et le miel peuvent être puissants. Prends-en une cuillerée une demi-heure après le dîner, et assure-toi qu'il fasse la même chose.

Est-ce que je devrais broyer du viagra dans ce dessert, tant que j'y suis ?

— OK, docteur Xenia. Maintenant, si tu m'apprends des recettes à effectuer avec tous ces trucs, ce sera parfait.

Elle promet de faire ça, et une heure plus tard, elle me les a envoyées.

Je commande mes ingrédients en ligne et, en attendant la livraison, je promène Gourdin et je travaille sur quelques conceptions. Quand les courses arrivent, je commence à faire la cuisine, même s'il est trop tôt pour dîner.

Si je me retrouve avec seulement deux plats de nourriture mangeables une fois que j'ai fini, je considérerai mes efforts comme fructueux.

Je suis occupée à préparer une sauce avec des

mangues, de l'avocat et du persil quand Dragomir m'envoie un message :

Je peux te passer un appel vidéo tout de suite ?

J'accepte et m'empresse de quitter la cuisine pour me rendre présentable. J'ai à peine le temps de le faire avant qu'il m'appelle, une minute plus tard.

Dès que son visage apparaît sur l'écran, je remarque son expression lugubre et mon cœur se serre.

— Je suis désolé, mais je suis obligé d'annuler notre dîner, dit-il d'une voix crispée. Mon frère a eu un accident.

Chapitre Vingt-Cinq

— Oh non ! Que s'est-il passé ?

Il enfile un casque sans fil et dit :

— Laisse-moi passer en mode téléphone pour pouvoir faire mes valises.

Faire ses valises ?

Il commence à m'expliquer que l'un de ses frères est un vrai accro à l'adrénaline et surfe dans les eaux les plus dangereuses, fait du *snowboard* sur les falaises les plus abruptes, et ainsi de suite. Cette fois, il faisait du *base-jump* du sommet du plus haut gratte-ciel de Moscou. Quelque chose a mal tourné et il s'est cogné la tête, après quoi il a été rapatrié en Ruskovie en hélicoptère par leur famille.

— Il est dans le coma.

La voix de Dragomir est si emplie de tristesse que j'aimerais pouvoir tendre les bras à travers les signaux électromagnétiques pour le serrer dans mes bras.

— Je m'envole pour la Ruskovie ce soir.

Ce soir ? J'étais si happée par son histoire que j'ai momentanément oublié nos projets.

Je me précipite dans la cuisine et je coupe la cuisson avant que la nourriture prenne feu.

— Et Winnie ? demandé-je. Tu la laisses avec Fyodor ?

— Non. Il vient avec moi, et elle aussi.

— Comment ? Je veux dire, la compagnie aérienne ne va pas piquer une crise ?

Les a-t-il convaincus qu'elle était une ourse guide ?

— Je voyage en *jet* privé, répond-il. Je vais faire mon possible pour qu'elle soit à l'aise… même si c'est vrai qu'elle déteste prendre l'avion.

— Si tu veux, tu peux la laisser avec moi, m'entends-je proposer.

— Merci, mais je ne peux vraiment pas m'imposer comme ça.

Il n'a pas l'air sûr de lui, alors j'insiste :

— Est-ce que ce n'est pas dangereux qu'elle prenne l'avion dans son état, d'ailleurs ?

Je ne sais pas du tout pourquoi j'essaie de le persuader de laisser Winnie avec moi. Je veux dire, une ourse dans mon petit appartement ? Vraiment ?

Je veux peut-être juste qu'il ait une raison de garder le contact avec moi… autrement dit, je veux un otage.

— Le stress n'est pas l'idéal durant une grossesse, admet-il. Mais malgré tout, je ne peux pas te demander ça.

— Tu ne demandes pas. Je me porte volontaire.

Il garde le silence un instant, avant de dire :

— Tu n'as aucune idée de ce que ça signifie pour moi.

Je suis à peu près sûre de savoir ce que ça signifie – surtout concernant la merde d'ourse que je devrai pelleter.

— Si on fait ça, tu dois me laisser payer pour toute sa nourriture, reprend-il. C'est une grande fille, et les dépenses de nourriture risquent…

— Ça me va, assuré-je.

Je me réfrène de remarquer à quel point le terme « grande fille » est un euphémisme. Je peux me permettre de payer sa nourriture sans problème, mais si ça lui fait plaisir de la fournir, je ne vais pas argumenter.

— Je paierai aussi une part de ton loyer, vu que…

— Ça, c'est complètement dingue ! Contente-toi d'apporter un sachet de nourriture et tout ce dont elle a besoin. Si je manque de quelque chose, j'en rachèterai et je te donnerai la facture à ton retour.

— Merci, dit-il d'une voix émue. Tu n'as pas idée d'à quel point j'apprécie ce que tu fais.

Super ! Maintenant, je me sens coupable de l'arrière-pensée derrière mon geste généreux.

— Tu l'amènes quand ? demandé-je.

— Dans une heure ?

Je vais dans ma penderie et cherche une valise ou un sac à dos que je n'aie pas décoré avec mes dessins de pénis.

— D'accord.

— À tout de suite, dit-il, avant de raccrocher.

Je mets mon téléphone dans ma poche, récupère un sac à dos sans décoration et le remplis de quelques jouets de choix provenant de la gamme « teledildonics » que Fanny et Vlad ont testés pour moi. Ils doivent être utilisés par un homme, et ils nous permettront, Dragomir et moi, d'avoir des relations intimes à distance – à supposer que je les lui donne, ce que je ne suis pas sûre de vouloir faire.

D'un côté, nous aurions la possibilité de nous faire jouir l'un l'autre malgré cette séparation soudaine. Évidemment, ce ne sera pas aussi drôle que ce que nous aurions fait ce soir, mais c'est mieux que rien. D'un autre côté, et s'il découvrait que mon entreprise avait conçu ces jouets ?

Mais après tout, comment le pourrait-il ? Comme l'a dit Vlad, Belka a été créé de manière qu'il soit impossible de savoir que j'en suis la propriétaire.

Je prendrai ma décision à son arrivée.

Pour l'instant, je laisse le sac à dos près de la porte d'entrée et je place une partie des plats préparés pour le dîner dans une boîte à emporter pour son trajet en avion.

Je passe l'heure suivante à lire mes e-mails. Apparemment, les plugs anaux en forme de Woody Harrelson sont en vogue. Est-ce qu'il a sorti un nouveau film, ou un truc comme ça ? Bon, au moins, ce n'est pas Liam Neeson. Je ne sais pas comment j'aurais pu annoncer ça à Xenia.

La sonnette de ma porte retentit.

Gourdin se précipite si vite qu'il dérape presque tête la première dans la porte.

Quand je l'ouvre, j'ai des papillons dans l'estomac en voyant Dragomir dans son pull moulant et son jean sombre – mais c'est alors qu'une ourse m'attaque au visage avec un seau de salive, ce qui jette un froid sur ma libido hyperactive.

— Arrête ça, Winnie ! dit Dragomir en l'écartant de moi. Tu vas rester un peu avec Bella, alors tu vas devoir être un bon chien.

Il me tend une lingette.

— Ce n'est rien, dis-je une fois débarrassée de la bave. C'est un bon chien.

Winnie nous ignore et va lécher Gourdin.

— *Bonjour, ma petite.* Ta langue est comme une tranche de bacon parfaite, et ta bave comme une divine moelle osseuse.

— *Zdrastvuyte,* Napoléon Carlovitch. Tu es mon chien muffin préféré – mon étalon. Tu fais se pâmer mon utérus rempli de chiots, et mes dix tétons durcissent de désir.

Hum ! Ma petite session de ventriloque mentale gagne rapidement en intensité. Je suis peut-être un peu en train de me projeter aussi.

— Les affaires de Winnie sont là-dedans, dit Dragomir en traînant derrière lui une grosse valise à roulettes.

Je regarde celle-ci en clignant des yeux alors qu'il ressort et en fait entrer une deuxième.

Deux valises ? Pour un chien ?

Quand *je* vais en vacances, je n'en prends qu'une – plus petite que ces deux-là.

Se méprenant sur mon expression, Dragomir ouvre les valises et me montre que l'une est remplie de jouets pour chiens, tandis que l'autre contient une couverture, un lit et des bols de tailles appropriées, ainsi que quelques autres objets destinés à garder une ourse heureuse.

J'arque les sourcils.

— C'est tout ?

— Bien sûr que non, répond Dragomir.

Il ressort et revient avec un sachet de nourriture pour chien dans lequel une personne de ma taille rentrerait sans mal – sans avoir à se contorsionner le moins du monde.

Avant que j'aie pu faire la moindre remarque à ce sujet, il emporte le sachet dans la cuisine, remplit un énorme bol avec son contenu et verse de l'eau dans un autre bol de même taille.

Comme si elle était affamée depuis des années, Winnie se jette sur sa nourriture.

Et, waouh ! elle mange pour dix, peut-être même pour quinze.

— Tu devrais peut-être nourrir aussi Gourdin, dit Dragomir. Nous ne voulons pas qu'ils deviennent jaloux l'un de l'autre.

J'acquiesce et remplis les bols de Gourdin – qui ont l'air drôlement petits, comparés à ceux de Winnie. Dès que mon chien commence à manger, Dragomir et moi nous éloignons discrètement. Nous emportons les valises de Winnie dans le salon et éparpillons ses affaires partout pour que, pour citer Dragomir, « elle se sente chez elle. »

Quand il a placé le dernier jouet, une note de tristesse passe dans son regard − comme si Winnie lui manquait déjà.

— Tout ira bien, le rassuré-je. Je vais m'assurer qu'elle ne manque de rien.

Il se rapproche de moi, et son expression devient bien plus intense.

— Je te suis officiellement redevable.

Je tourne les yeux vers la chambre, où tout est prêt pour une rencontre épique.

— On va devoir trouver un moyen pour toi de te racheter.

Il réduit la distance entre nous d'un pas.

—Je dois y aller.

—Bien sûr.

J'ai les yeux rivés sur lui et mon cœur cogne dans ma poitrine alors qu'il pose les mains sur mes épaules et penche la tête.

Je me mets sur la pointe des pieds.

Le baiser est moins avide que nos précédents. Au lieu de ça, il est empli de tendresse − et semble contenir une promesse.

La promesse qu'il y a bien plus à venir.

Il s'écarte avec réticence.

—Je suis désolé. Je dois partir.

—Je sais. Va rejoindre ton frère.

Ma voix ne vient-elle pas de se briser ?

Il hoche solennellement la tête et se dirige vers la porte.

Je me souviens alors de ce que j'ai préparé pour lui et le rejoins en courant.

— Prends ça, dis-je en lui tendant la boîte à emporter. C'était notre dîner pour ce soir.

Une lueur chaleureuse envahit son regard.

— Merci. Je t'appelle dès que j'aurai atterri et que j'aurai fait le point sur la situation.

Enhardie, je lui fourre aussi le sac à dos rempli de sex-toys dans les mains.

— Prends aussi ça. Mais ne l'ouvre pas avant d'avoir un petit moment d'intimité.

— OK.

Il m'embrasse à nouveau — cette fois délicatement, sur le front — et s'en va.

Je ferme la porte avec un soupir. Machinalement, mes pieds me ramènent dans le salon, où je me laisse tomber sur le canapé, relève mes genoux contre ma poitrine et lance *La Reine des neiges* pour la millième fois.

Winnie attrape un jouet *donut* en caoutchouc de la taille d'un pneu de camion et se blottit contre moi, prenant toute la place restante sur le canapé. Gourdin nous rejoint et s'installe sur mes genoux, et quand le générique défile, je me sens mieux.

Vu que je ne sais pas si Dragomir a promené Winnie avant de venir ici, j'emmène les deux chiens en balade — et même si je ne le fais jamais d'habitude, je prends mon téléphone avec moi, au cas où il m'appellerait depuis l'avion.

Quand nous entrons dans le parc, un caniche familier s'avance dans notre direction. Je me souviens de sa tonsure de lion. Ce chien s'est comporté comme un crétin avec Gourdin, l'autre jour.

Ouais.

Sa mémoire n'étant pas aussi bonne que la mienne, celui-ci tente à nouveau de se montrer amical avec le caniche.

Ce dernier lui montre les dents et grogne.

Bien qu'étant trois fois plus grosse que lui, Winnie se cache derrière moi et gémit.

— Pom-Pom, tu n'es pas gentille, dit la propriétaire du caniche quand je leur adresse à tous deux un regard noir.

La réaction de Gourdin est presque identique à celle de la dernière fois. Il s'immobilise, me regarde avec une expression stupéfiée qui semble dire : « *Ma chérie*, je croyais que moi, l'étalon, j'étais *irrésistible* pour les chiennes. »

Je l'attire en arrière avant que Pom-Pom ait pu lui sauter dessus. La créature hargneuse a clairement la rage.

Une fois le caniche hors de vue, nous reprenons notre balade, et puisque j'ai mon téléphone, j'appelle Xenia pour lui raconter ma journée.

— Hum ! dit-elle quand j'ai terminé.

— Hum quoi ?

— Tu vas encore me traiter de Russe cynique.

— Je te traiterai de pire encore si tu ne vas pas au bout de ta pensée.

— Très bien, soupire-t-elle. Comment peut-on être sûres qu'il a bien un frère blessé en Ruskovie ? Et s'il allait rendre visite à sa femme ou à sa petite amie en parfaite santé ?

Je crispe ma main sur la laisse des chiens.

Elle parle d'un scénario à la Marco, et je n'arrive pas à croire que ça ne me soit même pas venu à l'esprit.

— Ça n'a pas de sens, dis-je sans trop savoir qui j'essaie de convaincre. Il a eu l'occasion de coucher avec moi. N'est-ce pas ce que veulent les hommes infidèles ? S'il avait pris ce qu'il voulait et qu'*ensuite* il avait dû partir, ce serait une autre histoire.

— C'est peut-être un homme rare, qui a une conscience, suggère-t-elle, l'air moins sûre d'elle. Quand il s'est retrouvé à deux doigts d'être infidèle, il s'est senti coupable et a sauté dans un avion pour retrouver sa chère et tendre.

— En laissant son chien avec moi ? Ça ne colle pas vraiment.

En tout cas, je n'espère pas. J'aimerais en être aussi sûre que je le parais.

Xenia pousse un soupir.

— Je suis peut-être vraiment cynique. Mais si j'étais toi, je garderais l'œil et les oreilles grands ouverts quand je parlerais avec lui.

Mon ventre se glace et se noue.

— Est-ce qu'on peut changer de sujet ? Qu'est-ce que ça fait d'être fiancée ?

Xenia se fait un plaisir de me raconter sa récente conversation avec toutes les personnes qui font partie de sa vie, et m'explique que tous les Russes étaient surpris « qu'une femme de son âge » ait trouvé quelqu'un.

Quand notre discussion se termine, je suis de retour chez moi.

Je retire la laisse des chiens, rentre et m'occupe avec la conception de mon costume de réalité virtuelle, puis j'envoie quelques e-mails au département de marketing – n'importe quoi pour empêcher mon esprit de repenser au soupçon que Xenia a éveillé.

Le problème, c'est que ces pensées sournoises me prennent en embuscade une fois que je me suis mise au lit. La décoration sexy dans ma chambre me rappelle fortement Dragomir.

La tension glaciale dans mon ventre revient en force et, alors que je me tourne dans tous les sens, je réalise quelque chose.

Je me suis montrée imprudente.

Je ne sais comment, j'ai baissé la garde et j'ai laissé Dragomir se glisser auprès de moi et s'enrouler autour de mon cœur. Je ne suis pas amoureuse de lui – il est bien trop tôt pour ça –, mais je ressens clairement *quelque chose*.

Putain ! Je suis une telle idiote !

Xenia a-t-elle raison ? A-t-il détecté mon béguin

grandissant, s'est-il senti coupable et a-t-il décidé de fuir avant que ça n'aille plus loin ? C'est peut-être l'une de ces personnes qui pensent que le sexe ne veut rien dire, mais que s'il y a des sentiments, c'est vraiment une infidélité.

Peu importe comment on voit ça, je suis contente qu'il m'ait donné un peu d'espace pour réfléchir à tout ça. C'est une mauvaise idée de ressentir quoi que ce soit de plus que du désir pour lui. Qu'il se soit récusé ou pas, il reste un investisseur potentiel dans le projet de mes rêves, et comme il l'a dit, les affaires et les émotions ne vont pas bien ensemble. Le sexe et les affaires ne sont pas une très bonne combinaison non plus, mais au moins, c'est plus excusable.

Ce type portait un col roulé la première fois que je l'ai rencontré, pour l'amour du Ciel !

Est-ce que Xenia a raison ? Ou bien est-ce qu'elle est juste parano parce qu'elle sait que j'ai tendance à être attirée par les connards ? Est-ce que ça a la moindre importance ? Même si Dragomir est célibataire, il me cache clairement quelque chose au sujet de son passé.

Ce devrait être un tue-l'amour en soi.

Peut-être que maintenant que j'ai pris conscience de ça, je vais réussir à dormir.

Mais non. J'en suis incapable, en tout cas pas sans un peu d'aide.

Je me lève, me rends dans la cuisine et manque de trébucher sur Winnie en chemin. Elle est blottie autour de Gourdin, qui a l'air au septième ciel.

Quand j'atteins finalement le frigo, j'avale un verre de lait dans l'espoir qu'un coma alimentaire m'aide à m'endormir.

Ça ne marche pas. Plutôt que de trouver le sommeil, je me retrouve avec des brûlures d'estomac.

Très bien. J'attrape un sex-toy au hasard, me recouche et tente de me donner des orgasmes jusqu'à l'épuisement. Malheureusement, mon esprit perfide visualise Dragomir nu chaque fois que je jouis — sans exception. Stupide esprit !

Ce n'est que lorsque l'indicateur de batterie faible du jouet se met à clignoter que je parviens à m'endormir.

Chapitre Vingt-Six

*L*e lendemain matin, tout en mangeant mes céréales, je regarde mon chien faire quelque chose d'étonnant. Si je devais deviner, je dirais qu'il veut monter Winnie. Il arbore ce regard que je connais bien, celui qu'il a avant d'attaquer son sex-toy, Rémy. Mais à cause de leur différence de taille, il est loin de pouvoir grimper sur l'ourse.

Il se contente de regarder son derrière avec envie en gémissant.

De son côté, soit Winnie ne comprend pas ce qu'il veut, soit elle fait semblant de ne pas comprendre.

— Tu l'as déjà mise enceinte, lui rappelé-je.

— *Ma chérie*, qu'est-ce que ça a à voir avec le *sexe* ?

— Touché, dis-je avant de me remettre à manger.

Alors que je continue mon petit déjeuner, ma théorie est confirmée. Plutôt que de manger la pâtée que je lui ai donnée, Gourdin suit Winnie à la trace.

Elle l'ignore et mâche sa nourriture.

Avec un gros effort, il saute sur la chaise de la cuisine. Cela le place presque à la bonne hauteur, sauf que la chaise est à soixante centimètres du postérieur de l'ourse, et qu'elle n'a pas l'air d'avoir envie de reculer vers lui.

Gourdin baisse les yeux, avant de regarder son objectif, l'air calculateur.

— Ne fais pas ça, dis-je. Tu vas te rompre le cou.

Il m'ignore et bondit — mais il va trop loin et atterrit sur le dos de Winnie.

Elle n'arrête même pas de manger.

Il baisse les yeux, avant de me regarder.

— *Ma chérie*, aide-moi. *S'il te plaît.*

Je l'attrape et le repose au sol.

S'il veut que je l'aide d'une autre manière, il peut toujours courir.

Il se dirige vers son bol pour noyer sa peine dans la nourriture. Après ça, il monte Rémy, mais — même si je me fais peut-être des idées — il n'est pas aussi enthousiaste que d'habitude.

Je jette un œil à mon téléphone.

Pas de nouvelles de Dragomir.

Attendez, pourquoi est-ce que je vérifie ?

Je me plonge dans mon travail et parviens à ne plus trop penser à lui du reste de la journée. Mais le soir venu, je n'arrive toujours pas à m'endormir. Ça me dérange de n'avoir reçu ni coup de fil ni message de sa part.

Il doit avoir atterri, maintenant, je pense.

Quand je me réveille après une autre nuit troublée, il n'y a toujours rien.

Est-ce terminé ? Est-ce que je viens de me faire larguer ?

Non, ce n'est pas logique. J'ai son chien. Mais dans ce cas, pourquoi est-ce qu'il ne m'appelle pas et ne m'envoie pas de SMS ?

Finalement, juste après le déjeuner, je reçois un appel vidéo de Dragomir qui m'arrache à la conception d'un godemichet.

Mes doigts glissent sur l'écran pour accepter l'appel et j'incline vivement le téléphone pour l'empêcher de voir sur quoi je travaille.

Des yeux noisette familiers me regardent depuis l'écran. Des yeux sublimes, même s'ils ont l'air fatigués et tristes.

— Salut, dit-il en m'examinant. Désolé de ne pas avoir pu te contacter plus tôt.

Je regarde derrière lui. Il a l'air de se trouver dans un salon, et il y a une grande tapisserie à l'air coûteuse accrochée au mur derrière lui — les tapisseries murales sont donc une autre similitude entre la Ruskovie et la Russie.

— Comment va ton frère ? demandé-je alors que mon esprit essaie frénétiquement de trouver quoi faire des soupçons que m'a inspirés Xenia.

— Il est dans le coma, répond-il avec chagrin. Les médecins ne savent pas quand il se réveillera.

Merde !

Il a l'air si sincère !

— Où est-il ? demandé-je.

— Ici, à l'hôpital, répond Dragomir.

L'hôpital ? L'arrière-plan ne ressemble pas à un hôpital.

Waouh ! S'il ment, c'est très mauvais pour son *karma*. Mais comment puis-je le savoir ?

Il fronce les sourcils et scrute mon visage.

Mes doutes sont-ils visibles sur mes traits ?

— Comment s'appelle ton frère ? lâché-je.

Ce n'est pas très subtil, mais bon. S'il invente cette histoire, il va bredouiller et je m'en rendrai compte. Et s'il me donne un nom, je pourrai le transmettre à Vlad pour l'aider à fouiner — c'est gagnant-gagnant.

Il plisse un peu plus le front.

— Quelque chose ne va pas ?

Ouais, ce n'était pas une si bonne idée.

— Tu es à l'hôpital, là ? demandé-je, décidant de me lancer. En ce moment ?

Il plisse les yeux.

— C'est ce que je viens de dire.

— Dans ce cas, pourquoi l'endroit où tu te trouves ressemble à un salon ?

Quelqu'un vient-il de monter le thermostat dans mon appartement ? Je commence à suer comme un cochon durant un entraînement de yoga Bikram.

Il tourne la tête vers la tapisserie duveteuse derrière lui, avant de faire à nouveau face à la caméra.

— C'est un hôpital privé. Pourquoi ne pas mettre les patients à l'aise ?

— Je suppose…

Il pince ses lèvres douces.

— Tu essaies de sous-entendre que je ne suis pas dans un hôpital, alors que je te dis que c'est le cas ?

Je déglutis pour ravaler la boule qui vient de se former dans ma gorge.

— Une tapisserie, ça ne me paraît pas très hygiénique ?

Si je pouvais remonter dans le temps, je recommencerais cette conversation à zéro et j'emploierais une tactique différente.

Son regard se durcit.

— Tu es en train de dire que je te mens ?

Mon estomac se noue et les mots se déversent de mes lèvres de leur propre chef.

— Écoute, je ne connais pas grand-chose à ton sujet. Quand tu es parti aussi brusquement, j'ai commencé à me demander si…

— Assez !

Il tend la main vers le téléphone et tourne la caméra pour faire un panoramique de la pièce.

Au début, mon impression qu'il s'agit d'un salon s'intensifie. Je remarque une grande télévision, des meubles somptueux et une table basse ornementée qui a encore moins sa place dans un hôpital qu'une tapisserie. Mais c'est alors qu'apparaît un lit, et ma poitrine se comprime douloureusement à cette vue.

C'est un lit d'hôpital, même si c'est le plus luxueux

que j'aie jamais vu. Autour de lui, je distingue des supports où se trouve ce qui doit être des fluides et des nutriments injectés en intraveineuse, un respirateur, un écran indiquant la pression sanguine et le rythme cardiaque, ainsi que d'autres équipements médicaux inquiétants.

Mon estomac me paraît aussi glacé et dur que dans la *toundra* sibérienne.

Tout cet équipement est relié à un Dragomir inconscient.

J'étouffe un cri paniqué et me remémore que ce ne peut pas être Dragomir. Je viens de le voir il y a une seconde. Ce sosie de lui est son frère.

Oh Seigneur ! Son *frère*.

Je suis tellement stupide ! J'ai douté de lui alors qu'il vit l'un des pires moments de sa vie. S'il s'était agi de l'un de mes frères…

Non. Je ne peux même pas y penser.

D'un geste tremblant, le téléphone se tourne à nouveau face au visage de Dragomir.

Je ressens un instant de soulagement irrationnel devant cette preuve que ce n'est pas lui, dans ce lit – mais mon soulagement est de courte durée.

Il serait impossible de se méprendre sur l'expression renfrognée de son visage. Il est aussi déçu de moi que je le suis de moi-même.

— Satisfaite ? demande-t-il d'une voix basse et dure.

— Je suis tellement désolée. Je n'aurais pas dû…

— En effet, m'interrompt-il. Maintenant, si tu

veux bien m'excuser…

Et il raccroche.

Bouche bée, je regarde l'écran noir de mon téléphone pendant plusieurs secondes.

Quelque temps plus tard, je me pince le bras. Fort. Non. Ce n'est pas un mauvais rêve. Malheureusement.

Donc… c'est fini ? Ce qu'il y avait entre nous est-il terminé ?

Je me sens comme une crotte de chien – ce qui me rappelle mes compagnons à fourrure.

Ignorant le poids qui pèse dans ma poitrine, je prépare un sandwich, mets les chiens en laisse et vais au parc.

———

— Vous autres les Russkofs aimez vraiment les ours, marmonne John en voyant Winnie dans toute son énormité à fourrure.

Je hausse les épaules et me lance dans une nouvelle histoire justifiant pourquoi il me ferait une faveur en me prenant le sandwich des mains.

Il m'adresse un drôle de regard et prend la nourriture.

— Tu vas bien ? demande-t-il d'une voix bourrue.

Je dois vraiment avoir une sale tête, pour qu'il en oublie ses insultes de communiste habituelles.

— Je vais bien, merci de poser la question.

— Eh bien…

Il mord une bouchée de son sandwich et l'avale sans mâcher.

— Merci, dit-il.

Merci ?

Waouh !

Je devrais peut-être jouer à la loterie pour obtenir les fonds dont j'ai besoin pour mon projet. Entre ça, l'étreinte de ma mère et ce « un plaisir de t'avoir vue » de la part de mon père, je vais peut-être remporter le *jackpot*.

— Salut, John, marmonné-je avant de repartir chez moi.

Sur le chemin du retour, mon idée de loterie me mène le long d'un enchaînement de ruminations que j'aurais préféré éviter.

À quel point ai-je tout fait foirer avec Dragomir ? En plus de ne jamais avoir son corps, ai-je aussi ruiné toutes mes chances d'obtenir le financement pour mon projet ?

J'imagine que seul le temps le dira.

Quand je reviens dans mon appartement, un appel vidéo fait hurler mon téléphone.

Les chiens sur les talons, je me précipite à l'intérieur.

Tout en m'emparant du téléphone, je prie pour que ce soit lui qui me rappelle.

En voyant le nom sur l'écran, je me laisse tomber sur le canapé, soulagée.

L'univers a dû entendre ma supplique.

C'est Dragomir.

Chapitre Vingt-Sept

Le cœur cognant dans ma poitrine, je décroche.

Il a l'air fatigué, mais pas moins exquis pour autant.

Je freine mon enthousiasme. Il y a de fortes chances pour qu'il s'apprête à prendre des dispositions pour Winnie, ou un truc comme ça.

— Je suis désolé d'avoir raccroché tout à l'heure, dit-il.

Je retire la laisse des chiens et le regarde en clignant des yeux.

— Un médecin est entré dans la chambre, continue-t-il. J'espère que tu comprendras.

Il ne m'a pas raccroché au nez parce qu'il était en colère ? Ce type cherche-t-il à se faire canoniser ?

— C'est à moi d'être désolée, lâché-je. Tu vis une tragédie. Clairement, tu n'as pas de temps à consacrer à ma paranoïa.

Il pousse un soupir.

— Tu as marqué un point. On ne se connaît pas si bien que ça, et je me rends compte que c'est en partie ma faute. Mon passé, ici en Ruskovie, est… eh bien, je n'aime pas en parler.

— Ce n'est pas comme si nous étions officiellement ensemble, ma paranoïa n'est donc pas vraiment justifiée, commenté-je.

Je regrette aussitôt d'avoir dit ça, parce que quelque chose, dans cette déclaration, le fait se raidir.

Il se reprend et balaie visiblement la tension qui l'a envahi, avant de rapprocher un peu plus le téléphone de son visage.

— Dis-moi… Y a-t-il une autre raison pour laquelle tu te montres aussi méfiante ? Est-ce que quelqu'un t'a fait du mal ?

Je déglutis, la gorge soudain sèche.

— Le dernier homme avec lequel je suis sortie. Il était marié, et nous sommes sortis ensemble pendant un an sans que j'en sache rien.

Dragomir écarquille les yeux, avant de les plisser d'un air inquiétant alors qu'une veine se met à pulser sur son front.

— Il te l'a caché ?

Je hoche la tête et sens la honte me brûler les joues. Aujourd'hui encore, je me sens tellement stupide !

— Il était banquier d'investissement chez Goldman Sachs, et vice-président de leur département fusion et acquisition, alors il avait des horaires de dingue… ou c'est ce qu'il disait, en tout cas. Quant à moi, je sortais tout juste de la fac et j'étais occupée à lancer ma propre carrière.

Ou plutôt ma propre entreprise de sex-toys, mais je ne suis pas encore prête à aborder ce sujet maintenant.

— On ne se voyait qu'une ou deux fois par semaine, maximum, continué-je, en faisant de mon mieux pour réfréner l'amertume dans ma voix. Et presque jamais le week-end. Il disait toujours devoir se préparer pour une réunion urgente avec un client, et je suis sûre que sa femme croyait que les quelques soirées et nuits qu'il passait avec moi n'étaient que des nuits blanches classiques au bureau.

Dragomir aboie quelque chose en ruskovien d'un ton furieux. Ce doit être une insulte, que mon ex mérite amplement, mais il se trouve que le mot ressemble à un terme bénin russe : *ballonnement* – le sentiment nauséeux qu'on éprouve après avoir trop bu ou trop mangé.

Il confirme mes soupçons en marmonnant « salopard » entre ses dents en anglais, avant de lever à nouveau les yeux vers la caméra.

— Je jure sur la vie de mon frère que je n'ai pas d'autre femme, dit-il d'un ton grave. Ça te rassure ?

Une autre femme ? Est-ce que ça fait de moi *la* femme de sa vie ?

Sûrement. Je ne crois pas qu'il l'aurait juré sur la vie de son frère, s'il mentait. Jamais, et encore moins au vu des circonstances.

— Comment va-t-il ? Le docteur a dit quelque chose ? demandé-je, contente d'abandonner le sujet de mon ex.

L'expression du visage de Dragomir s'assombrit.

— Il a expliqué que le coma était induit médicalement, dans l'espoir que ça empêche l'œdème dans son cerveau de grandir.

Une douleur me comprime la poitrine.

— Je suis tellement désolée ! Je ne sais même pas quoi dire.

— Je ne peux pas t'en vouloir. Je ne sais pas quoi dire non plus.

Ses yeux semblent plus bruns que noisette, sous cette lumière.

— Le pire, dans tout ça, c'est que je suis tellement furieux contre Tigger ! Quel genre de frère ça fait de moi ?

Son frère s'appelle Tigger ? Ça ressemble plus à un surnom, mais je l'enregistre quand même, avant d'adresser un sourire rassurant à Dragomir.

— Un être humain. Si mes frères osaient seulement songer à faire du *base-jump* du haut d'un gratte-ciel, sans même parler de le faire pour de bon, je serais folle de rage. Et s'ils se blessaient en faisant ça, je les achèverais sûrement moi-même.

Une légère trace de sourire effleure son regard.

— Je n'ai aucun mal à l'imaginer.

— Eux non plus, j'en suis sûre… c'est pour ça qu'aucun Chortsky ne fera de *base-jump* de sitôt.

Dragomir hoche la tête, avant d'expliquer doucement :

— Tigger a toujours été un casse-cou, même quand nous étions enfants. Chaque fois qu'un méfait était commis à la maison, nos parents l'interrogeaient en premier.

Son regard se fait distant, et il continue :

— Il y a eu cette fois où il a volé une grenade de la Deuxième Guerre mondiale dans un musée, avant de la jeter dans un feu de joie qu'il avait allumé à côté du kiosque préféré de ma mère. Je ne sais pas comment il a réussi à survivre à ça, mais ça n'a pas été le cas du kiosque ni de la moitié du jardin. Nos parents ont embauché une nounou personnelle rien que pour lui, après cet incident, mais il l'a poussée à démissionner – elle, et les cinq qui ont suivi.

Waouh ! Et mes parents se plaignent que *mes* frères étaient des fauteurs de troubles quand ils étaient petits !

— Les frères peuvent être vraiment casse-pieds, dis-je. Quand j'avais six ans, le mien m'a emmenée à Coney Island avec eux. J'étais grande pour mon âge, alors ils m'ont laissé monter dans le Cyclone, une attraction brinquebalante et extrêmement effrayante. Après coup, quand on est allés nager, j'étais si étourdie que j'ai failli me noyer, et qu'un sauveteur a dû me faire du bouche-à-bouche.

Il fronce les sourcils, comme s'il s'inquiétait pour l'enfant que j'ai été, puis il secoue la tête d'un air désapprobateur.

— Au moins, ils ont l'air de se montrer protecteurs avec toi, aujourd'hui.

— Ils se sont toujours montrés protecteurs. C'est juste qu'à l'époque de cet incident, ils étaient trop jeunes pour prendre les bonnes décisions… en d'autres termes, leur sentiment protecteur se manifestait surtout dans le fait de tabasser les petites brutes qui osaient tirer sur mes couettes.

— Je pense toujours que tu as eu la vie facile, avec seulement deux frères à gérer. Imagine ce que c'est d'en avoir neuf.

— Attends une seconde…

Je l'observe pour déceler le moindre signe indiquant qu'il plaisante.

— Tu n'as que des frères ?

— Oui. C'est une grande source de fierté pour mon père d'avoir engendré autant de fils.

Il a prononcé ces derniers mots d'un ton dégoûté.

J'émets un sifflement.

— C'est forcément une anomalie statistique. Ta pauvre mère ! Comment elle a fait pour gérer autant de testostérone sous le même toit ?

Il roule les yeux.

— Ma mère ne se salit jamais les mains – c'est à ça que servent les domestiques.

Les domestiques ? Je me rappelle qu'il a mentionné le kiosque et les jardins de sa mère. Sa famille me paraît plus que bien lotie. Cela prouve à quel point l'expression « l'argent ne fait pas le bonheur » est véridique. Ces souvenirs ont l'air de le rendre très malheureux.

— Il aurait peut-être mieux valu que je sois élevée par une nounou plutôt que par ma mère, dis-je, sans trop savoir si cela va le consoler ou pas.

Il émet un son railleur.

— Tes parents sont des anges, comparés aux miens.

Encore cette compétition ? Il ne s'arrête donc jamais ?

— Ils se sont simplement montrés sympathiques face à toi. Ce ne sont pas du tout des anges.

Il étrécit les yeux et lâche :

— Les miens m'ont officiellement déshérité. Tigger aussi. Est-ce que les tiens ont fait ce genre de truc à l'un de leurs enfants ?

Je remue sur ma chaise, mal à l'aise.

— Non.

— Est-ce qu'ils en seraient capables ?

Je hausse les épaules.

— Ils désapprouvent les choix que j'ai faits et ils me l'ont bien fait comprendre. Mais je ne suis pas sûre qu'ils comptent rendre leur mécontentement *à ce point* officiel.

Un sourire narquois apparaît sur ses lèvres.

— Donc tu admets la défaite, pour changer.

— Je n'ai rien admis du tout. Jusqu'à ce que j'aie rencontré tes parents soi-disant diaboliques, si ça arrive un jour, je ne pourrai croire qu'ils sont aussi mauvais que tu l'affirmes.

Mais au fond, est-ce que j'ai vraiment encore envie de les rencontrer ? Mieux vaut peut-être lui accorder ce point.

Son sourire disparaît.

— Ils *sont* aussi mauvais que je l'affirme.

J'aimerais qu'il soit là, pour pouvoir le serrer dans mes bras et faire disparaître au moins une partie de sa douleur.

— Qu'est-ce que tu as fait pour les énerver ?

— Je voulais être indépendant.

C'est la première fois que j'entends quelqu'un mobiliser autant d'amertume en seulement cinq mots.

— Après l'université, j'ai géré leurs investissements, mais une fois que j'ai eu gagné assez de capital pour me lancer de mon côté, c'est ce que j'ai fait, et ils ont désapprouvé.

— C'est tout ?

Même son soupir semble amer.

— Ils n'aiment rien plus que d'obtenir ce qu'ils veulent.

Donc, ils désapprouvent le fait qu'il ait monté son affaire. Nous avons ça en commun… même si je ne le mentionnerai pas, parce que je ne suis pas prête pour la conversation au sujet de l'entreprise de sex-toys.

— Et Tigger ? demandé-je. C'est quoi, leur problème avec lui ? Ses aventures ?

Les narines de Dragomir se dilatent.

— Ils appellent ça son « comportement inconvenant. » Quelque chose me dit que dès qu'il sera sorti du coma, leurs premiers mots seront : « On te l'avait bien dit. »

Hum ! Ses parents sont peut-être *vraiment* pires que les miens.

Il bâille, ce qui me rappelle à quel point il avait l'air fatigué quand il m'a appelée.

— C'était quand, la dernière fois que tu as dormi ? lâché-je d'une voix plus autoritaire que j'en avais l'intention.

— À New York, répond-il en réprimant un autre bâillement.

— Tu devrais aller te coucher. Tu es en manque de sommeil et en plein décalage horaire. Si Tigger devait se réveiller, tu ne lui serais d'aucune utilité, dans cet état.

Il esquisse un autre faible sourire.

— Tu es très sage pour ton âge. Je te l'ai déjà dit ?

— Tu n'étais pas obligé. Va, maintenant.

— Merci, dit-il, avant de me fixer avec une expression intense.

Je déglutis de manière bien audible. Pourquoi ai-je soudain l'impression d'être une mouche coincée dans l'ambre ?

— Tu m'appelles à ton réveil ? articulé-je péniblement.

— Sans faute, répond-il, avant de raccrocher.

Je me lève du canapé et me dirige vers mon ordinateur d'un pas vacillant.

Les plugs anaux de Woody sont toujours tendance.

Très bien.

Pendant un petit moment, je m'occupe en concevant un appareil de succion pour clitoris.

Si l'objectif était d'oublier Dragomir, je ne suis pas sûre de pouvoir dire que j'ai réussi. Maintenant que j'ai terminé, je me rends compte que le modèle ressemble étrangement à ses lèvres.

Xenia m'appelle, alors je lui raconte les derniers développements.

— On dirait qu'il n'a vraiment pas de deuxième vie, dit-elle une fois que j'ai terminé. Je suis désolée de t'avoir rendue aussi paranoïaque.

— Pas la peine de t'excuser. Je peux réfléchir par moi-même.

Et j'ai mes propres casseroles qui me prédisposent à me méfier des hommes.

Nous bavardons encore un peu, puis elle me demande de la tenir au courant du rétablissement de Tigger et raccroche.

Je vais jeter un œil à mes compagnons à fourrure et surprends à nouveau Gourdin sur la chaise de la cuisine. Je crois qu'il attend que Winnie vienne boire pour essayer de la monter à la bonne hauteur.

— Si j'étais toi, je monterais plutôt Rémy, lui dis-je.

— *Ma chérie*, comment oses-tu comparer mon bébé à une simple *maîtresse* ?

Je me prépare un sandwich à la dinde tout en gardant un œil sur lui. Comme prévu, Winnie va boire, mais elle positionne son postérieur de manière que Gourdin n'ait aucun espoir de tenter son saut.

Maligne, cette ourse.

L'air découragé, Gourdin descend de la chaise.

Oooh ! Si Rémy n'était pas là, je dirais que mon chien vivrait dans une version de l'enfer masculin – il a une femme sexy devant lui, mais elle reste toujours juste hors de sa portée. Après tout, leur situation sexuelle est la même que dans beaucoup de mariages, alors peut-être qu'appeler ça un enfer est une exagération.

J'emporte le sandwich au salon, allume Netflix et fais défiler le catalogue. Hum ! Devrais-je regarder un film avec Woody Harrelson – en l'honneur de notre produit à succès ?

Je me demande s'il a déjà porté un col roulé dans l'un de ses rôles.

Dès que j'ai choisi mon film, je commence à mordre dans mon sandwich, mais mes dents se referment sur le vide.

Je regarde ma main vide, bouche bée.

Quoi ? Est-ce qu'on peut avoir des pertes de mémoire causées par le manque de sexe ?

Une bouffée d'haleine de chien me met la puce à l'oreille, et je regarde derrière moi.

Ouais.

L'expression parfaitement innocente et le museau couvert de miettes, Winnie est en train de mâchonner ce qui ressemble aux restes de mon sandwich.

Comment a-t-elle réussi à me le prendre aussi

furtivement ? Si je pouvais lui apprendre à faire ça avec les bijoux, nous pourrions devenir des voleurs de renommée mondiale.

— Tsst tsst, Bella Borisovna ! On donne honte d'avoir faim à une femme enceinte ?

Je me dirige vers la cuisine, place un autre morceau de dinde entre deux tranches de pain grillé et donne un peu de nourriture aux chiens pour qu'ils soient eux aussi occupés — une manière infaillible de garder le sandwich en sécurité.

Après avoir regardé le film et pris une douche, j'enfile mon pyjama et me mets enfin au lit — mais pas pour dormir.

Au début, j'ai envie de soulager mon désir accumulé avec l'aide d'un vibromasseur tiré de notre gamme de teledildonics. Dans mon fantasme, Dragomir l'utilise à distance pour contrôler mes orgasmes depuis la Ruskovie.

Je sors l'accessoire tout neuf de la boîte et me prépare à le connecter à mon téléphone.

D'une couleur rose insensée, ce jouet est conçu dans un matériau spécial que j'ai récemment inventé. Il est spongieux et rappelle le *kholodetz* — même si aucune truffe de cochon, oreille de porc, patte de poulet ou queue de bœuf n'a été impliquée dans la conception de ce vibromasseur.

En fait, aucun animal n'est jamais blessé durant la fabrication des jouets Belka. Nous ne testons rien sur les animaux… à moins de compter Vlad et Fanny.

Je déverrouille mon téléphone et cherche

l'application Belka créée par Vlad, qui permet de contrôler le jouet.

Soudain, un appel vidéo apparaît sur mon écran.

Mon cœur bondit dans ma gorge.

Me suis-je déjà endormie et suis-je en train de rêver ?

Encore une fois, c'est Dragomir.

Chapitre Vingt-Huit

$\mathcal{J}$e me positionne de manière que Dragomir ne puisse voir le sex-toy sur mon lit et j'accepte l'appel.

Derrière lui, je vois une chambre luxueuse qui doit être le *penthouse* d'un hôtel. Il est assis sur une chaise et ne porte rien d'autre qu'un peignoir, ce qui me permet de saliver à la vue du sillon ferme entre ses muscles pectoraux.

Ses yeux noisette sont très rouges et irrités — les yeux d'un prisonnier en train de subir une technique d'interrogatoire avancée appelée la privation de sommeil. Malgré ça, quand il me voit, ses lèvres s'étirent en un sourire qui me donne l'impression d'avoir avalé un soleil.

— Salut, *squirrelchik*, dit-il. Je t'ai manqué ?

Je lui adresse un sourire niais en réponse.

— Tu viens de m'appeler la fille écureuil ?

— Le diminutif russe pour Bella est Belochka,

explique-t-il en prenant un ton professoral. Et ce mot signifie aussi écureuil. Mis à part le suffixe « chka », il existe une autre manière de créer un diminutif, surtout en Ruskovie ; avec le suffixe « chik ». Mais puisque tu es quelqu'un de très américain, je l'ai transformé en anglais et ça a donné *squirrelchik*.

Je roule les yeux, amusée.

— Je rêve ou tu viens de m'expliquer mon propre petit nom en prenant un ton condescendant ?

— Désolé, répond-il d'un air piteux. J'aurais dû me douter que tu comprendrais comment j'ai eu cette idée. Tu es plus intelligente que moi. Et évidemment, tu connais mieux le russe.

— Ne t'avise pas de l'oublier. Mais plus important encore, tu ne trouves pas que ce sobriquet me fait un peu trop ressembler à un écureuil ?

Son sourire s'élargit alors qu'il répond :

— Je peux t'appeler *kiska*.

— Ça veut dire chatte. Tu le sais, hein ?

— Ça veut dire petit chat, rectifie-t-il en haussant les sourcils.

— Petit chat féminin, précisé-je. Fais-moi confiance, je préfère encore être la fille écureuil. À condition qu'en échange, je puisse te donner un petit nom, moi aussi.

Il incline la tête.

— Ça dépend.

— *Drakonchik*, lâché-je.

J'imite son ton professoral et explique :

— Dragomir ressemble pas mal à « dragon », et le

diminutif de ce mot, en russe, est *drakonchik*.

Il fronce les sourcils.

— Ça ressemble aussi à Dr. A. Konckik. Et *konchik* ne veut pas dire le bout d'un pénis, en russe ?

— Non, dis-je en faisant de mon mieux pour conserver un visage impassible. C'est un mot générique qui désigne le bout, comme celui d'un crayon, d'un stylo et ainsi de suite. Mais si tu préfères, je *peux* t'appeler docteur Bout.

— Non merci, *drakonchik* conviendra très bien.

— Marché conclu, dans ce cas. Maintenant, dis-moi pourquoi tu ne dors pas.

Il hausse les épaules, et son air las recouvre à nouveau son visage.

— J'ai essayé. Je n'y arrive pas.

— Ça craint ! Je déteste quand ça m'arrive.

Un sourire narquois apparaît sur ses lèvres et il répond :

— Ça n'a pas *que* des inconvénients.

Ma respiration s'accélère. Je crois que je sais où il veut en venir.

— Quand je me suis lassé de rester étendu dans mon lit, j'ai fini par chercher quelque chose à faire, alors, j'ai ouvert le sac à dos que tu m'avais donné.

Il tourne la caméra pour me montrer les sex-toys étalés sur son lit.

Ouais. C'est bien ce que je pensais. Mais se pourrait-il…

— Alors, *squirrelchik*, dit-il, et son sourire se fait ouvertement malicieux, tu veux bien m'expliquer ça ?

Chapitre Vingt-Neuf

*E*st-ce qu'il croit pouvoir m'ébranler en me montrant des sex-toys ? Moi, la femme qui les a tous conçus ? Ou – oserais-je l'espérer ? – est-ce que mon fantasme est sur le point de devenir réalité ?

Je prends une profonde inspiration.

— Ce sont des jouets teledildonics. « Tele » est un mot grec qui signifie « loin » et « dildo » veut dire godemichet en anglais.

Je jette un coup d'œil au niveau de son entrejambe recouvert par son peignoir. Je prends peut-être mes désirs pour des réalités, mais je crois apercevoir Everest, là-dessous, soulevant légèrement le tissu blanc.

Le regard de Dragomir prend une teinte ambrée plus vive, et sa lassitude de tout à l'heure disparaît sans laisser la moindre trace.

— Tu veux utiliser l'un de ces trucs sur moi ?

Je hausse un sourcil de manière salace.

— Oui, mais tu ne seras pas le seul à t'amuser.

Je tourne la caméra et lui montre le vibromasseur rose sur mon lit.

— C'est un jouet qui fonctionne selon le même principe que ceux que tu possèdes. Avec l'application adéquate, tu pourras me faire tout ce que je compte te faire.

Il rapproche le téléphone de son visage. À en croire son expression, je m'attends à moitié à ce qu'il morde l'écran.

— D'accord, grogne-t-il. Déshabille-toi.

Waouh ! C'est *parti*. Genre, en mode Donkey Kong.

Je retire mon débardeur, exposant mes seins.

Il écarquille les yeux.

Je lui tourne le dos, pointe les fesses vers le haut et fais descendre lentement mon short de pyjama.

Le téléphone m'échappe presque des mains.

Je me retourne et, de manière aussi séductrice que possible, je retire ma culotte.

Je n'ai encore jamais fait ça, me déshabiller devant une caméra. Qui aurait cru que ça m'exciterait à ce point ? Mes tétons sont durs et mon clitoris palpite — et le meilleur reste à venir.

— Putain ! grogne Dragomir d'un ton presque douloureux. Tu es parfaite.

Je rapproche la caméra de mon visage de manière taquine, lui dissimulant temporairement mon corps.

— À ton tour, maintenant.

Il pose son téléphone sur une table de chevet,

s'écarte pour que je puisse voir tout son corps, et laisse tomber son peignoir.

Mon esprit — et mes parties les plus intimes — explose officiellement.

Encore.

La lumière dans sa chambre souligne le moindre sillon de ses muscles puissants et magnifiquement définis. J'ai envie de lécher l'écran, de me toucher et, peut-être, de prendre l'avion jusqu'en Ruskovie.

Ouais, plutôt la dernière solution. Si je pouvais me téléporter, ce serait encore mieux. Cet homme est une vraie dynamite à ovaires — et Everest est particulièrement alléchant. Il est brandi telle une montagne vers la caméra du téléphone, et vole la vedette sans le moindre mal.

Dragomir possède-t-il une fonction de zoom intelligente sur son téléphone, pour donner l'impression qu'il est encore plus gros ? Ou il était déjà aussi large quand je l'ai pris dans ma bouche l'autre soir ? Comment ai-je fait pour ne pas me disloquer la mâchoire ?

— Et maintenant quoi ? demande-t-il d'une voix rocailleuse.

— Enfile ça.

Le doigt tremblant d'impatience, je pointe du doigt l'anneau pénien extra large posé sur son lit.

— C'est moi qui contrôlerai la vibration.

Quand il se retourne pour prendre le jouet, j'ai un aperçu de son fessier ferme et de ses cuisses musclées — et mon excitation monte encore d'un cran.

Quelqu'un devrait me construire une statue pour le noble sacrifice que j'accomplis en le faisant jouir en premier.

Il se retourne, l'anneau pénien à la main.

Je le regarde avec de grands yeux alors qu'il l'enfile sur Everest.

C'est officiel.

C'est le face-à-face le plus chargé sexuellement que j'aie connu de toute ma vie.

L'anneau confortable fait enfler Everest, et des veines ressortent partout.

Ça le dérangerait si je commençais à jouer avec moi-même ?

Non. C'est plus marrant de d'abord me concentrer sur lui.

Malgré tout, c'est dur de résister. Quelque chose, dans les bijoux et autres petits accessoires, rend la nudité encore plus prononcée.

Je me racle la gorge, lance l'application Belka sur mon téléphone et explique rapidement à Dragomir comment faire en sorte que mon téléphone contrôle son anneau.

Une fois que tout est prêt, je clique sur le bouton prérequis de mon côté, et Everest se met à vibrer — comme soumis à un tremblement de terre.

Le visage de Dragomir se raidit et ses yeux changeants s'assombrissent de désir.

J'accélère un peu la vitesse de la vibration.

De manière incroyable, Everest semble encore plus immense et engorgé.

Avec un sourire malicieux, je fais passer la vitesse à soixante-dix pour cent.

Une rougeur sombre recouvre ses pommettes hautes.

Quatre-vingts pour cent.

Il émet un grognement, et ses poings se serrent.

J'attends quelques instants, avant de pousser l'anneau à pleine puissance.

Dragomir grogne plus fort, et Everest entre en éruption.

Nom d'un volcan ! Je crois que j'aurais dû surnommer ce truc Vésuve, plutôt qu'Everest.

Du sperme jaillit à torrent et retombe partout, y compris sur la caméra du téléphone — ce qui donne une atmosphère délavée à sa chambre.

Bon sang ! On aurait peut-être dû utiliser le manchon ? Comme ça, l'éruption aurait été contenue.

J'arrête les vibrations.

Dragomir retire l'anneau, puis récupère quelques mouchoirs pour nettoyer le désordre. Il repositionne ensuite la caméra et me fixe d'un regard avide.

— À toi.

Enfin !

Nous connectons sans tarder mon vibromasseur à l'application de son côté, puis je me laisse aller en arrière sur le lit.

— Prête ? grogne-t-il.

Je presse le vibromasseur contre mon clitoris et réponds :

— Oui.

Ses yeux errent sur mon corps, puis il lance la vibration.

Meeeeerde ! La sensation est incroyable — cent fois meilleure quand c'est lui qui a le contrôle. La masturbation a cela en commun avec les chatouillis : c'est très différent quand on le fait soi-même et quand quelqu'un vous le fait.

Une expression de satisfaction purement masculine sur le visage, il accroît l'intensité.

Un gémissement s'échappe de mes lèvres.

Même si ma vue est floue, je vois Everest s'élever à nouveau — ce qui, de manière incroyable, m'excite encore plus.

— C'est ça, squirrelchik, souffle-t-il. Jouis pour moi.

Je suis à deux doigts de m'exécuter, quand il regarde quelque chose derrière moi en plissant les yeux, avant de hurler quelque chose en ruskovien.

Mon orgasme bourgeonnant reflue.

Que se passe-t-il ?

Deux choses en même temps.

Mon nez détecte l'odeur d'une haleine de chien, et Winnie me prend le vibromasseur des mains avec les mêmes talents de *ninja* qu'elle a utilisés pour me prendre mon sandwich.

— Eh ! m'écrié-je. Rends-moi ça !

L'ourse remue la queue et se précipite hors de la pièce.

— Assure-toi qu'elle ne l'avale pas ! entends-je hurler Dragomir alors que je fonce à sa poursuite.

C'est vrai. C'est la deuxième fois qu'elle s'empare d'un jouet enduit de mes fluides – et le troisième jouet en tout.

Je m'élance à sa poursuite.

Elle bondit par-dessus ma table basse avec aisance et remue la queue sous mon nez, le regard aussi candide que d'habitude.

— Ce n'est pas un jeu, l'avertis-je d'un ton sévère tout en la pourchassant.

Elle s'enfuit, et si sa bouche n'était pas occupée – et plus important encore, si les chiens pouvaient parler – je parie qu'elle me dirait : « Si ce n'est pas un jeu, pourquoi c'est si drôle, Bella Borisovna ? »

Étant humaine, je devrais être plus maligne, avec un peu de chance. J'utilise une stratégie pour réussir finalement à l'acculer dans la cuisine.

Gourdin nous regarde, tête inclinée sur le côté.

Argh ! Je ferais mieux de garder les jouets cachés à partir de maintenant. Il va sûrement vouloir jouer à ce jeu aussi.

Avec effort, j'extrais le vibromasseur de la gueule baveuse de Winnie.

Elle regarde l'objet rose avec regret.

— Je te fabriquerai un jouet rose adapté aux chiens, lui assuré-je. Mais pas celui-là.

Gourdin gémit.

— Je t'en ferai un aussi.

Winnie a toujours l'air triste, alors je la corromps avec un cookie au bacon qui lui remonte le moral.

Je jette le vibromasseur mâchonné à la poubelle,

me lave les mains et reviens dans la chambre. Je verrouille la porte et rassure Dragomir en lui disant qu'elle n'a pas avalé le jouet.

— Tu veux continuer ? demande-t-il.

Est-ce que les ours vivent dans les bois ? Ou plutôt, est-ce qu'ils volent des sex-toys ?

— Oh oui !

Le sourire qu'il m'adresse en réponse provoque une sensation indécente au creux de mon corps.

— Tu as un autre jouet teledildonics ?

C'est le cas, mais je ne suis pas sûre que je devrais l'admettre. Je ne sais pas combien de jouets il faudra avant qu'il commence à me soupçonner de les fabriquer moi-même. Et puis, maintenant que je l'observe dans toute sa nudité, j'ai envie de prendre mon pied maintenant — et pas de chercher une boîte, l'ouvrir, connecter l'accessoire à l'application, etc.

Avec un sourire espiègle, je baisse lentement la main le long de mon ventre.

— Et si on faisait quelque chose de plus rudimentaire ?

Everest a un soubresaut approbateur.

— Oui, squirrelchik, répond Dragomir, la voix une octave plus grave. Fais-toi jouir pour moi.

— Et je veux que tu fasses la même chose pour moi, murmuré-je tout en remuant les doigts de haut en bas sur mon clitoris douloureux.

Il prend Everest dans son poing.

L'orgasme qui m'a été refusé plus tôt se ravive en un clin d'œil — et le plaisir explose à travers toutes mes terminaisons nerveuses, avec toute l'intensité d'une déflagration nucléaire.

Je gémis son nom.

Il grogne de plaisir.

Quand ma respiration s'apaise, je le surprends à m'observer d'un regard particulièrement intense. Comme s'il était perdu dans un désert et que j'étais une Gatorade goût citron vert et concombre.

— Je crois que j'ai besoin d'une douche, lâché-je d'une voix encore un peu rauque.

Il cligne des yeux et son expression s'évanouit, remplacée par un autre sourire si sexy que c'en est indécent.

— Bien sûr. J'en aurais bien besoin aussi. Dors bien, squirrelchik.

— Toi aussi.

J'attends qu'il raccroche, mais il ne le fait pas. Il se contente de me regarder, et j'aperçois à nouveau un éclat de cette intensité déconcertante dans ses yeux — cette soif étrange qui me réconforte et me déstabilise à la fois.

— Allez. Raccroche, dis-je.

Il étire les lèvres et répond :

— C'est toi qui raccroches.

— Non, toi.

— Toi d'abord.

OK, c'est officiel. Je suis *vraiment* de retour au lycée.

Avec un sourire, je fais un signe de la main à la caméra et raccroche.

Chapitre Trente

Le lendemain matin, alors que je termine mon petit déjeuner, Winnie s'approche de moi et émet un drôle de son plaintif.

Attendez une seconde.

J'ai déjà entendu ça.

Je bondis sur mes pieds, enfile leur laisse aux deux chiens et fonce dehors.

Dès que nous sommes sortis de l'immeuble, je regarde autour de moi pour m'assurer qu'aucune personne âgée fragile ne traîne dans le coin. Je ne veux pas que qui que ce soit fasse une crise cardiaque.

La voie est libre, alors je regarde Winnie et dis :

— Kraken.

THPPTPHTPHPHHPH.

Je m'élance à toute vitesse, les deux chiens sur les talons, dans l'espoir de distancer l'odeur, mais le pet continue de sortir du postérieur de Winnie sans jamais vouloir s'arrêter.

Quand nous nous arrêtons à un feu rouge, Gourdin lance à Winnie ce qui ne peut être qu'un regard impressionné. Je parie qu'il vendrait son âme pour réussir à émettre ne serait-ce que dix pour cent de ce gaz.

Au moins, le vent qui me souffle au visage repousse la majorité des émanations. Malgré ça, j'ai l'impression que nous traversons un cimetière terrifiant où viennent mourir les œufs et les salades malades.

— Merci pour l'avertissement, dis-je à Winnie une fois que nous nous sommes suffisamment éloignés de l'odeur. Si tu avais fait ça dans l'appartement, j'aurais dû déménager – et j'aurais été certaine de perdre ma caution.

Winnie ne m'entend pas. Son attention est fixée sur quelque chose à notre droite.

Je suis son regard et me fige.

Un chat noir est sur le point de croiser notre route, et il n'y a personne dans le coin pour rompre le sort, alors je vais devoir faire demi-tour comme une idiote.

Comme d'habitude, Gourdin fait comme si le chat n'existait pas – ce qui est logique. Pour lui, ce félin est ce qu'un lion serait pour moi. Mais après tout, si un lion apparaissait dans Central Park, je ne suis pas sûre que je ferais comme s'il n'existait pas.

En remarquant Winnie, le chat arque le dos et se met à cracher.

La chienne émet un gémissement et s'empresse de se cacher derrière moi.

Le chat arrête de cracher, fait demi-tour et prend ses jambes à son cou – il songe probablement : *Cette ourse se comporte comme une folle. Mieux vaut rester à l'écart.*

Ouf ! Le mauvais *karma* évité, nous reprenons notre route – en tout cas jusqu'à ce que j'aperçoive Pom-Pom, notre ennemie caniche, en train de courir vers moi, toute seule.

Zut ! Sa propriétaire a dû lâcher sa laisse, et la bête est désormais libre.

Ce stupide chat noir a dû nous attirer ces ennuis, finalement.

En un clin d'œil, Winnie se retrouve cachée derrière moi.

Sans se souvenir de ses interactions passées avec le caniche diabolique, Gourdin remue la queue.

Pom-Pom grogne et accélère dans notre direction.

Mon cœur bat à toute vitesse dans ma poitrine alors que je tire Gourdin en arrière. Je ne sais pas quoi faire. Même si je le prends dans mes bras, nous risquons d'avoir un problème. Malgré leur apparence ridicule, les caniches sont de grands chiens, capables de blesser non seulement Gourdin, mais moi aussi.

Gourdin doit finalement comprendre le danger. Il coince sa queue entre ses pattes et gémit bruyamment.

Encouragée, Pom-Pom fonce vers nous.

Je soulève Gourdin et me prépare à me battre pour notre survie.

La bête aux poils frisés est presque à distance suffisante pour nous mordre.

Soudain, un grognement à glacer le sang vibre dans l'air.

C'est sûrement le son que ferait un chien de l'enfer, si vous l'énerviez vraiment, vraiment beaucoup.

Au début, je crois que ce son terrifiant provient de Pom-Pom.

Mais non.

Celle-ci s'immobilise et écarquille les yeux.

Je fais volte-face.

Winnie n'est plus derrière moi. Elle s'est placée entre le chien qui nous attaque et nous, et aussi incroyable que ce soit, le grognement provient de sa gueule.

En fait, compte tenu de toute cette histoire selon laquelle sa race aurait « débarrassé la Ruskovie des loups », ce n'est peut-être pas si difficile à croire. Le comportement de Winnie a complètement changé, passant de mignon et câlin à féroce au point de vous faire faire dans votre pantalon. Cela lui donne un autre point commun avec un ours : ils sont craquants, mais ils peuvent devenir très effrayants si vous vous les mettez à dos.

Et c'est exactement ce qu'il vient de se passer.

Winnie s'est transformée en maman ourse face à ce caniche aux fesses rasées, pour nous protéger Gourdin et moi.

— Si tu fais un pas de plus, je lâche sa laisse, lancé-je à Pom-Pom d'un air triomphant.

Le caniche n'est pas suicidaire. Il tourne les talons,

met sa queue entre ses pattes et s'éloigne en courant –
droit dans les bras de sa propriétaire haletante.

Je pousse un soupir de soulagement et repose
Gourdin au sol.

Ayant repris sa forme de petit ange, Winnie lèche
le visage de celui-ci et se remet à marcher comme si
rien ne s'était passé.

———

Une fois de retour à la maison, je suis déçue de ne
trouver aucun message de Dragomir sur mon
téléphone. J'ai cependant un appel manqué de ma
mère – ce qui m'inquiète. Elle ne m'appelle presque
jamais, préférant m'envoyer des invitations à des
réunions familiales par messages Facebook.

Est-il arrivé quelque chose ?

Je me souviens du chat noir et mon souffle
s'accélère. Sans attendre, je la rappelle.

— Salut, chérie, dit-elle en décrochant. Comment
vas-tu ?

Chérie ? Comment vas-tu ?

Qui est cette femme et qu'a-t-elle fait de ma vraie
mère ?

— Je vais bien, maman, dis-je prudemment.
Quelque chose ne va pas ?

— Bien sûr que non. Je me suis juste rendu
compte que je ne t'avais pas parlé depuis un moment.

Quel euphémisme !

— Je vais bien. Et toi ?

— Très bien, très bien. Comment va Dragomir ? Comment ça se passe entre vous deux ?

Ah ! Je comprends mieux, maintenant. Cet appel est un investissement dans son projet « serrer mon petit-enfant mignon dans mes bras ».

— Dragomir ne va pas très bien, dis-je, avant de lui parler de l'accident de Tigger.

— C'est horrible ! dit-elle avec une émotion sincère. Dis-leur, à ses parents et à lui, que je souhaite un prompt rétablissement à Tigger.

— D'accord.

Je le ferai… si je rencontre ses parents un jour.

— Tu sais, dit-elle, je connais un excellent remède qu'ils devraient essayer.

Oh, Seigneur ! Les remèdes de ma mère peuvent être vraiment particuliers, même pour les Russes. Et pour je ne sais quelle raison, ils sont très orientés vers l'urine. Un jour, j'ai dû faire pipi sur sa jambe quand elle a développé une éruption cutanée, et un autre, Alex a eu une gastro et elle a réussi à le convaincre de *boire* de l'urine – au moins, c'était la *sienne*, cette fois.

— Je suis sûre que les médecins savent ce qu'ils font, commenté-je.

Si je dis à Dragomir de faire pipi sur son frère, je ne crois pas qu'il comprendra. Il risque même de croire que j'aime les douches dorées, ce qui n'est pas le cas.

— Quel mal ça ferait d'essayer mon cataplasme ? demande ma mère.

— Ça dépend du cataplasme…

Si c'est de la viande d'agneau crue, comme son remède contre l'acné, il risquerait d'avoir une infection à l'E. Coli, ou pire.

— Il faut faire mâcher à une vierge de dix-neuf ans un demi-kilo de salade, deux oignons, cinq gousses d'ail et une tige de persil, réchauffer le cataplasme à température du corps et recouvrir autant que possible la peau de Tigger pendant quelques heures.

Une vierge ? En quoi est-ce que ça peut aider, médicalement parlant ? L'hymen aide-t-il les filles à produire des enzymes magiques dans leur salive ? Et puis, pourquoi ce remède ressemble à une recette pour faire des boulettes d'humain… sans farine ?

Eh, au moins, la vierge n'a pas besoin de faire pipi pour qui que ce soit ! C'est une première.

— Je transmettrai à Dragomir, dis-je sans conviction. Merci.

— De rien. Maintenant, appelle-le, pour qu'ils puissent s'y mettre. Ça peut être dur, de trouver une vierge, de nos jours.

Était-ce une pique envers moi, qui ait perdu ma virginité à dix-huit ans, ou une plainte à propos des mœurs de la génération 2000 ?

— C'est vrai, acquiescé-je. Merci, maman. Salut.

Je raccroche, mais je n'appelle pas Dragomir. Il est peut-être en train de dormir pour rattraper son décalage horaire. Je regarde mes e-mails.

Intéressant. Alex m'apprend que nous avons un rendez-vous avec Marco et son équipe la semaine prochaine — je me demandais s'il était rentré en Ruskovie avec Dragomir.

Je note le rendez-vous sur mon calendrier et me plonge dans la conception du costume, ne m'arrêtant que pour nous nourrir, les chiens et moi.

Quand je commence à avoir mal au crâne à force de travailler, je me lève et prépare la chambre au cas où Dragomir me rappellerait.

Plutôt qu'un vibromasseur, je déballe un gadget suceur de clitoris et le pose sur le lit. Ensuite, j'enfile mon soutien-gorge et ma culotte les plus sexy, ainsi qu'une robe mignonne.

Alors que je m'apprête à regarder quelque chose sur Netflix pour tuer le temps, mon téléphone sonne.

Est-ce possible ?

Je prends le téléphone.

Oui !

Un appel vidéo de Dragomir.

Chapitre Trente-Et-Un

Il est à nouveau dans cette chambre type *penthouse*, et a l'air bien plus reposé — et proportionnellement plus délicieux.

— Salut, squirrelchik.

— Salut, drakonchik, lancé-je avec un sourire. Tu as bien dormi ?

— Très bien, répond-il en me rendant mon sourire. Merci de m'avoir bordé.

— C'était un plaisir. Littéralement. Comment va ton frère ?

Son sourire disparaît.

— Toujours pareil. Les médecins ne peuvent rien faire. Il peut sortir du coma aujourd'hui, demain ou dans plusieurs semaines… ils n'en savent rien du tout.

— Ça craint ! soufflé-je en m'asseyant sur le lit. Fais-moi savoir si je peux faire quoi que ce soit pour t'aider.

Mis à part lui épargner le remède de ma mère.

Il s'assoit à son tour sur son lit.

— Tu m'aides déjà. Te parler me permet de me changer les idées.

Je sens mon cœur palpiter au point que c'est un miracle que je ne me mette pas à flotter jusqu'au plafond.

— Dans ce cas-là, tu peux m'appeler quand tu veux, dès que tu auras envie de parler.

— Je vais peut-être te prendre au mot. Surtout vu que je suis encore à l'horaire de New York.

— Le décalage horaire est énorme, non ? demandé-je.

Il hoche la tête et répond :

— Dix heures.

— Tu devrais sûrement commencer à t'habituer à l'heure locale. Ce n'est pas bon pour ton rythme biologique de dormir la journée et de vivre la nuit, comme un vampire.

Il pousse un soupir.

— J'imagine que je dois être superstitieux, moi aussi. Je ne peux m'empêcher d'avoir l'impression que si je m'adapte au fuseau horaire de la Ruskovie, ce sera comme accepter que Tigger n'est pas près de se remettre... et faire en sorte que ça se réalise.

Encore une fois, je regrette de ne pas pouvoir tendre les bras et l'étreindre à travers internet. Quand mon costume VR sera terminé, les câlins à distance seront clairement l'une des applications. Pour l'instant, je dois trouver un autre moyen de lui remonter le moral.

— Parle-moi de Tigger, dis-je doucement. Raconte-moi un bon souvenir.

La bouche de Dragomir s'étire légèrement.

— Eh bien, pour commencer, c'était presque toujours le buteur de notre équipe de football ! Il a marqué plus de buts que je ne pourrais le dire.

Des buts ? On n'appelle pas ça des essais ?

Je hausse un sourcil et demande :

— Tu es sûr de parler de football ?

— Ah ! Désolé. Je parlais de *soccer*, bien sûr. Mon père rêvait d'avoir suffisamment de fils pour former une équipe de *soccer*. Son souhait s'est réalisé ; mis à part le gardien, qui était un cousin, l'équipe était composée de mes frères et moi. Pendant un certain temps, en tout cas.

Il me raconte alors leurs aventures sportives, et cela semble alléger son humeur — surtout quand il parle de la fois où ils ont réussi à battre une équipe semi-professionnelle venue de Russie.

Pendant que je l'écoute, j'ai à nouveau la sensation que sa famille est extrêmement riche. Dans ses histoires, le terrain de *soccer* était « à eux », leur *coach* semble être un professionnel et cette équipe contre laquelle ils ont joué lors de leur match critique est venue de Russie en avion.

— Et toi ? demande-t-il. Est-ce que tes frères et toi faisiez du sport ?

Je secoue la tête.

— Ce qui s'en rapprochait le plus, c'était quand on jouait au hockey sur la Xbox. En général, nous jouions à beaucoup de jeux vidéo compétitifs, du combat à la course. Je crois que c'est comme ça qu'Alex a développé une passion pour la conception de jeux vidéo.

Il sourit.

— C'est comme ça que tu as appris à être aussi compétitrice ?

Je souris.

— J'en doute. Je les bats sans effort à presque toutes nos parties.

J'agite mes doigts agiles et continue :

— Ma coordination yeux/mains est au-dessus de la moyenne, et mon temps de réaction est exceptionnel.

Son sourire s'élargit.

— N'oublie pas ton humilité au-dessus de la moyenne qui est vraiment incroyable. Je doute que qui que ce soit puisse rivaliser avec toi sur ce terrain-là.

— Eh bien, ouais ! Et toi qui croyais que j'étais juste la femme la plus sexy que tu aies jamais rencontrée. C'est plus que ça : je suis aussi la plus humble.

Une flamme danse sans ses yeux.

— Je ne devrais sûrement pas t'encourager, mais tu es *vraiment* la plus sexy.

Je le regarde en battant des cils.

— Je peux dire la même chose de toi... et je ne

suis pas sûre que tu en aies conscience, mais tu viens d'ouvrir la boîte de Pandore.

Il incline la tête et demande :

— Tu veux que je te parle des femmes avec lesquelles je suis sorti ?

— Je t'ai parlé de mon ex. Ce n'est que justice.

Il doit être d'accord avec moi, parce qu'il commence :

— Il n'y a pas grand-chose à dire, de mon côté. Il n'y a pas eu tant de femmes que ça dans ma vie, et aucune de ces relations n'était sérieuse – à l'exception de la dernière.

Son visage s'assombrit, alors qu'il continue :

— Elle travaillait pour mes parents, et quand j'ai perdu mon héritage, je l'ai perdue aussi.

Il se racle la gorge et termine :

— Mais c'est mieux comme ça. Elle n'était pas intéressée par les bonnes choses.

Ouais… et c'est tant mieux pour moi.

Il rapproche son téléphone de son visage.

— Maintenant, tu dois me dire un truc personnel. Ce n'est que justice.

— *La Reine des neiges*, lâché-je après m'être creusé la tête pour trouver quelque chose à confier mis à part le fait que je possède une entreprise de sex-toys. C'est mon film préféré.

Il prend cette information avec beaucoup plus de sérieux que je l'aurais fait si les rôles avaient été inversés.

— Je n'ai aucun mal à le croire, répond-il. C'est

une histoire de rébellion et d'épanouissement personnel, c'est ça ?

— Tu n'as jamais vu *La Reine des neiges* ? m'exclamé-je en feignant la stupeur.

Il prend un air sincèrement affligé et répond :

— J'ai entendu la chanson. Ça compte ?

— Non, ça ne compte pas, répliqué-je d'un ton faussement grognon. Tu as désormais un devoir à faire à la maison. Tu dois le regarder.

Il hoche la tête ; soit il me prend toujours au pied de la lettre, soit il fait si bien semblant qu'il mériterait un Oscar.

— Considère ça comme ajouté à ma liste de tâches.

— Tu me remercieras plus tard, affirmé-je. Et toi ? Quel est ton film préféré ?

Il se frotte le menton.

— Difficile de choisir, mais celui que je re-regarde le plus souvent, c'est *Princess Bride*.

— Inconcevable ! dis-je avec un sourire. En fait, c'est très facile à concevoir. Il y a toutes ces scènes d'escrime, sans parler de Robin Wright dans le rôle de Bouton d'Or. C'est l'une de mes actrices préférées.

— Vraiment ? dit-il en haussant les sourcils.

— Est-ce que tu l'as vue dans le rôle du général Antiope dans *Wonder Woman* ? Ou de Claire Underwood dans *House of Cards* ?

— Oui, et elle est géniale. Mais ce n'est pas pour elle que j'aime ce film – ni pour l'escrime. J'aime les messages qu'il transmet.

Je fronce les sourcils.

— Il y a des messages ?

— Ouais, bien sûr. Du genre « la vie est injuste ».

Je hoche la tête. C'est vrai.

— Plus important encore, ajoute-t-il en me lançant un regard entendu, il nous apprend que de bonnes choses finissent toujours par arriver à ceux qui attendent.

Je le regarde en clignant des yeux.

Est-ce qu'il parle de son absence de relation sérieuse ? Suis-je la bonne chose qui lui est arrivée après qu'il a patiemment attendu ? Si c'est le cas, je crois qu'il vient de comparer le fait de me rencontrer à la vengeance sanglante d'Inigo Montoya à l'encontre de l'assassin de son père – pourtant, je me sens quand même tout chose.

Vu que je suis mal à l'aise à l'idée de lui réclamer de clarifier, je lui demande plutôt quel genre de musique il préfère.

Il s'avère que nous avons des goûts similaires. Nous discutons même de notre amour des groupes de rock russes, dont les Américains n'ont jamais entendu parler – comme Nautilus Pompilius. Et nous détestons aussi tous les deux la pop russe, excepté quelques rares groupes, comme t.A.T.u.

Quand nous avons fini de parler de musique, nous passons aux livres, et là encore, nos goûts sont très proches. À l'exception des livres d'ingénierie que je lis pour le boulot tandis que lui s'intéresse aux livres sur l'escrime et l'investissement.

Alors que nous continuons à discuter, j'ai la sensation qu'il veut connaître ma vie dans ses moindres détails. Cela me fait me sentir de plus en plus coupable de ne pas lui parler de mon entreprise. Mais après tout, il se montre encore évasif quand la discussion dérive vers son passé en Ruskovie, alors j'imagine que nous sommes quittes, surtout s'il me cache quelque chose… même si je ne pense plus qu'il s'agisse d'une autre femme.

Quand nous avons parlé pendant ce qui me paraît être des heures, je tourne la conversation vers un sujet plus sexy. Je balaie mes cheveux par-dessus mon épaule et demande :

— Tu es ambidextre ?

— Malheureusement, non, répond-il. Pourquoi ?

Je remue les sourcils de manière sensuelle et réponds :

— Je veux m'assurer d'être fidèle quand je t'imaginerai en train de me toucher.

Il se redresse.

— Je te toucherai d'abord avec la main gauche. Ensuite… quand tu m'auras dit que c'était l'expérience la plus époustouflante de ta vie… je t'avouerai que je ne suis *pas* gaucher.

Je souris à cette référence à son film préféré, et tourne la caméra pour lui montrer l'accessoire suceur de clitoris que j'ai préparé sur mon lit.

— Tu as envie qu'on répète notre aventure teledildonics ?

Il tourne sa propre caméra pour me montrer les jouets sur *son* lit, prêts à l'action.

— Si tu le souhaites.

— Oh, je le souhaite !

Je me dirige vers la porte de la chambre et la verrouille, cette fois.

— Et c'est à mon tour de passer en premier.

Chapitre Trente-Deux

ous nous déshabillons comme si nos vêtements étaient en feu.

Ses doigts dansent sur l'écran de son téléphone alors qu'il connecte le suceur de clitoris à son application.

Je m'étends sur le lit et prépare l'accessoire.

— Tu es magnifique, dit-il d'un ton émerveillé.

Mes yeux parcourent le moindre sillon de muscles sur son torse, avant de se poser sur Everest.

— Tu n'es pas mal non plus.

— Prête ? demande-t-il, les yeux pétillants.

Je plaque le gadget contre mon clitoris et réponds :

— Oui.

Il tend la main vers la commande sur son téléphone.

— Ferme les yeux et imagine que je te suce.

Superbe idée. Je fais ce qu'il me dit, mais avant

que j'aie pu donner libre cours à mon imagination, la succion commence.

Putain ! Putain !

L'image de ses lèvres douces suçant mon clitoris n'est que trop facile à visualiser, tant le jouet est bien conçu.

L'intensité de la succion augmente. Je l'imagine pincer les lèvres et inhaler profondément, comme s'il voulait faire un suçon à mon clitoris.

Un orgasme intense commence à se déployer au creux de moi – avant même que les vibrations commencent.

Waouh !

J'ai plus de mal à l'imaginer provoquer ces vibrations – à moins de me convaincre qu'il peut se transformer en chat et ronronner.

Mon orgasme se fiche d'à quel point mon fantasme est réaliste, cependant. Il explose à travers mes terminaisons nerveuses, fait se contracter mes doigts de pied et arrache un gémissement à mes lèvres.

— T'es géniale ! murmure-t-il d'une voix rocailleuse.

Tout en m'efforçant de reprendre mon souffle, j'ouvre les yeux – et y regarde à deux fois à la vue de mes parties intimes. La succion était si forte qu'elle a attiré plus de sang que d'habitude dans mon clitoris, qui est si engorgé qu'il a presque la taille d'un minuscule pénis.

Je n'avais jamais joué avec ce jouet dans une pièce

bien éclairée, jusqu'à présent, alors c'est bon à savoir. Et cela vaut sûrement mieux aussi que Dragomir ne soit pas là pour me voir de près. J'imagine que certains mecs pourraient être dégoûtés, si leur femme se voyait pousser un pénis.

Mais en vérité, je doute que Dragomir soit l'un de ces mecs. En fait, comparé à Everest, certains véritables pénis ressemblent peut-être à des clitoris.

Je me lèche les lèvres, avant de dire :

— À toi.

Il examine les jouets de son côté et demande :

— Tu as une préférence ?

— Le manchon, avoué-je en indiquant du doigt le gadget qui ressemble à une poche faite à partir d'un poulpe.

Il le prend, le recouvre de lubrifiant et me regarde avec une impatience bien visible pendant que nous le connectons à mon application.

— Cette fois, tu vas fermer les yeux, dis-je. Enfile ça, et imagine que tu es dans mon sexe.

Personne ne le sait, mais j'ai conçu ce jouet précis d'après mon propre vagin. Il est exactement aux mêmes dimensions en termes de profondeur, de largeur et d'élasticité. J'ai aussi fait de mon mieux pour obtenir la même texture. J'ai dû me doigter et utiliser des prototypes de jouets pendant un nombre d'heures incalculable – mais je suis toujours prête à faire des sacrifices au nom de toutes les femmes.

Évidemment, je ne peux rien dire de tout ça à Dragomir sans lui révéler mon secret.

En parlant de secrets, j'espère que Vlad ne découvrira jamais cette anecdote. Quand il aidait Fanny à tester la gamme de teledildonics, il a fourré son pénis dans un manchon exactement comme celui-là.

Ouais, je vais éviter de trop penser à ça.

Les yeux fermés, Dragomir glisse Everest dans le manchon. Je le regarde avec attention – si le jouet se déchire, je risque d'avoir un gros problème à un moment donné.

Mais non.

L'ajustement est parfait.

Mes parois vaginales se crispent de jalousie.

— Comment tu te sens ? demandé-je d'une voix rauque.

Le visage de Dragomir se contracte en une expression extatique.

— Squirrelchik… dit-il d'une voix réduite à un léger grognement. Ton sexe est incroyable.

Il y a plutôt intérêt !

Je lance le mouvement de va-et-vient breveté du manchon.

Il se raidit.

Me délectant de mon pouvoir, j'augmente l'intensité.

Il grogne.

Pourquoi, mais pourquoi n'ai-je pas rendu le manchon transparent ? Je veux voir le moindre détail. Tant pis. J'ajoute quelques vibrations au mouvement de va-et-vient.

Il laisse échapper un soupir sonore.

C'est à mon tour de me raidir.

Ai-je entendu un coup frappé à la porte ? Seraient-ce les chiens ?

Non. Gourdin ne connaît pas ce tour-là – et je doute que ce soit le cas de Winnie.

C'est sûrement mon imagination.

J'oublie ça et augmente l'intensité au maximum.

Les bourdonnements sont très bruyants, maintenant, mais je crois entendre une voix de femme qui parle en ruskovien.

Qu'est-ce qu'il se passe ? Est-ce qu'il a une radio allumée ?

Je devrais vraiment dire quelque chose, mais je ne peux détourner les yeux d'Everest – qui, incroyablement, enfle encore plus.

De manière remarquable, le manchon parvient à s'y adapter.

Ouf ! Si j'avais la moindre crainte inconsciente qu'Everest ne puisse me pénétrer, elle a disparu – remplacée par un désir de le voir entrer pour essayer de faire exactement la même chose qu'avec le manchon.

Les veines du cou de Dragomir se tendent, ses poings se crispent et, avec un grognement, il jouit dans le manchon.

Quand il ouvre les yeux, il a l'air fébrile.

— Putain, c'était incroyable ! dit-il d'une voix râpeuse, la respiration irrégulière.

Soudain, j'entends une porte s'ouvrir en grinçant.

Dragomir écarquille les yeux et détourne la tête de la caméra.

J'entends un soupir féminin.

Il se retourne et s'écrie quelque chose en ruskovien.

Il y a un couinement qui ressemble au mot russe signifiant « désolé, » suivi du son d'une porte qui claque.

— Je devrais être jalouse ? demandé-je en scrutant la caméra.

Il se tourne à nouveau vers moi, une légère rougeur sur le visage.

— Non, désolé. C'était juste la domestique. Elle voulait sûrement nettoyer la chambre.

— Mince ! Ce devait être ça, le coup que j'ai entendu frapper. Je croyais que c'était mon imagination.

Il grimace.

— Elle est censée attendre que les hôtes accrochent la pancarte « veuillez nettoyer » à la porte.

— Elle croyait sûrement que tu étais sorti. Tu devrais vraiment commencer à verrouiller tes portes. Maintenant, l'hôtel va se retrouver avec un procès pour harcèlement sur les bras.

— Ce n'est pas un hôtel, répond-il. Je suis chez mes parents.

Ah ! Encore une preuve de la richesse de sa famille. Leur chambre d'ami ressemble à un *penthouse*, et ils ont une domestique censée obéir à des pancartes placées par les invités.

Alors que je réfléchis à tout ça, Dragomir se retire du manchon et verrouille la porte.

— Où en étions-nous ? demande-t-il en revenant sur son lit.

Je lui adresse un sourire malicieux.

— Nous étions sur le point de passer l'appel vidéo sur notre ordinateur portable, pour pouvoir utiliser nos téléphones pour nous faire jouir en même temps.

Il aime cette idée, et nous faisons ce que j'ai suggéré.

Plusieurs fois.

Nous finissons tous les deux épuisés. Haletante, je reste étendue, les os si ramollis que je peux à peine tenir le téléphone.

— C'était comment, pour toi ? demande-t-il en bâillant.

— Ça me rappelle la position du soixante-neuf, dis-je en imitant son bâillement. Difficile de manœuvrer les commandes de l'application tout en hurlant d'extase.

Son regard parcourt mon corps avec une avidité renouvelée.

— Je suis sûr qu'on s'améliorera avec l'entraînement.

— Sans aucun doute, acquiescé-je.

Même si certaines parties de moi en veulent plus, mon clitoris me supplie d'avoir pitié de lui.

— Que dirais-tu de demain ? proposé-je avec réticence.

Il accepte avec joie, et nous recommençons notre

danse « c'est toi qui raccroches » de l'autre jour, jusqu'à ce que je cède et mette fin à l'appel.

Dans le sommeil rempli de rêves qui s'ensuit, je me retrouve dans ses bras, à connaître des douzaines d'orgasmes sans interruption.

Chapitre Trente-Trois

Durant les jours qui suivent, mes appels vidéo avec Dragomir deviennent une routine. En dehors de ça, si je veux parler, je l'appelle ou je lui envoie un message – et il me recontacte toujours en l'espace de cinq minutes ou moins. C'est incroyable à quel point il est doué pour répondre, meilleur que tous ceux que je connais. J'aime à croire que c'est parce que je suis une priorité dans sa vie. Évidemment, il est peut-être juste l'une de ces personnes qui voient leur téléphone comme une extension d'elles-mêmes, mais le fait qu'il ne le prenne pas pour promener Winnie me fait penser que c'est peu probable.

Quoi qu'il en soit, à chaque fois que nous nous parlons, nous en apprenons un peu plus l'un sur l'autre, et tous les soirs, nous utilisons mes jouets teledildonics pour nous faire jouir l'un l'autre.

Si j'avais eu le moindre doute sur le fait que le

monde avait besoin du costume VR sur lequel je travaille, il se serait évanoui, maintenant. Si le costume avait déjà existé, ce temps de séparation aurait été bien plus supportable — et ce qui est vrai pour nous le serait aussi pour les soldats à l'étranger, les pêcheurs en expédition à long terme, les patients en quarantaine et ainsi de suite.

Malgré tout, compte tenu du niveau de technologie actuel, notre relation est aussi merveilleuse que peut l'être une liaison à longue distance, mis à part une légère ombre au tableau : son frère n'est toujours pas sorti du coma.

— Les médecins disent que l'œdème dans son cerveau est en train de rétrécir, me dit Dragomir un soir, mais ils ne savent toujours pas avec certitude quand il va reprendre conscience.

Et même s'il ne le dit pas, j'entends le « si » dans ses paroles.

———

La semaine suivante a lieu notre réunion avec l'entreprise de Dragomir.

— Nous avons quelques questions techniques à vous soumettre aujourd'hui, dit Marco pour lancer la discussion.

Il regarde Alex, comme si je n'existais pas, alors je lance ostensiblement :

— Je ferai en sorte de répondre à toutes les questions que vous vous posez du mieux que je peux.

— C'est en rapport avec le mal du VR, dit Marco sans détourner les yeux d'Alex. Comment votre système évitera ça ?

Alex me regarde.

J'incline la tête pour le remercier.

— Chaque chose en son temps. Déterminons le problème.

Tout le monde reporte enfin son attention sur moi.

Marco se racle la gorge et explique :

— Le mal du VR est une maladie dont souffrent les gens quand ils utilisent la réalité virtuelle. C'est ça ?

Je pousse mentalement un soupir. En se récusant, Dragomir a laissé aux commandes une personne qui, visiblement, n'y connaît rien en réalité virtuelle.

— Ce n'est pas vraiment la définition commune de ce phénomène, dit Alex avant que j'aie eu l'occasion de répondre.

Ça vaut mieux.

De nous deux, il est le plus diplomate.

Marco jette un regard au technicien à lunettes – Eugenius, si je me souviens bien.

— Le mal du VR n'est pas une pathologie, explique Eugenius. Quand vous cessez d'utiliser la réalité virtuelle, les symptômes disparaissent.

Marco fronce les sourcils, ce qui me fait me demander s'il a abordé le sujet comme excuse pour ne pas nous donner le financement.

— Si je peux me permettre, dis-je d'une voix

mielleuse, j'ai suivi un cours sur la réalité virtuelle à l'école, alors je peux définir facilement le problème. Et expliquer comment nous le surmonterons.

Marco me regarde comme si j'avais pissé dans sa soupe.

— Pour en revenir à la définition, continué-je. Le mal du VR est une série de symptômes que certaines personnes connaissent quand elles utilisent la réalité virtuelle, des symptômes similaires au mal du transport. En fait, les deux situations ont beaucoup en commun, parce que dans les deux cas, la cause sous-jacente est que le cerveau reçoit des messages conflictuels : il a l'illusion d'être en mouvement alors que son corps garde la même position dans l'espace.

Tout le monde hoche la tête, et Marco me fait signe de continuer avec réticence.

— Avant toute chose, l'équipement et les logiciels VR actuels ont, dans l'ensemble, fait d'énormes progrès pour lutter contre ce problème. Le nombre de degrés spatiaux, lorsqu'on suit le corps de l'utilisateur, a augmenté, la latence a été réduite, et les performances graphiques sont meilleures dans tous les domaines.

Je jette un œil autour de moi pour m'assurer de n'avoir perdu personne. Apparemment, pas encore, mais ça risque d'arriver si je n'emploie pas un langage moins technique.

— Ceci étant dit, je dois vous faire remarquer que notre produit aura un énorme avantage s'agissant du mal du VR, parce que nous aurons le costume sur tout le corps. Quand une personne le portera, son cerveau aura plus de chance d'être trompé et de croire que ce qui arrive dans la réalité virtuelle se produit pour de vrai – ce qui éliminera la principale cause sous-jacente de ces symptômes.

À partir de là, je me lance dans la longue liste des astuces logicielles que nous comptons utiliser pour minimiser encore plus ce problème. Puis je laisse la place à Alex, qui assure à tout le monde qu'il peut faire de ces astuces une réalité logicielle.

Ce que je ne mentionne pas, c'est que nous avons une raison supplémentaire pour laquelle le mal du VR ne sera pas un gros problème pour nous. Le plus gros déclencheur de nausée est le fait de se déplacer dans la réalité virtuelle, et nos utilisateurs auront des relations sexuelles – c'est une activité plus statique que le combat à l'épée, la course de motocross et d'autres jeux incontournables.

— Merci, dit Marco, mais il n'a pas l'air de le penser. Et pour la fatigue visuelle ? Est-ce aussi un problème avec la réalité virtuelle ?

Il cherche clairement à trouver des obstacles.

— Notre produit causera moins de tension visuelle que la concurrence, et voilà pourquoi.

Lassée d'entendre les remarques stupides de Marco, je leur offre un cours assommant sur le conflit convergence/accommodation – la cause principale de la fatigue visuelle –, puis j'énumère les solutions à l'échelle industrielle, avant de mentionner quelques détails dont nous aurons l'exclusivité.

Le plus drôle, c'est que, grâce au contenu sexuel que nous prévoyons, la fatigue visuelle ne sera pas non plus un problème pour nous — mais je ne peux pas parler de *ça*.

Marco regrette clairement d'avoir posé cette question, mais il tente quand même de me prendre en défaut. Je me contente d'esquiver tous ses coups, jusqu'à ce qu'il mette fin à la réunion avec réticence.

———

— Tu es douée, me dit Alex en russe alors que nous prenons un thé au café où Dragomir et moi avons passé notre premier rencard.

— Tu n'as pas eu la sensation qu'il essayait de nous saboter ? demandé-je.

Il hoche la tête.

— Mais tu l'en as empêché. C'est tout ce qui compte.

— Je l'en ai empêché pour cette fois. J'ai peur de ce qu'il fera la prochaine fois.

Alex me donne une tape sur l'épaule et répond :

— Avec toi, Marco a eu les yeux plus gros que le ventre. J'en suis certain.

Nous prenons une table, et la conversation se tourne vers dés sujets plus personnels — plus spécifiquement vers la vie amoureuse de mon frère. Apparemment, depuis qu'elle a rencontré Dragomir, ma mère est sur le dos de mon frère aîné et lui reproche d'être son seul enfant encore célibataire. Ce qui le mène à me poser des questions à propos de Dragomir et moi, alors je lui explique notre relation à distance.

— Tu as arrêté de fureter à son sujet, alors ? demande Alex quand je lui ai raconté à quel point tout est merveilleux entre nous.

Je souffle sur mon thé tout en réfléchissant à ça. Pour je ne sais quelle raison, je n'y ai plus repensé depuis un moment.

— Je ne crois pas qu'il ait une autre femme, finis-je par dire. Mais je continue de croire qu'il cache quelque chose. Je n'ai simplement pas eu l'occasion de creuser plus profondément dans son passé.

— Petite maligne ! dit Alex. Faire confiance, mais vérifier.

———

Quand je rentre chez moi, un colis m'attend.

C'est un cadeau de Dragomir – un costume de bonhomme de neige de la taille de Gourdin.

Et pas *n'importe* quel bonhomme de neige.

C'est Olaf, de *La Reine des neiges*.

Avec un petit rire, je l'enfile à mon pauvre chien.

— *Ma chérie,* tu connais ces *histoires morbides* à propos des chiens qui mangent leur propriétaire défunt ? Quelque chose me dit que lesdits propriétaires faisaient porter des tenues comme celle-là à leur compagnon… et que les humains ne sont pas morts de cause *naturelle,* si tu vois ce que je veux dire.

Winnie étudie Gourdin d'un air confus.

— Napoléon Carlovitch, tu sais que je ne jure que par ton statut d'étalon, mais je suis désolée de te dire que tu ne l'es pas assez pour porter cette tenue.

Je retire le costume de Gourdin avant qu'il ait pu le déchiqueter.

La prochaine fois que je me déguiserai en Elsa pour Halloween, je le soudoierai avec du bacon pour qu'il porte ce costume le temps de faire quelques douzaines de photos.

Chapitre Trente-Quatre

*P*endant une semaine et demie, Dragomir et moi continuons nos sessions vidéo du soir. Puis, un jour, il m'appelle dans l'après-midi.

Je réponds aussitôt.

— Tout va bien ?

— Tigger est sorti du coma, annonce-t-il d'une voix surexcitée.

Le cœur battant, je m'assois.

— Raconte-moi tout.

Il m'explique alors comment c'est arrivé. Apparemment, Tigger a ouvert les yeux il y a quelques heures et a reconnu Dragomir, qui se trouvait être à ses côtés à ce moment-là.

— Il est très lucide, au vu des circonstances, continue celui-ci. Il aura besoin de thérapie physique et tout ça, mais les médecins sont désormais très optimistes.

Serait-ce égoïste de ma part si je lui demandais quand il reviendra aux États-Unis ?

Oui, très – c'est pourquoi je m'en abstiens. Au lieu de ça, je lui dis la vérité : que je suis heureuse pour lui et sa famille. Après toutes les histoires qu'il m'a racontées à propos de Tigger quand il était enfant, j'ai l'impression de déjà connaître le trompe-la-mort.

— Merci, dit Dragomir. Je vais le rejoindre, maintenant. Je voulais juste partager la nouvelle avec toi.

Il raccroche et je me remets au travail, où ma joie se traduit sous la forme d'une solution particulièrement créative au problème de pincement de téton du costume VR.

———

Ce soir-là, durant notre appel vidéo, Dragomir me donne d'autres nouvelles de son frère. Apparemment, Tigger compte s'attaquer à sa thérapie physique avec le même entrain qu'il aborde ses cascades dangereuses, ce qui est plutôt de bon augure pour son rétablissement.

Les informations qu'il me donne durant les jours qui suivent sont toutes plus réconfortantes les unes que les autres. La convalescence de son frère progresse comme dans un rêve, et en un rien de temps, Dragomir et lui peuvent se balader dans les jardins de leur famille.

Quelques jours après le début des promenades,

Dragomir me lance un autre appel vidéo en dehors de l'horaire habituel.

Je décroche avec empressement.

— Salut !

— Devine quoi ? lance-t-il tout en me regardant de ses yeux noisette brillants.

— Quoi ? demandé-je, mais je crois déjà savoir.

— Tigger est pressé de retourner à New York, et le médecin l'y a autorisé aujourd'hui.

Le poids qui a pesé sur mes épaules durant toutes ces semaines semble enfin se lever.

Je vais revoir Dragomir. Le toucher pour de vrai plutôt que dans mes fantasmes. Lui faire toutes les choses sensuelles que j'ai prévues.

— Combien de temps dure le vol ? demandé-je sans même essayer de dissimuler mon enthousiasme.

— Je serai là dans deux jours, dit-il, avant de froncer les sourcils. Après avoir presque perdu Tigger, nos parents ont décidé de nous accompagner à New York, et ils ont besoin d'un peu de temps pour se préparer.

Deux jours.

Quarante-huit heures.

Deux mille huit cent quatre-vingts minutes.

Ai-je déjà été aussi excitée de toute ma vie ?

— Ma première destination à mon arrivée, ce sera chez toi, dit-il.

Mon cœur fait un bond dans ma poitrine, mais je me force à garder un visage faussement sévère.

— Ta première destination sera ma chambre, précisé-je.

— Comme tu veux, répond-il, une nuance d'or pur scintillant dans ses yeux.

— Et pas de trucs de main gauche. Sors le grand jeu. Je veux ta main dominante et ta verge dès le départ.

Son visage se crispe et il baisse la voix jusqu'à un grognement grave.

— Oh, squirrelchik, tu n'as pas à t'en faire pour ça ! J'ai envie de toi depuis le jour où j'ai posé les yeux sur toi, et mon désir n'a fait que grandir au cours des deux derniers mois.

Je le dévisage. Peut-on rester sans voix sous un élan de désir ? Tout ce que je peux faire en réponse, c'est m'éventer comme une dame de l'ère victorienne.

— Je ferais mieux d'y aller, dit-il d'une voix rauque. À bientôt.

Il raccroche et je reste assise sans bouger, sous le choc. Moi aussi, j'ai envie de lui depuis cette première rencontre. Le temps qui a passé entre ce jour et maintenant m'a fait l'effet d'une douloureusement longue session de préliminaires.

La simple idée que nous puissions enfin consommer ce qu'il y a entre nous me fait frissonner d'excitation.

Chapitre Trente-Cinq

lors que j'attends le retour de Dragomir, j'évite de me masturber – même si j'en ai très, très envie. Je ne veux ressentir aucune inflammation là-dessous tant qu'Everest ne sera pas dans les parages. Au lieu de ça, je canalise toute cette énergie sexuelle accumulée pour la déverser dans mon travail, et crée toute une flopée de godemichets géants, en un clin d'œil pas si subtil à l'objet de mon désir.

Je me prépare aussi pour le grand moment. Je rase mes poils à tous les endroits du corps où je trouve ça déplaisant, et je taille joliment le reste. Je transforme la chambre en un autel du tantrisme, avec des bougies et de la musique pour mettre de l'ambiance et – même si c'est peut-être un peu exagéré – je fais quelques poses de yoga censées rendre mon corps particulièrement souple.

Quand un appel de Dragomir apparaît finalement

sur l'écran de mon téléphone, je suis comme une bouilloire d'hormones prête à gicler partout – sans mauvais jeu de mots.

Je glisse mon doigt sur l'écran pour accepter la communication.

— Salut !

— Coucou. Je suis à l'aéroport JFK, et j'ai des nouvelles.

Ces nouvelles ont plutôt intérêt à être qu'il est en chemin pour chez moi.

— Que se passe-t-il ?

— Tu te souviens que tu voulais rencontrer mes parents ?

Je fronce les sourcils.

— Je voulais prouver que les miens étaient pires que les tiens, oui. Pourquoi ?

Au moment même où je pose la question, un mauvais pressentiment m'envahit.

— Eh bien, j'ai parlé de toi à mon frère, et il veut te rencontrer… et quand nos parents ont entendu ça, ils ont demandé à venir aussi.

— Hum, hum ! fais-je prudemment. Et quand cette rencontre est censée avoir lieu ?

— Tigger n'aime pas la nourriture dans les avions, répond-il d'un ton d'excuse. Nos parents non plus.

Je me maudis de m'être retenue de me masturber.

— C'est aujourd'hui, c'est ça ?

— Tu as deux heures de libres ?

— Eh bien, oui !

J'ai bloqué mon agenda pour le restant de la

journée, et si j'avais pris la peine de noter une raison, j'aurais écrit « pour baiser Dragomir jusqu'à lui exploser la cervelle ».

— Ça vaut sûrement mieux comme ça, dit-il de manière peu convaincante. Il est normal que tu les rencontres avant que les choses aillent plus loin entre nous.

Il se racle la gorge et ajoute :

— Tu changeras peut-être d'avis à mon sujet, ensuite.

— Pourquoi je ferais ça ? Même si tes parents sont la réincarnation de Staline et Hitler, qu'est-ce que ça a à voir avec toi ?

Il pousse un soupir bien audible.

— Dans ce cas, tu peux emmener Winnie avec toi ? Mon frère et mes parents ont amené les frère et sœur de Winnie avec eux. Je suis sûr qu'elle appréciera de retrouver sa famille pour un soir.

Je regarde l'ourse, installée non loin et indifférente à notre conversation.

— Leurs chiens sont de la même famille qu'elle ?

— Eh bien, oui ! répond-il. Tous les chiens de ma famille sont issus de la même lignée. Je ne t'en avais jamais parlé ?

— Non. Tu as juste dit que Winnie était issue de la lignée misha la plus pure.

— Ah, d'accord ! Désolé. Si c'est trop compliqué pour toi, je peux…

— Je l'emmènerai, coupé-je.

Une partie de moi se demande cependant s'il veut

que j'emmène le chien pour pouvoir rompre avec moi sans me laisser d'otage.

Mais non. Qui vous demande de rencontrer ses parents *avant* une rupture ? Il veut peut-être juste récupérer Winnie parce qu'il pense encore que sa famille risque de me faire fuir.

— Je t'enverrai le lieu et l'heure par SMS, dit-il. Merci de te montrer si compréhensive.

Compréhensive, mon œil ! Je suis si excitée que je suis à deux doigts de me frotter contre la table de la cuisine.

— À plus tard, dis-je.

Je raccroche avant que nous nous lancions dans notre boucle « c'est toi qui raccroches. »

Puis je me précipite dans ma penderie et cherche frénétiquement une tenue capable d'impressionner le mal en personne, *alias* ses parents.

Chapitre Trente-Six

Quand Winnie et moi sortons de la voiture, Dragomir se tient près de l'entrée du Doro – le restaurant le plus luxueux de la ville. Ses cheveux noirs et épais sont balayés par le vent, sa barbe est un peu plus longue que d'habitude, et sa carrure grande et musclée est recouverte d'une tenue décontractée, mais élégante, composée d'un jean noir et d'un col roulé couleur ivoire.

Un col roulé.

Que mes hormones me viennent en aide ! Je risque bien de l'agresser sur la table, devant sa famille.

Avant que j'aie eu le temps de cligner des yeux, Winnie tire sur la laisse avec toute la puissance d'un ours affamé – je manque de trébucher alors qu'elle me traîne vers son maître, avant de lécher son visage comme un cône de glace.

Je la regarde faire avec jalousie. Ce doit être sympa d'être un chien et de pouvoir avoir ce genre de comportement de manière socialement acceptable. Moi aussi, j'ai envie de lui lécher le visage – et tout le reste du corps –, mais contrairement à Winnie, je vais devoir attendre.

— Viens par ici, me dit Dragomir une fois qu'il s'est libéré et nettoyé le visage.

Je souris et vais le serrer dans mes bras. Cela se transforme rapidement en un baiser qui me coupe le souffle et qui fait monter mon excitation jusqu'à un niveau stratosphérique.

— Ils sont déjà à l'intérieur, murmure-t-il tout en s'extirpant avec réticence de mon étreinte. Tu es prête ?

Je hoche la tête.

Il pose une main au creux de mon dos et me guide vers le restaurant huppé.

Est-ce mal de vouloir lécher cette main ?

Une fois à l'intérieur, je regarde autour de moi et siffle entre mes dents. Avec tous les tableaux et les statues exposés là, le couloir à haut plafond que nous traversons me rappelle le musée d'Art métropolitain.

Comme pour renforcer la ressemblance avec le MET, une paire de portiers baraqués nous accueille, et ils portent les uniformes les plus extravagants que j'aie jamais vus : des capes et des bicornes des Caraïbes, mais avec les couleurs criardes et la culotte de la Garde du Vatican.

Intéressant. Les critiques du restaurant ne mentionnaient pas ces tenues, mais je dois bien admettre qu'ils ajoutent à l'ambiance. Les tenues loufoques mises de côté, ces mecs pourraient aussi jouer le rôle de videurs si quelqu'un essayait d'échapper aux factures notoirement astronomiques de cet endroit.

Les portiers/videurs nous adressent un signe de tête poli à l'unisson et ouvrent les grandes portes qui mènent à la salle à manger.

Mon souffle se coince dans ma gorge.

Seules deux tables sont dressées dans tout le restaurant. Autour de l'une d'elles se trouvent trois personnes – sûrement Tigger et ses parents. À l'autre table, légèrement plus près du sol, deux chiens immenses sont en train de manger dans de gros bols.

— Une table canine ? murmuré-je alors que la queue de Winnie se transforme en rotor d'hélicoptère à cette vue.

Dragomir hausse les épaules.

— Ma famille a tendance à choyer ses chiens.

Si l'on se fie à la manière dont il traite Winnie, « choyer » est un euphémisme.

Fascinée, j'étudie tout le monde.

Winnie ressemble à un ours normal, comparée aux chiens autour de la table. L'un d'eux arbore une attitude clairement arrogante, bien qu'il ait une drôle de tonsure qui le fait ressembler à un coussin en peau de grizzli. L'autre ressemble à un panda, avec ses taches noires et blanches. Et, pour une raison incompréhensible, il porte des lunettes de protection.

Les humains sont tout aussi intéressants. La mère de Dragomir est une beauté pâle aux joues rondes qui me rappelle les portraits de femmes effectuées par les peintres de la Renaissance – une impression peut-être influencée par l'ambiance du restaurant. Les deux hommes à la table ressemblent étrangement à Dragomir, même si le père a une moustache et arbore une expression grincheuse et aigrie, alors que le regard de Tigger brille de toute la malice que Dragomir lui a attribuée.

La main toujours posée au bas de mon dos, ce dernier me guide vers la table des humains.

Tout le monde se lève pour nous saluer.

— Laissez-moi tous vous présenter Bella, dit Dragomir. Bella, voici ma mère, Bronislawa ; mon père, Stanislaus ; et mon frère, Anatolio.

Je répète désespérément les noms dans ma tête pour m'assurer de ne pas les oublier. Comme d'autres mots ruskoviens, les noms ressemblent vaguement à du russe, mais pas tout à fait. C'est le genre de noms que pourraient avoir des vampires de fiction russes.

Le frère m'adresse un sourire contagieux.

— Ravi de vous rencontrer, Bella. Je vous en prie, appelez-moi Tigger. Tout le monde le fait.

Comme Dragomir, il parle un anglais américain dépourvu d'accent.

La mère lance à Tigger un regard désapprobateur.

— C'est si informel ! dit-elle avec un mélange d'accent britannique et slave. Ce pays a une mauvaise influence sur tes manières. Bientôt, nous tiendrons tous notre couteau de la main gauche !

Oh non ! Tenir notre couteau de la main gauche ? L'univers imploserait sûrement.

Bronislawa m'examine des pieds à la tête, fronce les sourcils, puis me tend la main d'un geste fluide, comme si elle s'attendait à ce que je l'embrasse – dans le style Parrain (ou pape ?)

Au lieu de ça, je cogne mon poing dans sa main de manière maladroite.

Elle me regarde comme si je lui avais léché le visage.

Tigger transforme son rire en toux et le coin des yeux de Dragomir se plisse.

Bronislawa écarte sa main.

Le père – Stanislaus – ne prononce pas un seul mot et se contente de rester immobile, l'air renfrogné.

Dragomir lui dit quelque chose en ruskovien. Le père me regarde, incline presque imperceptiblement la tête et répond dans la même langue, d'un ton froid et poli, avant de se rasseoir.

Les seuls mots que je comprends sont « Bella » et « pozor », ce dernier signifiant « disgrâce » ou « déshonneur » en russe. Avec un peu de chance, ça veut dire autre chose en ruskovien. À Prague, les panneaux où il est écrit « pozor » signifient en réalité « attention » – mais ce choix de mot ne fonctionne pas mieux dans une phrase du genre « Ravi de vous rencontrer, Bella. »

À en juger par le regard noir que lui adresse Dragomir, son papa m'a peut-être dit quelque chose de pas sympa.

Eh bien, ça ne compte pas si je ne sais pas ce que c'est ! Jusqu'ici, mes parents restent pires que les siens. Personne ici ne s'est plaint de l'absence de petits-enfants ou ne m'a fait honte pour ma passion dans la vie.

— Notre père ne parle pas anglais, me murmure Tigger d'un ton de conspirateur.

Quelque chose me dit qu'il veut plutôt dire « il ne daigne pas parler anglais. »

— Et si vous emmeniez Winnifred avec ses semblables, avant de nous rejoindre, dit Bronislawa d'une voix impérieuse.

Je suis Dragomir alors qu'il mène Winnie à la table pour chiens. Plus nous approchons, plus elle est surexcitée, et quand nous arrivons à quelques mètres de la table, le chien panda à lunettes se tourne vers elle, aboie et remue la queue.

— Voici Caradog, dit Dragomir alors qu'ils s'échangent des coups de langue au visage et des reniflements de derrière. C'est le frère de Winnie et le meilleur ami de Tigger.

— J'aurais pu deviner. Mais c'est quoi, ces lunettes ? Est-ce qu'il fait du saut en parachute, lui aussi ?

Dragomir hausse les épaules.

— C'est peut-être pour améliorer sa vue, ou pour protéger ses yeux sensibles. Tu devras poser la question à mon frère.

Une fois qu'elle a fini de saluer Caradog, Winnie

se tourne vers l'ours hautain qui ressemble à un coussin.

La créature fait comme si Winnie n'était pas là.

— C'est Gruffydd, le chien de mes parents, explique Dragomir en roulant les yeux. C'est le père de Caradog et Winnie.

Heureusement, celle-ci a la peau dure, et se remet rapidement de la rebuffade de Gruffydd – avec un peu de chance, le comportement de son père ne lui a pas causé de problèmes relationnels. Elle se contente de renifler une dernière fois le derrière de Caradog avant de prendre place à la table, où un plat à l'odeur délicieuse attend déjà dans un bol.

L'eau me monte à la bouche et, cette fois, ce n'est pas uniquement à cause de la présence de Dragomir. Si ce qui passe pour de l'alimentation pour animaux ici sent si bon, la nourriture pour humains doit être divine.

Nous revenons à la table des humains et nous asseyons à côté de Tigger.

—J'espère que ça ne vous dérangera pas, mais j'ai commandé la grosse assiette de fromage, dit Tigger en se frottant les mains.

Comme si elle n'attendait que cette annonce, une personne portant la même tunique bizarre que les videurs sort de la cuisine, un énorme plateau en bois dans les mains.

Il s'avère que c'est l'assiette de fromage en question – et c'est la plus grosse que j'aie jamais vue, avec des fromages de couleurs, odeurs et consistances variées, de mou à dur comme la pierre.

Stupide col roulé ! Penser au terme « dur comme la pierre » rompt ma concentration et me fait respirer plus fort.

Non ! Je dois me réfréner. Je ne veux pas que ses parents me prennent pour une nymphomane.

Stanislaus marmonne quelques mots qui sont peut-être une prière ruskovienne, puis tend la main vers un morceau de fromage bleu à l'air moisi qui sent comme une armée entière de pieds sales. Quand il le prend, je vois son visage de profil et quelque chose, chez lui, me paraît vaguement familier, même si je n'arrive pas à saisir pourquoi.

Bronislawa est la suivante à se servir, et elle prend gracieusement un peu de cinq fromages mous différents.

J'attends que Tigger et Dragomir se servent ensuite, mais ce dernier pousse l'assiette vers moi.

— Bronislawa, dis-je en faisant de mon mieux pour ressembler au petit ange que je ne suis pas, quel fromage me recommanderiez-vous ?

Voilà. Un rameau d'olivier.

— Mon nom se prononce Bronislawa, réplique-t-elle.

Cela me paraît être exactement ce que j'ai dit.

— Bro-nis-la-wa, articulé-je soigneusement.

— Non. C'est Bro-nis-la-wa.

À nouveau, elle l'a prononcé exactement comme moi.

Vous savez quoi ? Elle peut se mettre ce rameau d'olivier où je pense.

— Merci de m'avoir corrigée. Quel fromage devrais-je goûter, d'après vous ?

Elle pointe du doigt une tranche de fromage jaune et à l'air maladif au bord de l'assiette.

— Pourquoi pas un fromage américain ordinaire ? propose-t-elle.

Je l'entends presque ajouter « comme toi. »

Je suis sur le point de la corriger à propos de mon statut d'Américaine, quand je sens la main de Dragomir m'étreindre le genou sous la table.

Il est dingue ? Entre son col roulé et cette étreinte, je perds toute capacité de réflexion, l'espace d'un instant.

Quand l'afflux d'hormones s'estompe, je me souviens que les Ruskoviens n'aiment pas les Russes, et j'étais sur le point de révéler que j'en étais une.

J'adresse un sourire feint à Bronislawa, prends le fromage américain et le goûte.

Waouh ! C'est si bon que je gémis de plaisir. Même si on reconnaît bien le goût du fromage américain qu'on pourrait faire fondre pour mettre dans un hamburger, c'est la version la plus savoureuse de ce type que j'aie jamais mangée, et elle est incroyablement bonne.

C'est comme une forme un peu classique du fromage américain – la qualité que toutes les autres tranches de cette substance cherchent à atteindre sans jamais y parvenir.

Bronislawa murmure quelque chose à Stanislaus en ruskovien, et je reconnais l'un des mots : *shlyuha*.

En russe, cela signifie *traînée*.

A-t-elle dit ça en référence à mon gémissement ? Quelles sont les chances pour que ce mot s'avère signifier *sainte* en ruskovien ?

À en croire le froncement de sourcil de Dragomir et Tigger, elles ne sont pas très élevées.

Je fais alors quelque chose d'assez puéril. Je fais semblant de renifler tout en prononçant deux mots : *sama shlyuha*.

En russe, ça veut dire *traînée vous-même*.

Bronislawa écarquille les yeux — le russe et le ruskovien doivent être assez proches pour qu'elle ait compris à quoi ressemblait mon reniflement. Dragomir et Tigger ont l'air de réprimer un sourire, tandis que leur père conserve un visage de marbre. Avant que quiconque ait pu dire quoi que ce soit, Tigger attrape vivement un échantillon de chaque fromage, et Dragomir s'empare directement d'une substance pourpre que je suppose être aussi une forme fermentée de nourriture mammaire pour bébé.

— Prêts pour le plat suivant ? demande Tigger après s'être empressé d'engloutir sa portion. Les aventures culinaires sont les seules qui me sont autorisées pour l'instant.

Dès que tout le monde a hoché la tête, il frappe dans ses mains et un autre type habillé bizarrement sort en courant de la cuisine, un énorme plateau à la main. Dessus sont disposés cinq steaks avec de la purée de pommes de terre et des légumes divers – un plat assez basique, pour un endroit aussi chic.

J'attends que tout le monde ait commencé à manger avant de me couper un morceau de viande et de le mettre dans ma bouche.

Par toutes les étoiles Michelin !

Un orgasme culinaire explose dans mes papilles.

Je ne sais pas du tout quel animal je viens de goûter, mais la viande est délicieusement douce, parfaitement juteuse et divinement truculente.

Je me complais dans le plaisir jusqu'à me rendre compte que Bronislawa me regarde à nouveau d'un air désapprobateur.

Quoi ?

Est-ce que j'ai encore gémi ?

Non. C'est pire que ça.

Je tiens mon couteau de la main gauche.

C'est officiel.

Je suis une barbare dégoûtante.

Chapitre Trente-Sept

e change mes couverts de main et, dans l'espoir de dissimuler mon faux pas, je demande :

— C'est quoi, comme viande ?

— Du faon, répond Tigger.

— De la venaison, répond Bronislawa en même temps.

J'attends que quelqu'un laisse entendre qu'ils plaisantent, mais personne ne dit rien.

Super ! Je viens de manger Bambi et de savourer ça.

À partir de ce moment, j'évite la viande, préférant essayer la purée et les légumes – sans surprise, ils s'avèrent aussi être les meilleurs que j'aie jamais mangés.

— Vous n'aimez pas la viande, ma chère ? me demande Bronislawa.

— Si, Bambi est délicieux. Mais je n'ai pas très faim.

Elle incline la tête sur le côté.

— Êtes-vous sûre que c'est pour ça ?

— Pour quoi d'autre ?

Elle hausse les épaules.

— Je me demandais juste si vous faisiez attention à ce que vous mangez.

Je manque de m'étrangler avec un chou de Bruxelles.

— Excusez-moi ?

Elle est en train de dire que je suis grosse ?

Elle plisse le nez et répond :

— Vous ressemblez à une mannequin ou une actrice. Ne font-elles pas toujours attention à ce qu'elles mangent ?

Compte tenu de la manière dégoûtée dont elle a prononcé les mots *mannequin* et *actrice*, elle aurait tout aussi bien pu dire *bimbo* ou *putain*.

La bonne nouvelle, c'est qu'elle ne m'a pas traitée de grosse.

— Bella est une entrepreneuse, dit Dragomir d'un air entendu, et d'un ton nettement plus froid. Elle est diplômée du MIT, en fait. Au cas où vous ne le sauriez pas, c'est l'université technique la plus élitiste du monde, avec un taux d'admission de soixante-dix pour cent.

J'ai presque envie de remercier Bronislawa de s'être comportée comme une garce. Je n'aurais jamais cru trouver ça aussi excitant d'être défendue par un homme. Dragomir vient de gagner tout un tas de faveurs sexuelles.

Attendez, de qui je me moque ? Entre mon niveau d'excitation à mon arrivée ici et son col roulé, je ferais tout ce qu'il veut au lit sans qu'il ait besoin de me défendre.

— Tigger, dis-je, décidant de changer de sujet avant d'entrer en combustion spontanée, tu connais des aventures amusantes à faire à New York ? Qui n'impliquent pas de risquer sa peau, dans l'idéal ?

— Le voyage en montgolfière, répond Tigger sans hésiter. Tu peux ensuite sauter avec un parachute fixé au panier. Comme ça, tu n'as même pas besoin de savoir comment ça marche.

Il m'énumère d'autres idées dans le même genre et je fais semblant d'être intéressée, même s'il est hors de question que je fasse ça. Je préfère éviter de me fendre le crâne, merci beaucoup !

Pour passer le temps, je fais discrètement courir ma main le long de la cuisse de Dragomir, cachée sous sa serviette. Je remonte de plus en plus haut jusqu'à sentir Everest chercher avidement à traverser son pantalon.

La mâchoire de Dragomir se crispe, mais il continue de manger son steak de Bambi tout en faisant de son mieux pour ne rien laisser paraître devant sa famille.

Impressionnant.

Au bout d'un moment, j'ai pitié de nous deux et retire ma main.

Un aboiement sonore se fait entendre à la table des chiens. Nous nous retournons tous et voyons un autre type aux allures de videur sortir de la cuisine en courant, un autre plateau à la main.

C'est ce qui s'appelle choyer ses chiens.

Sur un coup de tête, je projette ma voix près de l'endroit où se trouve la gueule de Winnie, et prends un accent bourru :

— Calme-toi, Caradog Gruffyddovich. Manger sa soupe de chatons trop vite peut causer des brûlures d'estomac !

Tigger et Dragomir rient, mais leurs parents me regardent comme s'il m'était poussé un téton sur le front.

Après ça, je mange en silence, et quand tout le monde a dévoré son Bambi sauf moi, mon téléphone vibre.

C'est un message de Dragomir :

Tu l'admets, maintenant ?

Je m'assure que personne ne me voie répondre et tape :

Admettre quoi ?

Dragomir jette un œil à son téléphone et lève les yeux au ciel.

J'y réfléchis une demi-seconde, avant de répondre d'un *non* retentissant.

Presque au même moment, Bronislawa se penche

vers son mari à l'air toujours aussi renfrogné et prononce quelque chose en ruskovien, tout en jetant occasionnellement des coups d'œil dans ma direction.

Je capte quelques mots et expressions qui veulent dire quelque chose en russe, en plus du *pozor* susmentionné, y compris « rébellion », « juste une phase » et « peut mieux faire. »

Dragomir doit les entendre, parce qu'il arbore soudain une expression furieuse et bondit sur ses pieds.

— Je laisse tomber le dessert, dit-il d'un ton froid. On ferait mieux d'y aller.

Tigger adresse un regard déçu à ses parents avant de se lever à son tour.

— Les médecins m'ont dit de ne pas faire d'excès, alors, je ferais mieux d'y aller aussi.

Bronislawa adresse un regard désapprobateur à ses deux fils.

— S'il le faut.

— C'était un plaisir, comme toujours, lâche Dragomir d'une voix dégoulinante de sarcasme.

Nous prenons Winnie et son frère aux allures de panda pour sortir.

Alors que nous arrivons devant les portes élégantes qui mènent hors de la salle à manger, Winnie émet ce gémissement plaintif désormais familier.

Dragomir n'a pas l'air de l'avoir entendu.

Je jette un coup d'œil derrière mon épaule.

Bronislawa et Stanislaus me lancent tous deux un regard mauvais.

Très bien. C'était leur dernière chance d'éviter ma revanche, et ils l'ont gâchée.

Je fais semblant de laisser tomber mon sac à main, m'agenouille pour le ramasser, prends une profonde inspiration et murmure à Winnie :

— Libère le Kraken.

THPPTPHTPHPHHPH.

Dragomir écarquille les yeux et regarde, bouche bée, le postérieur en pleine émission de pet.

Avec un sourire canin, Caradog lâche une flatulence encore plus bruyante – moi qui pensais qu'il était impossible d'être plus bruyant que Winnie !

L'expression déterminée de Dragomir me rappelle les pompiers qui partent combattre un incendie. Il nous attrape fermement par le coude, Tigger et moi, et nous entraîne dehors, ainsi que les chiens toujours en train de péter.

Même si je retiens mon souffle alors que nous sortons du couloir en courant, l'odeur nauséabonde parvient à pénétrer mes sens, et elle est si ignoble que je commence à regretter ce que j'ai fait.

À ma grande surprise, plutôt que de fuir se mettre à l'abri, les videurs/portiers sortent des masques à gaz de je ne sais où – peut-être de leur culotte – les enfilent et se précipitent à l'intérieur.

Au loin, j'entends Bronislawa et Stanislaus émettre des sons étranglés tandis que Gruffydd hurle – tout en pétant lui aussi. Difficile de faire la différence entre les deux.

Quand nous arrivons enfin dehors, les chiens sont fort heureusement à court de gaz.

Un mouchoir pressé contre le nez, Dragomir hèle sa limousine camping-car. Elle devait tourner en rond dans le quartier depuis tout ce temps.

Le véhicule s'immobilise dans un crissement de pneus et nous sautons dedans.

— Fyodor, appuie sur le champignon, hurle Tigger.

Quand le camping-car s'élance, tout le monde peut enfin se remettre à respirer normalement – sauf les chiens. Ils profitaient du parfum pendant tout ce temps.

Une fois qu'on a repris notre souffle, Tigger se met à rire.

— Tu imagines l'expression sur le visage de maman ?

Dragomir plisse le coin des yeux, puis nous éclatons tous trois de rire.

— Où allons-nous ? finis-je par demander.

— Dans un bar ? suggère Tigger.

— Non, répond Dragomir d'un ton sévère. Tu es encore en convalescence, alors on va te déposer à l'hôtel.

Il ne le dit pas, mais je suis sûre que le prochain arrêt sera l'un de nos appartements. Ça vaudrait mieux, en tout cas.

Tigger propose quelques alternatives, mais Dragomir les rejette toutes.

Il s'avère que l'hôtel de Tigger n'est qu'à quelques pâtés de maisons de mon appartement.

— C'est moi qui le lui ai recommandé, explique Dragomir quand nous l'avons déposé. J'ai pris une chambre ici récemment, quand j'ai fait fumiger mon appartement. C'était la première fois qu'on s'est rencontrés, en fait.

Ah ! Ça explique pourquoi je ne l'ai croisé qu'une fois, au parc.

Le camping-car s'arrête à côté de mon immeuble.

Mon cœur se met à cogner frénétiquement dans ma poitrine.

— Tu veux monter… prendre un thé ? proposé-je.

Dragomir m'adresse un regard qui semble dire « est-ce qu'un ours possède des flatulences militarisées ? »

Je me mords la lèvre et ajoute :

— Allons-y, alors.

Il ébouriffe la fourrure de Winnie et lui dit :

— Fyodor va te ramener à la maison. On se voit demain.

Demain ? Il compte passer la nuit avec moi ? Mon cœur bat à la vitesse d'une crise cardiaque alors que nous sortons et nous précipitons jusqu'à mon appartement.

Gourdin nous adresse à tous deux un regard déçu quand nous entrons.

— *Ma chérie*, où est *ma petite* ?

— Une seconde, dis-je à Dragomir.

Je mène Gourdin dans la cuisine et lui donne un bol de sa nourriture favorite pour lui faire oublier l'absence de son béguin.

Quand il est en train de grignoter joyeusement sa nourriture, je repars vivement, prends la main de Dragomir et l'entraîne dans ma chambre, avant de verrouiller la porte.

Dragomir ignore la déco romantique de la pièce et me regarde avec une avidité égale à la mienne.

Pendant quelques instants, nous nous livrons à un duel de regards à la *pistolero*. Puis nous bondissons tous les deux en même temps.

Nous lèvres se rencontrent en un baiser profond et violent ; dans mon ventre, les chenilles se transforment en papillons surexcités. La pièce tourne autour de nous comme si nous étions dans une machine d'entraînement de la NASA.

Nous nous arrachons nos vêtements sans rompre le baiser, et j'ai vaguement conscience d'avoir peut-être déchiré son col roulé.

Peu importe. Je lui en achèterai une douzaine de remplacement.

Avec un grognement qui ressemble à « tu es fichue, squirrelchik », Dragomir me soulève comme une mariée, avant de m'étendre sur le lit et de s'immobiliser le temps de laisser son regard brûlant parcourir mon corps nu.

Étourdie d'impatience, je le dévore des yeux moi aussi – chaque muscle tendu, chaque angle qui donne l'eau à la bouche, et enfin, mais pas des moindres, Everest dans toute sa gloire.

Quand mon regard se repose finalement sur son visage, ses yeux sont plus sombres que je les aie jamais vus. Il contracte les muscles avec une grâce de panthère et me rejoint sur le lit.

Enfin !

C'est. Parti !

Chapitre Trente-Huit

Il m'embrasse dans le cou. Ou plutôt, il le suce.

Je racle mes ongles sur son dos.

Il déplace ses lèvres jusqu'à mon téton gauche et le mordille jusqu'à ce que je gémisse de plaisir.

Je peux sentir son sourire satisfait contre mon téton. Puis sa langue descend le long de mon sein, dépasse mon nombril et continue jusqu'à mon clitoris, qui l'attend avec impatience.

Après toute cette tension, le plaisir que cela me procure est indescriptible. Comparé à sa langue, mon accessoire de succion de clitoris est complètement nul.

Mes yeux roulent dans mes orbites.

Si les langues pouvaient passer des tests de QI, je suis sûre que celle de Dragomir aurait un score au-dessus de deux cents, aux côtés de quelques autres génies, tellement elle est sournoisement intelligente.

But !

L'orgasme submerge toutes mes cellules nerveuses et je hurle son nom.

Quand il lève les yeux, il arbore une expression suffisante.

Il était *bien* en train de me titiller. Diabolique !

J'émets un grognement venu du fond de ma gorge et l'attire à moi pour un baiser profond. Je sens mon goût sur ses lèvres alors que je commence à caresser Everest des deux mains.

Mais j'y vais doucement. Nous pouvons être deux à jouer à ce jeu.

Il se raidit – dans tous les sens du terme.

J'imite ses gestes précédents et glisse ma langue le long de son cou, avant de descendre vers son téton droit. Je dessine des cercles aguicheurs autour de l'aréole, avant de mordiller.

Everest et le téton durcissent tous deux et je continue mon chemin plus bas, parcourant ses abdos d'acier jusqu'à la piste d'atterrissage, puis atteins ses bourses.

Avec un sourire diabolique, je leur donne un coup de langue.

Ils se contractent d'excitation.

C'est parti. Je lèche lentement Everest comme une sucette, et suis récompensée par un spasme qui aurait provoqué une avalanche, s'il s'était agi d'une vraie montagne.

Ses mains m'agrippent les cheveux et sa respiration devient irrégulière.

— J'ai tellement envie de toi.

Je scrute Everest, le souffle rendu court par l'excitation. La dernière fois que j'ai pris ce truc en entier dans ma bouche, ça ne s'est pas très bien passé. Mais j'ai quand même envie de recommencer. Je suis sûre que c'est l'alcool dans mon organisme qui m'a attiré ces ennuis, pas un haut-le-cœur réflexe.

Malgré ça, en partie pour le titiller, en partie par précaution, je le prends avec prudence, lentement ; sa peau lisse comme la soie est dure et chaude sur ma langue.

Ne vient-il pas de grossir et de durcir encore plus ? Reste-t-il encore assez de sang dans le reste du corps de Dragomir pour lui permettre de fonctionner ?

Il grogne, et je continue avec joie. Après avoir passé des semaines à jouer avec Everest à distance, j'ai appris exactement ce qui le fait craquer, et je me sers de ces connaissances charnelles pour pousser mon amant à grogner mon nom de plaisir.

Le problème, quand on essaie de se montrer aguicheuse tout en étant aussi excitée que je le suis, c'est qu'on se torture soi-même tout autant que sa victime.

Quand la douleur palpitante au creux de moi devient insupportable, je lève la tête vers ses yeux ambrés.

— Je te veux en moi.

Il agit à la vitesse d'un ouragan. Avant que j'aie pu prendre une autre inspiration, il m'a poussée à genoux.

Il est sacrément doué pour me manœuvrer !

Il lèche ma vulve par-derrière, et sa langue s'étire de quelques centimètres en moi.

Waouh !

C'est si torride, si sexy !

— Tu es prête, squirrelchik ?

Je ne peux que gémir.

Avec une délicatesse extrême, il presse Everest en moi.

Nom d'une ascension de montagne !

Aussi prête que je puisse l'être, l'espace d'un instant, l'étirement est inconfortable. Par chance, cela passe rapidement, pour être remplacé par une sensation d'extase.

Il s'empare de mes fesses de manière possessive et les écarte.

OK, la situation devient de plus en plus torride à chaque seconde qui passe.

Haletante, je regarde par-dessus mon épaule.

Ses yeux brûlent de désir et son corps nu est tout à fait sublime – il me rappelle une statue de dieu grec.

Les premiers coups de reins sont lents et délicats.

Je recule contre lui, désirant un rythme plus brutal et des sensations plus fortes.

Ses mains calleuses étreignent mes fesses et ses à-coups deviennent plus ardents, plus urgents.

Je crispe les poings autour des draps.

Il accélère un peu plus.

Mes gémissements de plaisir se transforment en cris alors que la tension va *crescendo* au creux de moi.

Je jouis en hurlant son nom. Au même moment, il

s'enfonce encore plus profondément, et je le sens faire jaillir un liquide chaud en moi tout en grognant de plaisir.

Il relâche mes fesses et m'étreint par-derrière.

Je m'écroule sur le lit. Il me lâche avec réticence et j'utilise le peu de force qu'il me reste pour rouler sur le dos et lever les yeux vers lui.

Il se couche à côté de moi, soulevé sur un coude. Bien que sa respiration soit encore inégale, il arbore une expression tendre sur son visage magnifiquement ciselé.

— C'était incroyable ! murmuré-je, me sentant soudain anormalement timide.

Il repousse une mèche de cheveux rebelle sur mon front.

— C'est *toi* qui es incroyable.

Je rougis et touche une goutte de sueur qui glisse le long de son muscle deltoïde tendu.

— Tu restes pour la nuit, hein ?

Ce que j'ai vraiment envie de demander, c'est : « Tu restes pour toujours ? Tu crois que cette histoire entre nous… quoi que ce puisse être… peut marcher ? »

Son regard s'adoucit.

— Si tu veux bien de moi, je resterai pour la nuit… Et demain soir, et la nuit suivante.

Waouh ! Est-on sur la même longueur d'onde ? J'ai envie de l'interroger, mais j'ai peur de le faire. Dans l'effervescence du sexe, les hommes disent un tas de choses qu'ils ne pensent pas.

Avec un gros effort, je reprends mes esprits.

— Je crois que j'ai besoin d'une douche.

Les mots quittent mes lèvres de manière plus séductrice que je le voulais.

Son regard se voile et il répond :

— Je t'accompagne.

Joignant le geste à la parole, il se lève, me soulève dans ses bras et se dirige vers la salle de bain d'un pas décisif.

Alors que je me prélasse dans la chaleur de l'eau qui coule sur nous, Dragomir commence à me frotter avec du savon.

Je pourrais facilement m'habituer à ça.

Une fois que je suis toute savonneuse, il me rince, puis me lave les cheveux – en ajoutant un massage du crâne qui me fait émettre des gémissements et qui rendrait fier le meilleur des salons de coiffure.

C'est officiel. Je veux garder cet homme ici en tant qu'esclave de salle de bains.

Et esclave sexuel, bien sûr.

Avec un sourire diabolique, je commence à lui renvoyer l'ascenseur.

Bon sang ! Recouvrir ses muscles durs de savon me met à nouveau dans tous mes états, et à en juger par la réaction d'Everest à mes soins, Dragomir ne serait peut-être pas contre un autre tour de piste, lui non plus.

— Tu peux me verser de la lotion sur le dos ? demandé-je tout en retirant ma serviette. J'ai la peau si sèche, sans elle !

Il m'adresse un regard appréciateur

— Maintenant ?

— Dans la chambre, dis-je en insufflant à mes mots un tas de promesses charnelles.

Je prends la bouteille de lotion d'une main et Everest de l'autre.

Il écarquille les yeux alors que je le guide délicatement de cette manière.

— J'ai toujours voulu mener un homme par le bout de la verge de manière littérale, dis-je d'une voix sensuelle. Je n'ai jamais eu accès à une victime de taille appropriée jusqu'à maintenant.

Everest bondit dans ma main.

— Content de pouvoir me rendre utile, grogne Dragomir.

Quand nous atteignons la chambre, je lâche Everest et bondis sur le lit, fesses en avant.

— Je suis prête.

Il se racle la gorge.

— Pour la lotion ?

Je me retourne et fais semblant de serrer un collier de perles invisible.

— Quoi d'autre ?

Il attrape brutalement le flacon et je me retourne. Mes battements de cœur accélèrent.

Plutôt que de m'attaquer, comme je m'y attendais, je l'entends presser la bouteille.

Oh mon Dieu !

Il ne se contente pas de m'hydrater, il se lance dans un

authentique massage érotique, en commençant par mes épaules avant de descendre le long de mon dos et de mes jambes, pour finir par un massage des pieds orgasmique.

— Il y aura un bouquet final à ce massage ? m'étranglé-je quand il se retrouve à court de parties du corps à masser.

Il me fait me retourner.

— D'abord, je dois appliquer de la lotion à l'avant.

Il veut encore m'émoustiller ? Je suppose qu'on peut dire que c'est moi qui ai commencé.

Ses tentatives aguicheuses sont terriblement efficaces. Une fois qu'il a fini de me masser les seins avec la lotion, je suis prête à le supplier à genoux de me donner son sexe.

Il se déplace avec sa grâce athlétique coutumière et pose la lotion à l'écart, avant de recouvrir mon corps du sien.

Quand Everest me touche le ventre, je prends une inspiration pour me mettre à supplier, mais avant que j'aie pu prononcer un mot, il incline la tête de manière que ses lèvres effleurent mon oreille.

— *Maintenant*, tu as droit à ce bouquet final, chuchote-t-il.

Et comment !

Je m'empare d'Everest et l'enfonce presque moi-même en moi, ignorant le premier étirement presque douloureux.

Oh oui ! C'est tellement bon !

Dragomir prend le relais après ça, par à-coups lents et sensuels.

Il m'aguiche encore ?

Il me regarde dans les yeux et entremêle ses doigts avec les miens.

OK. Il ne m'aguiche pas du tout.

J'aime ça.

Si le terme « baise brutale » est la meilleure manière de décrire notre dernière session, celle-ci ressemble à tout autre chose.

L'expression « faire l'amour » me vient à l'esprit, mais je la balaie pour l'instant, pas prête à évaluer mes sentiments ni à mettre une étiquette sur la situation au milieu d'une telle extase.

Il accélère progressivement, et j'oublie toutes ces terminologies délicates quand un orgasme deux fois plus puissant que le précédent explose en moi, me faisant hurler. Encore.

Je veux qu'il aille au bout aussi, alors je mets à profit mes muscles entraînés par les boules de Kegel et presse Everest aussi fort que je peux.

Les narines de Dragomir se dilatent et il jouit à nouveau, avant de m'étreindre avec force, comme s'il voulait ne jamais me lâcher. J'enfouis mon visage contre son cou et inhale son odeur chaude et masculine.

Putain, cet homme est tout ce que je veux !

— Une autre douche ? murmuré-je après ce qui me paraît une heure passée à produire de l'ocytocine à plein régime.

— Je ne sais pas si ça vaut le coup de prendre cette peine, répond-il.

Il prend mon sein gauche dans sa paume et je sens Everest grandir à nouveau – un exploit que je n'aurais pas cru physiquement possible.

— Et si tu apportais tous tes jouets pour qu'on puisse s'amuser ? propose-t-il.

Je me sens aussitôt aussi excitée qu'une adolescente amish qui vient de découvrir Pornhub le jour de sa rumspringa. Je m'empresse d'obéir et ramène *tous* les jouets que je possède.

Quand je les laisse tomber sur le lit, je me rends compte que la pile est énorme.

Étrangement énorme.

Oups !

À mon grand soulagement, Dragomir ne hausse même pas un sourcil – comme s'il était habitué à ce que les femmes possèdent suffisamment de jouets pour remplir un magasin pour adultes.

Devrais-je lui dire que je les ai conçus moi-même ?

J'en ai vraiment, vraiment envie.

Avant que j'aie pu prononcer un mot, Dragomir prend le vibromasseur qui a attiré son regard, appuie sur le bouton « on » et me touche avec.

Laissez tomber. Je pourrai toujours tout lui avouer quand je ne serai pas à deux doigts d'avoir un autre orgasme.

Et un autre.

Et un autre.

Au bout d'environ dix autres, j'arrête de compter. Tout ce que je sais, c'est que quand nous nous écroulons finalement d'épuisement, entremêlés l'un avec l'autre et en sueur, le soleil est en train de se lever.

Chapitre Trente-Neuf

— **S**quirrelchik, je dois aller travailler, dit une voix qui semble venir de très loin.

J'ouvre mes paupières lourdes avec réticence.

À en juger par le soleil dans la pièce, j'ai de loin dépassé mon horaire de réveil habituel.

Dragomir se tient devant le lit, vêtu d'un costume.

Hum ! Fyodor le lui a-t-il livré ce matin, ou est-ce qu'il s'est réveillé il y a un moment pour aller faire du shopping dans ses vêtements d'hier en lambeaux ?

— Je suis désolé, dit-il. Je dois vraiment y aller.

Oh, c'est vrai ! Ça ! Même si mon cerveau ne fonctionne pas à pleine capacité, je repousse les couvertures pour exhiber autant de mon corps que possible.

— Tu es sûr de devoir partir ?

Un muscle se crispe sur sa mâchoire.

— J'aimerais que ce ne soit pas le cas. À cause de mon départ, je suis très en retard sur certains projets.

J'ai déjà sauté toutes les réunions non essentielles de la journée, mais la prochaine série concerne des investissements cruciaux.

Merde ! J'avais complètement oublié que j'avais couché avec un investisseur potentiel.

Enfin, j'imagine que le génie à deux dos est sorti de sa lampe, maintenant.

— Très bien, vas-y, lâché-je d'un air faussement renfrogné tout en me couvrant. Tu as *intérêt* à te racheter à ton retour.

— Oh, je le ferai ! promet-il, une flamme brûlante dans les yeux. En attendant, je t'ai laissé un petit déjeuner dans la cuisine. Tu devrais manger et te reposer encore un peu. Tu auras besoin de toutes tes forces pour quand je reviendrai expier mes péchés.

À ces mots, il sort de la chambre, me laissant haletante et toute rouge.

Une fois que je me suis calmée, j'hésite à me rendormir, mais mon estomac gargouille, alors je vais voir ce petit déjeuner.

Waouh ! Dragomir a pensé à tout. Sur la table, il a installé des œufs Bénédicte, des gaufres, cinq types de confiture, une carafe de jus d'orange fraîchement pressé, un thé et un grand café.

Il était vraiment sérieux avec cette histoire de « reprendre des forces ».

Avant de manger, je remplis le bol de Gourdin et l'appelle.

Le petit bonhomme entre dans la pièce et regarde autour de lui comme s'il espérait voir quelque chose.

Ne le trouvant pas, il baisse mollement la tête et se met à manger.

Oooh ! Winnie doit lui manquer. Je demanderai à Dragomir de la ramener avec lui bientôt pour lui remonter le moral.

Une fois que j'ai englouti suffisamment de nourriture pour me sustenter pendant encore deux nuits d'orgasmes ininterrompus, j'emmène Gourdin en promenade.

Il n'est vraiment pas lui-même. Il renifle avec regret tous les coins d'herbe sur lesquels Winnie a fait pipi, ignore tous les autres chiens que nous croisons et est prêt à rentrer après seulement le quart du temps habituel.

Une fois à la maison, il parvient à avoir l'air triste en buvant son eau – ce qui nécessite de sacrés talents d'acteur, surtout pour un chihuahua aux oreilles dressées.

— *Ma chérie*, je ne pourrai pas continuer encore longtemps sans *ma petite*. Si elle ne revient pas, je me jetterai du haut du frigo.

Je sors mon téléphone et envoie un SMS à Dragomir :

Organisons une rencontre entre nos chiens dans les meilleurs délais.

Pendant que j'attends sa réponse, j'écarte la chaise de cuisine du frigo – juste au cas où.

Comme d'habitude, il ne faut pas longtemps à Dragomir pour répondre.

Je peux demander à Fyodor de les promener ensemble ce

soir.

Je transmets la bonne nouvelle à Gourdin et dis à Dragomir que la balade commune serait géniale.

Une fois les besoins du chien satisfaits, je m'autorise à bâiller. Bruyamment.

Je commence à sentir les effets de ma nuit sans sommeil.

Eh bien, c'est toute la beauté de posséder sa propre entreprise – en tout cas lorsqu'elle est dirigée à distance, comme la mienne. On peut prendre un jour de détente quand on en a envie.

Aujourd'hui, j'en ai envie.

Je localise un masque de nuit, mais avant que j'aie pu éteindre mon téléphone, il se met à sonner.

C'est un appel de Vlad.

Vu que nous ne nous sommes pas parlé depuis une éternité, je décroche.

— Salut, toi, dis-je avec un sourire.

— Salut, petite sœur. Comment ça va ?

— Super bien. Dragomir est revenu.

— Ah, enfin ! C'était quand ?

Je lui raconte les derniers développements. Quand j'arrive au dîner d'hier soir, il me demande de répéter les noms du frère, des parents et même des chiens plusieurs fois – comme s'il prenait des notes.

Clairement, il compte encore fouiner dans la vie de Dragomir, comme nous l'avions prévu au départ. Mais je n'en parle pas. En fait, je fais semblant d'avoir tout oublié de cette histoire. C'est peut-être idiot, mais cela m'aide à minimiser la culpabilité qui me ronge.

J'ai appris à connaître Dragomir, j'ai gagné sa confiance, et je devrais donc respecter sa vie privée. Et puis, il y a autre chose : j'en suis venue à tenir à lui, à tel point que j'ai peur d'apprendre un truc louche.

Non, c'est ridicule. Au moins, la culpabilité est facile à balayer de manière rationnelle. Si Vlad fouine sans que je l'y encourage, en quoi est-ce ma faute ? Je veux dire, je pourrais l'arrêter, mais il aime tellement fouiner qu'il risque de le faire même si je lui demande de s'en abstenir.

Voilà. Il n'a jamais été aussi facile de négocier avec ma conscience. Je suis peut-être bien partie pour devenir une sociopathe.

— Tu es là ? demande Vlad, me tirant de mes pensées.

— Désolée. Quoi de neuf de ton côté ?

— Je travaille trop, répond-il. Mais c'est sur le point de changer. Fanny et moi allons faire du camping.

J'écarte le téléphone de mon oreille et le fixe d'un air perplexe.

— Du camping ? Du genre tentes, tiques, insectes dans les fesses... tout ça ?

— Je ne te demande pas de venir avec nous, répond-il quand je ramène mon téléphone à mon oreille.

Je l'entends presque rouler les yeux à l'autre bout du fil.

— C'est l'idée de Fannychka. Elle a pris un jour de congé et veut passer une nuit d'aventure qui nous permettra de nous déconnecter complètement de notre routine quotidienne.

Je me gratte la tête.

— Je crois qu'elle veut juste se retrouver seule dans les bois avec toi, son protecteur grand et fort.

— Et qu'y a-t-il de mal à ça ?

— Désolée, profite bien.

Je me réfrène de lui expliquer qu'ils pourraient obtenir un moment similaire en mettant tous deux des écouteurs, en éteignant le routeur Wi-Fi et en fourrant leurs téléphones dans le micro-ondes.

— Comment ça va entre vous deux ? Le camping, ça m'a l'air d'être une sacrée étape… pour moi, en tout cas.

— C'est merveilleux ! répond-il.

Sachant à quel point mon frère rechigne à confier ses sentiments, ces mots me laissent sans voix. En tout cas, jusqu'à ce qu'il ajoute :

— Je crois que c'est la bonne. Tu sais ?

Pour je ne sais quelle raison, des yeux noisette changeants me traversent l'esprit.

— Ouais. Je crois savoir exactement ce que tu veux dire.

Il se racle la gorge. J'imagine qu'il vient de réaliser qu'il a dépassé son quota de partage d'émotions pour un bon siècle.

— Je dois encore faire mes bagages pour le séjour de ce soir, alors, je ferais mieux d'y aller.

— Amuse-toi bien. Et reste loin des ours.

Il raccroche avec un petit rire.

Je souris au téléphone. Quand j'ai demandé à Vlad de m'aider à tester l'application de sex-toys teledildonics, la dernière chose à laquelle je m'attendais, c'était qu'il trouve sa moitié au passage.

Une sensation de chaleur satisfaite au creux du ventre, je bâille encore une fois.

C'est vrai. Trop de sexe et trop peu de sommeil.

J'enfile mon masque de nuit et m'endors dès que ma tête touche l'oreiller.

———

Cette stupide sonnette retentit, me réveillant d'un rêve érotique incluant Dragomir dans un col roulé en lycra et armé d'un sex-toy futuriste que j'espère pouvoir recréer la prochaine fois que je m'assiérai à mon bureau.

La sonnette continue de résonner pendant que j'enfile un peignoir et m'avance vers la porte, enjambant Gourdin – qui est plus excité que je l'ai vu depuis des années.

— Qui est-ce ?

— Fyodor, répond une voix qui ressemble à celle du majordome de Dragomir. Mes excuses. J'ai Madame Winnifred avec moi, et elle est impatiente de faire ses besoins biologiques.

Madame Winnifred ? A-t-il déjà été témoin d'une session de Kraken ?

Comme pour confirmer cela, Winnie aboie, et

Gourdin devient encore plus fou de joie. Les phéromones d'ourse doivent le rendre dingue.

— Une seconde, dis-je.

Je m'empresse d'aller me rendre plus présentable et reviens avec la laisse de Gourdin.

Quand la porte s'ouvre, les chiens se lancent dans une séance d'aboiements effrénés, de reniflade de derrière et de léchage de gueule.

— *Ma petite* ! Le *destin* t'a lavée et amenée à moi.

— Merci, dis-je en confiant la laisse à Fyodor.

Il m'adresse son hochement de tête de majordome et s'éloigne.

Je regarde mon téléphone.

Ouais. Dragomir m'avait prévenue de cette intrusion dans mon domicile. Je suppose qu'il n'a pas cru que je serais assez paresseuse pour dormir pendant la moitié de la journée.

J'ai aussi un message de Fyodor.

J'arrive.

Je vais devoir lui apprendre à attendre avant d'arriver, la prochaine fois. J'aurais pu être sortie. D'un autre côté, je n'aurais pas voulu que Gourdin rate son moment passé avec Winnie par ma faute, alors je vais peut-être donner un double de mes clefs à Dragomir… juste pour Fyodor, bien sûr.

Un appel vocal de Vlad attire ensuite mon regard. Il m'a contactée il y a une heure.

Salut, petite sœur. J'ai trouvé quelque chose au sujet de Dragomir. Rappelle-moi vite. Tu vas vouloir entendre ça.

Merde !

Mes mains tremblent visiblement quand je compose fébrilement le numéro mon frère.

Je tombe sur sa messagerie.

Je lui envoie un texto pour lui dire de me rappeler *tout de suite*, et j'attends une minute entière en me rongeant les ongles.

Puis une deuxième.

Puis une demi-heure.

La sonnette retentit. C'est Fyodor. Il me tend la laisse de Gourdin et repart avant que j'aie pu lui parler du protocole à suivre la prochaine fois – ou lui poser des questions précises au sujet de Dragomir.

Une fois libéré de sa laisse, Gourdin fonce vers son sex-toy, Rémy, et commence à le monter allégrement.

Cela signifie-t-il que Winnie ne lui a rien donné ? Je me disais que ce serait peut-être le cas… la distance exalte les sentiments, même pour les chiens. Mais après tout, pour ce que j'en sais, elle l'a peut-être fait, mais il était trop excité et avait besoin de dépenser le reste de son énergie.

Une fois qu'il en a fini avec Rémy, Gourdin se couche, ferme les yeux d'un air satisfait et se met à ronfler doucement.

Toujours aucune nouvelle de Vlad.

Que se passe-t-il ?

C'est alors que ça me revient. Cette stupide excursion au camping. Il est probablement déjà là-bas – sans le moindre réseau téléphonique.

Bon sang ! Qu'a-t-il découvert ?

Je me mets à faire les cent pas alors que mes

inquiétudes passées concernant Dragomir refont surface.

Aujourd'hui encore, il se montre évasif sur certains sujets. La découverte de Vlad a-t-elle un lien avec ça ? Si c'est le cas, qu'est-ce que ça peut bien être ?

Dragomir a juré sur la vie de son frère qu'il n'avait pas d'autre femme, à la Marco, mais et si c'était un mensonge ?

Il ne m'a jamais donné d'explication non plus au sujet de ce détective à l'appareil photo. C'était quoi, ça ? Et pourquoi a-t-il donné une pièce d'or au vétérinaire ? Fait-il partie de la pègre, finalement ?

Beaucoup de questions, zéro réponse.

Je fusille mon téléphone du regard. Vlad a dit que ce truc de camping durait une nuit. Cela signifie-t-il qu'ils seront aussi en randonnée dans la forêt demain ?

Combien de temps vais-je devoir attendre pour apprendre ce qu'il a découvert ?

J'arrête de faire les cent pas et appelle Xenia.

— Tu devrais juste lui poser la question, me dit mon amie une fois que je lui ai tout raconté.

— Demander à Dragomir. Comme ça ?

— Ouais. Comme ça, tu auras ta réponse aujourd'hui.

— Peut-être…

— Pas de peut-être. Fais-le.

— Très bien, soupiré-je.

— Bien. Maintenant que c'est réglé, parle-moi du sexe.

Je m'exécute, et je la visualise presque tendre la main vers le vibromasseur que je lui ai donné, avant de jurer qu'elle ne ferait jamais ça.

— Comment te traite le Jeune Étalon ? demandé-je en réalisant que je n'ai pas arrêté de parler de moi-même. Est-ce que tu as des histoires à me raconter, toi aussi ?

— Tu sais que je ne parle pas de mes aventures, répond Xenia, à mon grand agacement.

— Non, je ne sais pas.

Oups, c'est un mensonge.

— Certaines choses sont privées, réplique-t-elle, sur la défensive.

— Je viens de tout te raconter. Tu as déjà entendu parler de l'échange de bons procédés ?

— Ça ne te dérange pas de parler de ce genre de trucs. Moi, si.

— Tu es une garce !

— C'est vrai, répond-elle avec un gloussement puéril. Surtout avec Jeune Étalon. Tu es satisfaite ?

En vérité, l'image que j'ai en tête risque de ruiner toutes mes fêtes de Noël, alors mieux vaut peut-être qu'elle ne se confie pas trop.

Mon téléphone se met à sonner, et mon cœur bondit dans ma poitrine.

— Je viens de recevoir un message de Dragomir, lui annoncé-je en retenant mon souffle.

— Va voir ce qu'il dit. S'il a vraiment une autre femme, je t'aiderai à lui botter les fesses.

— Marché conclu, dis-je avant de raccrocher.

Le message de Dragomir ne m'apporte aucun éclaircissement. Il dit simplement :

Je vais travailler tard. Mange sans moi, s'il te plaît.

Grr !

Je fais ce qu'il me dit, puis je regarde *La Reine des neiges* pour me calmer.

La sonnette retentit.

Un tas de questions tourbillonne dans ma tête quand je m'empresse d'aller ouvrir.

Dès que je pose les yeux sur Dragomir, cependant, elles meurent sur mes lèvres.

Bordel ! De merde !

Il porte un col roulé noir moulant.

Il doit s'être changé avant de venir.

À moins que… suis-je dans un autre rêve érotique ?

Il entre, m'attire contre lui et écrase sa bouche contre la mienne, me dévorant avec ses lèvres et sa langue tandis que ses mains pressent et malaxent mes fesses.

OK. C'est réel.

Des questions ? Quelles questions ?

Tout en nous embrassant comme si nos vies en dépendaient, nous nous dirigeons vers ma chambre en trébuchant, abandonnant nos vêtements derrière nous comme la version pornographique d'Hansel et Gretel – sans la partie inceste.

Dès que nous nous sommes écroulés sur le lit, nous répétons les sexivités d'hier soir – sauf que, de manière assez incroyable, c'est encore plus intense cette fois-ci.

D'ici quatre heures du matin, j'ai eu assez d'orgasmes pour entrer dans le livre des records, et je me sens comme une orange pressée qui s'est fait écraser par un camion.

OK. Maintenant que le sexe est terminé, je vais lui demander ce que je voulais savoir.

Je bâille si fort que je me disloque presque la mâchoire.

On pourrait peut-être parler quand je me serai reposée un peu, la tête posée au creux de son épaule ?

Ouais. C'est un bon plan.

Je me blottis contre lui et ferme les yeux.

———

Je suis réveillée par ce stupide soleil qui m'éblouit en pleine face.

Dragomir n'est nulle part en vue, mais il a posé une note sur la coiffeuse.

Je ne voulais pas te réveiller encore une fois, mais je devais y aller. Je vais peut-être encore travailler tard. Profite bien de ton petit déjeuner et reprends des forces.

Dragomir.

Profiter du petit déjeuner, mon œil !

Je n'ai pas pu mettre les pieds dans le plat, et maintenant je vais devoir attendre ce soir ?

En fait, d'ici ce soir, Vlad aura eu intérêt à réapparaître.

Je fais un gros effort pour maîtriser ma frustration et mange le festin succulent que Dragomir a déployé, dans le but apparent de m'engraisser. Puis j'emmène Gourdin en promenade et tente de faire une sieste.

En vain.

Les questions m'empêchent de dormir, alors je canalise toute cette énergie anxieuse pour la déverser dans mon travail.

Quand j'ai faim, je me fais un sandwich, mais avant que j'aie pu mordre dedans, mon téléphone sonne.

Est-ce possible ?

Oui !

Enfin !

C'est Vlad qui me rappelle.

Je suis le point d'apprendre le secret de Dragomir.

Chapitre Quarante

— Qui fait ça ? demandé-je à Vlad dès que j'entends sa voix. Comment as-tu pu me laisser un tel message vocal avant de disparaître de la surface de la Terre ?

— Désolé, répond-il, mais il n'a pas l'air très sincère. Ce n'était pas le genre d'information que je voulais transmettre au téléphone.

Je plisse les yeux.

— Oh non, ne t'avise pas de faire ça ! Tu ne vas pas me forcer à me ramener dans ton bureau. En fait, si tu me fais attendre une seconde de plus, je te le ferai regretter. Tu te souviens de mon dixième anniversaire ?

— Du calme. Passons au moins en appel vidéo. Ces applications font semblant de se soucier suffisamment de notre vie privée pour utiliser le cryptage, c'est déjà ça.

Je serre les dents, raccroche et passe en appel vidéo.

— Crache le morceau, dis-je dès que je vois le visage de Vlad. Tout de suite.

— OK, alors, voilà le truc. Pendant que j'attendais que Fanny soit prête, j'ai creusé un peu en me basant sur les noms que tu m'as donnés.

— Et ? l'encouragé-je en plissant les yeux.

— Et j'ai touché le *jackpot*.

— Et ? répété-je en haussant la voix.

— Et j'ai appris qui il était vraiment. *Ce* qu'il était.

— Ce qu'il est ? Si tu dis « loup-garou » ou une autre blague de ce genre, je t'étrangle.

Il se rapproche de la caméra et reprend :

— La vérité va peut-être vraiment ressembler à une blague, mais je t'assure que ce n'en est pas une. J'essaie encore de digérer ça, pour être honnête.

Je sens un vide se former au creux de mon estomac.

— Qu'est-ce qu'il est ?

— *Knyaz*, répond Vlad d'un ton solennel.

Je cligne des yeux.

— Pardon ?

— *Velikiy knyaz.*

Je cligne des yeux plus vite.

— Je ne comprends toujours pas.

Vlad fronce les sourcils.

— Ça veut dire la même chose en ruskovien qu'en russe. Le Grand Prince.

Mes clignements d'yeux sont presque devenus du morse.

— Un prince ? Comme Hans ?

Vlad hausse un sourcil.

— C'est le méchant de *La Reine des neiges* ?

— Sérieusement ?

Alex et lui se moquent tout le temps de mon film préféré, mais ce n'est ni le lieu ni le moment pour ça.

— Comment Dragomir pourrait-il être un prince ?

Vlad hausse les épaules.

— Tu sais que la Ruskovie est une monarchie ?

Je hoche la tête. C'est l'une des rares choses que je savais à propos de cet endroit avant de rencontrer l'un de ses citoyens.

— Le nom de famille de Dragomir n'a pas toujours été Lamian. Il l'a changé en déménageant en Amérique. Il est né Cezaroff.

Il me regarde pour voir si je reconnais ce nom. Constatant que ce n'est pas le cas, il ajoute :

— Comme pour la dynastie Cezaroff. Comme pour prince royal.

Mon cerveau commence à digérer l'information.

Un prince !

Un membre de la royauté !

— Est-ce qu'il est marié ? demandé-je, hébétée.

— Non, répond Vlad. Je crois que son statut de noble est la seule chose qu'il t'ait cachée. Tout ce qu'il t'a dit d'autre est vrai — y compris le fait qu'il a été déshérité. C'est de notoriété publique.

— Ouais, bien sûr, dis-je d'un ton amer. Il a juste un peu minimisé ce qui était en jeu — la possibilité de régner sur tout un foutu pays.

— Il n'aurait jamais vraiment régné, de toute façon, répond Vlad. Il a trop de frères aînés.

Des frères aînés. Bien sûr ! Les pièces du *puzzle* commencent à se mettre en place — comme la raison pour laquelle le profil de Stanislaus m'a paru familier quand nous avons dîné ensemble, l'autre jour.

Je l'avais déjà vu sur cette pièce d'or que Dragomir a donnée au vétérinaire.

Et ce n'est pas tout. Les initiales sur son mouchoir sont D.C. Ce doit être pour Dragomir Cezaroff.

D'autres détails prennent soudain tout leur sens aussi. Son anglais parfait, les histoires à propos de sa famille, qui emploie des domestiques et possède des jardins, des kiosques, des terrains de *soccer*…

— Tu vas bien ? demande doucement Vlad.

Oh, c'est vrai ! Il est toujours au bout du fil.

Je secoue la tête.

— Je ferais mieux d'y aller et d'essayer de me faire à cette idée.

— Tu veux passer chez moi ? propose-t-il en se penchant vers la caméra.

— Non merci. Je dois gérer ça toute seule.

Même si j'aurais bien besoin d'un câlin fraternel, je dois aller en ligne et vérifier tout ça par moi-même, parce qu'une partie de moi n'arrive toujours pas à l'accepter.

— Je suis désolé, dit Vlad, et cette fois, il a l'air sincère.

Je lui adresse un faible sourire.

— Contrairement à maman, je ne tire jamais sur le messager. Et puis, ce n'est pas comme si tu avais découvert qu'il était marié.

J'aimerais être aussi sereine que j'essaie de le faire croire.

— Fais-moi savoir si tu as besoin de quoi que ce soit, dit Vlad. Je pourrais hacker son…

— Merci, mais non. On peut se reparler plus tard ?

— Bien sûr.

— OK, à bientôt, alors.

Je me précipite vers mon ordinateur et cherche le nom *Cezaroff*.

Un déluge de résultats apparaît.

La majorité sont des articles en ruskovien que mon navigateur traduit sans mal. L'un d'eux concerne une compétition d'escrime remportée par Dragomir Cezaroff quand il était adolescent. Un nombre incalculable d'autres articles concernent ses problèmes avec ses parents.

Plus intéressant, il y a quelques rubriques en anglais. Apparemment, leur statut royal a mis les membres de la famille Cezaroff dans la ligne de mire des magazines *people* des États-Unis et de l'étranger. Bien que pas aussi populaires que leurs homologues britanniques, ces princes sont tout de même assez intéressants pour que certains soient obsédés par eux.

Je parcours les trucs en anglais et ne trouve rien au sujet de Dragomir — peut-être parce qu'il a été déshérité ?

Ses frères, cependant, sont très appréciés. Tigger — Anatolio Cezaroff de son nom complet — est particulièrement incontournable. Il y a des comptes-rendus de ses folles aventures, une couverture de son récent accident (avec des titres pièges à clics du style « Va-t-il mourir ? ») et des spéculations au sujet des femmes avec lesquelles il a été vu.

En fait, l'article le plus récent parle de lui au Doro, le soir de notre dîner là-bas. Son auteur annonce que sa prochaine prouesse sera un excès alimentaire.

Attendez une seconde.

Je reconnais le portrait de la personne qui a écrit cet article.

C'est le type à l'appareil photo, celui que je prenais pour un détective privé. Je comprends ce qu'il cherchait, maintenant. Il espérait soit que Dragomir ferait quelque chose qui vaille la peine qu'il écrive un article dessus, soit qu'il le mènerait à une histoire au sujet de ses proches plus médiatiques.

D'autres détails s'éclaircissent.

Ce drôle de motif en diamants sur la montre de Dragomir est l'emblème de la famille Cezaroff, et l'inscription en ruskovien dessus est la devise familiale : « La force dans la tradition. »

Les gens habillés bizarrement que j'ai confondus avec des videurs/portiers au restaurant étaient en fait la garde royale – ce qui explique peut-être pourquoi ils avaient des masques à gaz à disposition.

Même les chiens sont célèbres. La race misha a été créée à l'origine par la famille royale, il y a plusieurs siècles. Aujourd'hui encore, les Cezaroff possèdent les chiens mishas au sang le plus pur qui existe. En fait, la famille royale est réputée pour toujours en avoir un avec elle – un peu comme les Stark avec leurs loups géants dans *Game of Thrones*. Dragomir ne mentait pas quand il m'a dit qu'il n'avait pas nommé Winnie. Seul le roi – ou tzar – a ce privilège, et le père snobinard de Dragomir a évidemment choisi un nom chic.

Plus j'en apprends, plus je me sens stupide de ne pas avoir compris toute seule. Je suis aussi de plus en plus en colère.

Je bondis sur mes pieds et me mets à faire les cent pas dans l'appartement.

Nous nous connaissons depuis deux mois, et pourtant il m'a caché un truc aussi énorme durant tout ce temps. Je lui ai expliqué à quel point j'avais souffert quand le dernier homme avec qui je suis sortie m'a menti par omission, et pourtant il a fait exactement la même chose.

Comment a-t-il pu ?

Tout ce temps, je ne connaissais même pas son vrai nom.

Et dire que je suis presque tombée amoureuse de ce type ! À moins que ce soit déjà le cas, ce qui expliquerait pourquoi ça fait aussi mal.

J'arrête de faire les cent pas et serre les poings.

Ça m'apprendra à être assez stupide pour faire confiance ! J'aurais dû m'y attendre.

Dragomir était attiré par moi – ça aurait déjà dû faire résonner une alarme. Je n'attire que les connards, mais je croyais que ce serait différent, cette fois. Einstein avait raison quand il a dit que « la définition de la folie est de refaire la même chose encore et encore en s'attendant à obtenir un résultat différent ».

Eh bien, ma folie prend fin maintenant !

Ou bientôt.

Je dois encore l'affronter

Je fais volte-face.

Oui, c'est une excellente idée. Je vais faire irruption à son boulot et lui dire ma façon de penser. Pourquoi pas ? Il mérite mon courroux.

Me sentant un peu mieux, je me précipite dans ma penderie et enfile la tenue la plus sexy que je possède – une robe noire à se damner. Je l'accompagne d'un petit blouson de motard et enfile une paire de bottines à hauts talons.

Histoire qu'il voie ce qu'il est sur le point de perdre.

Ensuite, je me maquille en mode peinture de guerre.

Quand je me dirige à grands pas vers la porte, Gourdin se place sur mon chemin et pleurniche d'un air pitoyable.

Super ! Winnie manque déjà à ce pauvre bonhomme.

Je ressens un accès de culpabilité, alors que ce ne devrait vraiment pas être à moi d'éprouver ça. Compte tenu de ce que je m'apprête à faire, Gourdin va bientôt perdre tout accès à Winnie – mais ce n'est pas ma faute.

Avec un peu de chance, il tournera la page.

Avec un peu de chance, nous y parviendrons tous les deux.

Malgré tout, poussée par la culpabilité, je prends la laisse de Gourdin.

Cela le requinque un peu, comme je m'y attendais. Sortir la laisse en dehors des heures de promenade est synonyme d'aventure, et il adore ça.

———

Gourdin assis sur mes genoux dans le taxi, je fulmine durant tout le trajet jusqu'au bureau de Dragomir. Quand j'entre dans le vestibule, mon ami à quatre pattes doit courir pour garder le rythme de mes pas furieux.

J'entre dans l'ascenseur et fixe les boutons.

Je viens de réaliser que je ne sais pas où se trouve Dragomir. La seule zone où je suis déjà allée, c'est la salle de conférence où Alex et moi avons présenté le Projet Morpheus.

Je décide de commencer mes recherches là-bas et prends l'ascenseur jusqu'à cet étage, avant de m'avancer vers la salle d'un pas vif.

Pas de Dragomir en vue. Marco est là, cependant, avec toute l'équipe de nos réunions.

Parfait !

Si je dois arracher à Marco le lieu où se trouve Dragomir à coups de poing, qu'il en soit ainsi !

Je prends une grande inspiration et entre dans la salle.

Chapitre Quarante-Et-Un

Marco m'accueille avec un rictus mauvais.

— Bella. Quelle coïncidence ! Nous parlions justement de vous.

Confuse, je m'immobilise à distance suffisante pour l'étrangler.

— Je ne suis pas là pour vous.

Il aplatit les lèvres.

— Vous le seriez si vous connaissiez le sujet de notre discussion.

Je me pince l'arête du nez et demande :

— De quoi vous parlez ? Je n'ai pas le temps pour…

— J'étais justement en train de révéler à tout le monde votre secret, lance Marco en me coupant impoliment la parole.

Mon secret ?

À propos du fait que je couche avec son patron ? Si c'est le cas, ce ne sera pas un…

— Vous êtes propriétaire d'une entreprise nommée Belka, annonce Marco, et je me fige sur place. Une entreprise qui fabrique des saletés.

Il s'avance si près de moi que je peux sentir son haleine de café éventé.

— Alors, voyez-vous, je ne peux pas, en toute bonne conscience, investir dans un projet dont *vous* faites partie.

J'ai un mouvement de recul à ces mots, et j'entends un grognement bas à mes pieds. Comme moi, Gourdin n'apprécie pas le ton de Marco.

— Où est Dragomir ? demandé-je d'une voix autoritaire.

— Pourquoi ? demande Marco. Il s'est récusé. Notre décision est définitive. Inutile de prendre la peine de le déranger avec d'autres mensonges.

— Des mensonges ? répliqué-je en montrant les dents. Vous vous y connaissez, en mensonges, hein ?

Tout le monde dans la pièce a l'air assis tout au bord de son siège. Ce n'est pas tous les jours qu'on peut être témoin de ce genre de spectacle dans un environnement professionnel.

— Qu'est-ce que c'est censé vouloir dire ? s'exclame Marco d'une voix indignée.

Je le dévisage, les yeux lançant des éclairs.

— Votre femme ruskovienne est au courant de l'existence de votre femme américaine ? Et inversement ?

Marco pâlit, et les gens autour de nous commencent à murmurer entre eux, certains en fronçant les sourcils.

— Elle ment ! dit-il, de manière peu convaincante.

— Je serais ravie d'envoyer la preuve de ce que j'avance à toutes les personnes présentes dans la pièce, affirmé-je en sortant mon téléphone et en l'agitant devant moi.

Je bluffe, bien sûr. Je ne sais pas du tout si Vlad a une preuve, ni même si j'ai envie de ruiner la vie de Marco à ce point.

Celui-ci tente de s'emparer de mon téléphone, mais je l'écarte vivement et adresse un regard entendu à tout le monde.

À en juger par les expressions autour de nous, personne ne le croit plus.

Le grognement à mes pieds est remplacé par un drôle de son.

Marco baisse la tête et se met à jurer en ruskovien.

Je suis son regard et écarquille les yeux.

C'est Gourdin. Il a levé la patte aussi haut que possible, et est en train de se soulager sur son pied.

Bon chien ! C'est tout ce que méritent les connards dans son genre.

L'homme arbore une expression furieuse et je le vois lever la jambe – probablement pour donner un coup de pied à mon chien.

Je lève instinctivement la main et, avant de m'être rendu compte de ce que je faisais, je me retrouve avec les testicules recroquevillés de Marco entre mes doigts.

Beurk !

— Si tu le frappes, tu chanteras avec une voix de fausset, grogné-je.

Marco a l'air d'avoir envie de me frapper, *moi*, maintenant, alors je me prépare à serrer de toutes mes forces.

— Laissez-les tranquilles, dit Eugenius.

Il pointe son téléphone vers Marco, sans aucun doute en train de tout filmer.

Celui-ci rougit et marmonne des obscénités entre ses dents, mais immobilise sa jambe.

J'écarte Gourdin, articule un « merci » à Eugenius et lâche la saleté dans ma main, tout en m'assignant mentalement à me désinfecter la paume jusqu'à avoir la peau à vif.

— Vous feriez mieux de partir, me dit Eugenius.

Ouais. Marco fait trente kilos de plus que moi et pourrait décider de prendre le risque d'être violent malgré la présence de ses collègues.

Je sors de la pièce, le dos bien droit, et monte dans l'ascenseur en me demandant quoi faire.

La chute postadrénaline me frappe de plein fouet, et je ne me sens plus prête à affronter Dragomir. Je n'en ai même plus vraiment besoin. Si Marco est au courant pour les sex-toys, Dragomir doit l'être aussi. Ajoutez à cela mon comportement inconvenant d'il y a quelques minutes, et je suis certaine que tout est terminé.

Je sors en courant de ce maudit bâtiment et hèle un taxi.

À mi-chemin de chez moi, mon téléphone sonne.

C'est Dragomir.

L'espace d'une seconde, je suis tentée de décrocher, mais à quoi bon ?

C'est fini. Une confrontation ne ferait que prolonger la douleur.

Je laisse l'appel aller sur le répondeur.

Incapable de m'en empêcher, j'écoute le message quelques secondes plus tard. Il est court : *Il faut qu'on parle.*

Le SMS que je lui envoie en réponse est tout aussi laconique et va droit au but : *Non merci, Votre Altesse.*

Il me rappelle, et je laisse sonner.

Il m'envoie ensuite un SMS : *Appelle-moi.*

Je ne le fais pas. Au lieu de ça, j'ignore un autre appel, puis éteins mon téléphone.

Durant le restant du trajet jusqu'à la maison, je caresse Gourdin pour me calmer, et une fois dans mon appartement, je fonce droit vers le salon.

Vu comment je me sens à cet instant, je dois sortir l'artillerie lourde : *La Reine des neiges.*

Malheureusement, quand le générique défile, je me sens encore dans un état pitoyable. Pire qu'avant, même… et je ne m'attendais pas à ça. Je croyais que ce serait comme quand j'ai rompu avec mon ex marié. Ça m'a fait mal, bien sûr, mais je me suis aussi sentie libérée, une fois le pansement arraché.

Pas cette fois. Cette fois, j'ai l'impression que le pansement que j'ai essayé d'arracher est du papier de verre qu'un génie du mal a collé à mon cœur.

Pourquoi je me sens comme ça ?

Parce que Dragomir s'est immiscé plus profondément dans mon cœur que mon ex l'a jamais fait ? Ou bien – et c'est bien le plus dérangeant – parce que son mensonge est moins malveillant, et ne justifie donc pas ma réaction ?

Mon estomac se glace alors que je réfléchis un peu plus.

Est-il possible que je ne me sente pas libérée parce qu'une part de moi sait que je suis moi-même loin d'être irréprochable ? Après tout, Dragomir n'est pas le seul à avoir omis certaines informations. Je ne lui ai pas parlé de mon entreprise de sex-toys, et on pourrait arguer que mon mensonge était plus égoïste – au début, j'ai caché la vérité pour obtenir son financement et qu'il investisse dans mon projet.

Je bondis sur mes pieds et me mets à faire les cent pas dans mon appartement, alors que des souvenirs de nos conversations téléphoniques à longue distance défilent en kaléidoscope dans ma tête – ainsi que toutes les différentes manières dont il m'a menée à l'orgasme.

Quand je manque de piétiner Gourdin, je m'assois et sors mon téléphone.

Il est temps d'être honnête avec moi-même.

J'ai encore envie de Dragomir, mensonges ou pas.

La question est : veut-il toujours de moi ? Quand il m'a appelée tout à l'heure, était-ce pour rompre avec moi, ou voulait-il s'excuser de m'avoir dissimulé sa véritable identité ?

Si c'est la deuxième solution, je crois bien que je devrais le pardonner.

En fait, je l'aurais peut-être fait si j'avais réussi à faire irruption dans son bureau — à supposer que Dragomir ait prononcé les mots qu'il faut.

Le cœur battant, je rallume mon téléphone.

C'est le moment de vérité.

Je rappelle Dragomir.

L'appel passe sur la messagerie.

J'ai l'impression de sentir mon cœur se flétrir.

Se venge-t-il parce que j'ai ignoré ses appels ?

J'attends cinq minutes, les yeux fixés sur le téléphone.

Il ne me rappelle pas.

Mon cœur se flétrit un peu plus. Il me recontacte toujours dans les cinq minutes, d'habitude.

Il est peut-être en réunion ? Ou bien il promène Winnie sans téléphone, comme il en a l'habitude ?

Juste au cas où, je rappelle et laisse un message vocal : *Appelle-moi.*

Cinq minutes plus tard, j'envoie le même message par SMS.

L'homme le plus riche du monde est peut-être actuellement dans son bureau ? Ou alors il négocie un contrat à un milliard de dollars ?

Je passe encore une heure à me ronger les ongles, sans réponse de sa part.

Les excuses de la réunion et de la promenade du chien me paraissent plus pathétiques à chaque minute qui passe.

Deux heures plus tard, je dois admettre l'évidence.

J'ai tout fait foirer, et il n'y a peut-être pas de retour en arrière possible.

Chapitre Quarante-Deux

J'ai envie de pleurer, mais je me réfrène. Gourdin est sensible à mon humeur, et la pauvre bête souffre déjà de l'absence de son ourse.

Au lieu de ça, je prends mon ordinateur portable et me plonge dans le travail.

Non. Je suis trop distraite, tellement occupée à vérifier mon téléphone toutes les deux secondes que je n'arrive même pas à concevoir le plus basique des plugs anaux.

J'emmène Gourdin en promenade plutôt que d'errer sans but dans mon appartement, mais vu que j'emporte mon téléphone avec moi, je passe juste une heure à me complaire dans mon auto-apitoiement tout en vérifiant mon téléphone de manière continuelle.

Quand mon compagnon canin a fini de faire ses besoins, je nous ramène à la maison, mais plutôt que de rentrer dans l'immeuble, je m'arrête, emplie d'une détermination soudaine.

Cette balade m'a suffisamment éclairci les esprits pour que je puisse prendre une décision.

Si Dragomir refuse de répondre à mes appels, je vais l'affronter en face à face. S'il veut tout arrêter, il devra le faire en personne. Je n'ai pas l'intention d'accepter docilement qu'il me rejette, cependant ; je compte me battre pour nous, s'il le faut.

Je hèle un taxi et lui indique à nouveau la direction des bureaux de Dragomir.

Quand nous arrivons, je prends Gourdin sous le bras et me précipite vers la même salle de réunion, au cas où la chance serait de mon côté et où Dragomir serait là.

Il n'y est pas.

Les personnes de tout à l'heure sont encore ici, par contre. Heureusement, Marco n'est pas parmi elles.

Je pose Gourdin au sol et me prépare à entrer, mais Eugenius me remarque et sort dans le couloir.

— Vous avez déjà appris la nouvelle ? demande-t-il, l'air impressionné.

Je fronce les sourcils.

— Quelle nouvelle ?

— Le financement, explique-t-il, l'air un peu confus. Il vient d'être approuvé.

Je me frotte le front.

— Mais Marco…

— A été viré, termine Eugenius avec dégoût. Il

était l'élément moteur du refus initial. Le reste d'entre nous s'est plutôt senti rassuré à l'idée d'investir dans votre projet après avoir découvert que votre frère n'était pas le seul à diriger une entreprise avec succès.

Je devrais être aux anges à cette nouvelle, mais ce n'est pas le cas. Pas si cet argent m'a coûté l'homme auquel je tiens.

— Où est Dragomir ? demandé-je, résistant à grand-peine à l'envie de secouer Eugenius pour l'encourager à me réponde.

— Il est parti juste après avoir licencié Marco, m'apprend celui-ci.

— Alors où est-il ? insisté-je.

L'homme fronce les sourcils et rajuste ses lunettes.

— Tout va bien ?

Il a vraiment envie que je le secoue, ou quoi ?

— Je dois juste lui parler. S'il vous plaît. C'est important.

Le type se met à remuer d'un pied sur l'autre.

— Le patron ne nous explique pas ses allées et venues. Apparemment, c'était une affaire privée, quelque chose d'urgent.

Une affaire privée et urgente.

Oserais-je espérer ? Se peut-il qu'il soit allé chez moi pour avoir la même conversation que je suis venue chercher ici ?

— Merci, Eugenius. Je suis impatiente de travailler avec vous tous.

Ignorant la rougeur sur son visage, je m'empresse

de faire demi-tour et, après avoir sauté dans le taxi, je vérifie mon téléphone.

Rien.

Ah ! Pourquoi ai-je cru que Dragomir se rendrait chez moi sans appeler ? Il ne ferait jamais ça, bien sûr.

Pour ce que j'en sais, le financement était peut-être son cadeau d'adieu.

Malgré tout, même si j'ai fait tout mon possible pour me préparer à la déception, ma poitrine se comprime douloureusement quand j'arrive chez moi et ne vois pas Dragomir dans l'immeuble ou tout près. La douleur grandit autant qu'Everest quand j'arrive devant ma porte.

Il n'est pas là.

Je n'étais pas son affaire personnelle et urgente, finalement.

Comme il était présomptueux de ma part de penser que ce puisse être le cas ! Non seulement ses parents sont en ville, mais son frère est encore en rémission.

Oh, merde !

Et s'il lui était arrivé quelque chose ?

Ce genre d'urgence pourrait expliquer le silence radio.

J'attrape un Gourdin très confus et sors à nouveau de mon immeuble en courant – pour me diriger vers l'hôtel de Tigger, cette fois, qui se trouve être tout près.

— Je viens voir Anatolio Cezaroff, annoncé-je en haletant à l'employé de l'hôtel.

Il me regarde de haut et répond :

— Monsieur Cezaroff n'attend aucun visiteur.

Je pousse un soupir soulagé.

— Alors, il va bien ? Il a été blessé récemment, et son frère Dragomir a disparu, alors je me disais qu'il était peut-être arrivé…

— Laissez-moi voir si je peux le contacter au téléphone, répond l'employé d'une voix hautaine. Quel est votre nom ?

— Dites-lui que je suis Bella… la Bella de Dragomir.

En tout cas, j'espère que cette dernière information est encore vraie.

Le type compose un numéro avec son petit doigt et attend quelques secondes.

— Bonjour. Une femme est ici, qui dit être la Bella de Dragomir.

Il attend quelques secondes, puis décrit rapidement à quoi je ressemble.

— Il dit qu'il descend, m'informe-t-il après avoir raccroché. Il a aussi dit que si vous n'étiez pas Bella, mais une harceleuse cinglée, il porterait plainte.

Une harceleuse ? C'est une blague, ou Tigger doit-il vraiment endurer ça ? Plus important encore, si Tigger n'est pas l'urgence, où est Dragomir et pourquoi ignore-t-il mes appels ?

A-t-il pu passer à une autre femme aussi vite que ça ?

Non. Il n'est pas comme ça.

Prince ou pas, je le connais. Je sais qui il est au plus profond de lui.

Une idée impensable me vient à l'esprit, et une décharge d'adrénaline fait grimper en flèche mon rythme cardiaque.

Et si Dragomir avait des ennuis ?

Et s'il avait été heurté par une voiture ? Ou si son camping-car avait eu un accident ?

Mon esprit était déjà à fleur de peau depuis que j'ai commencé à m'inquiéter pour Tigger, mais maintenant que ces sombres pensées me sont venues en tête, je ressens une peur paralysante impossible à repousser.

Attendez. Non. Je suis stupide. Tigger ne serait pas en train de se détendre dans sa chambre d'hôtel si Dragomir avait été blessé.

À moins… qu'il ne soit pas au courant.

Je me retiens à grand-peine de me ronger les ongles jusqu'à ce que Tigger sorte de l'ascenseur.

Quand il me remarque, il sourit — ce qu'il n'aurait pas fait si Dragomir avait des ennuis.

— Tu sais où il est ? lâché-je en le plaquant presque au sol à peine sorti de l'ascenseur.

— Tu parles de Dragomir ? demande-t-il, et son sourire s'élargit.

— Évidemment.

— Il ne t'a rien dit ?

Je me mords la lèvre.

— Je lui ai peut-être dit de ne pas m'appeler, tout à l'heure, alors…

— Oh ! dit Tigger, et son sourire disparaît. Que s'est-il passé ?

— Peu importe. Où est-il ?

Le jeune homme fronce les sourcils.

— Avec le docteur Delomalov, bien sûr !

Au début, le mot *docteur* fait grimper mon anxiété en flèche jusqu'à la stratosphère, mais c'est alors que j'enregistre le mot complet. C'est le…

— Tu n'en as vraiment pas la moindre idée ? demande Tigger, avant de jeter un coup d'œil à Gourdin. Je m'attendais à ce que tu sois la mieux placée pour t'y attendre.

Il sourit à nouveau et reprend :

— Un roturier met un membre de la royauté enceinte… voilà ce que diront les journaux ruskoviens quand ils découvriront ça.

— Le docteur Delomalov est le vétérinaire, c'est ça ? demandé-je, à bout de souffle.

— C'est ça.

— Le travail a commencé pour Winnie ?

— Bingo.

Je pousse un brusque soupir de soulagement.

Ça explique tout.

Il n'y a pas de réseau dans le bureau du docteur Delomalov, alors si Dragomir était là-bas ces dernières heures, il ne sait même pas que je suis prête à lui parler.

— Je dois aller là-bas, dis-je à Tigger d'un ton d'urgence.

Je me tourne vers l'employé et demande :

— Vous pouvez m'appeler un taxi ?

— Et si je te déposais ? propose le prince casse-cou. J'ai loué une Lamborghini et je n'ai pas encore eu l'occasion de la tester.

— Bien sûr. Du moment que ça m'emmène là-bas au plus vite.

— Je vais demander au voiturier d'approcher votre véhicule pour vous, dit l'employé.

Nous sortons et, quelques minutes plus tard, une Lamborghini noire se gare devant nous – le dernier modèle, avec toutes les options comprises.

L'employé de l'hôtel m'ouvre la portière et je m'empresse de monter.

Hum ! Les sièges ressemblent à ceux d'une voiture de course. Je ne suis pas une grande fan de vitesse – ce serait minable de ma part de le mentionner ?

Je mets prudemment ma ceinture, ouvre la vitre pour Gourdin et regarde mon téléphone.

Toujours rien.

Tigger monte derrière le volant, l'air un peu trop excité.

— Tu as déjà conduit ce truc, hein ? demandé-je.

— Quelle importance ? Accroche-toi.

— Attends. Je ne suis pas très…

Tigger tourne vivement le volant à droite et enfonce la pédale d'accélérateur.

Dans une odeur de caoutchouc brûlé, la Lamborghini s'élance à la vitesse de Mach 1 – ou quelle que soit la vitesse à laquelle les *jets* supersoniques volent. La gravité m'aplatit contre mon siège et Gourdin gémit alors que je le serre contre ma poitrine. Le vent qui entre par la fenêtre ouverte ressemble à un ouragan, alors je relâche mon étreinte sur Gourdin le temps d'appuyer sur le bouton et de la refermer.

— Mec, dis-je quand l'effet soufflerie a cessé. Quand j'ai dit « du moment que ça m'emmène là-bas au plus vite », j'aurais dû ajouter « en vie ».

Durant le temps qu'il me faut pour prononcer ces mots, nous avons traversé quatre pâtés de maisons.

— Ne t'inquiète pas, dit Tigger tout en brûlant un feu orange. Vis un peu.

Vivre est justement mon objectif.

Gourdin a l'air à deux doigts de vomir.

— *Ma chérie*, j'ai changé d'avis au sujet du suicide. Tu peux faire en sorte que cet *humain* cinglé ralentisse ?

— Est-ce qu'il y a des complications avec l'accouchement de Winnie ? demandé-je à Tigger dans l'espoir qu'il lève le pied s'il est forcé de parler.

Mais non. Il ne ralentit pas d'un seul kilomètre-heure.

— Je ne crois pas. Dragomir voulait juste rester prudent.

Vouloir rester prudent n'est clairement pas un concept que Tigger peut comprendre.

Je ne pose plus d'autre question – nous avons de meilleures chances de survivre s'il se concentre sur sa conduite.

Le reste du trajet se déroule comme dans une

scène de *Fast and Furious*, et me causera des cauchemars pendant un bon moment. Le seul point positif dans tout ça, c'est que c'est vite terminé.

Très vite.

— Vas-y, dit Tigger après s'être arrêté dans un crissement de pneus. Je vais me garer et je monterai vous rejoindre.

Les genoux flageolants, je me dirige vers le bureau du vétérinaire, un Gourdin en état de choc sous le bras.

Quand je rentre, je découvre Dragomir assis dans la salle d'attente.

Il a l'air si inquiet qu'on pourrait croire que c'est sa femme qui accouche, et pas son chien. Mais lorsqu'il me voit, il bondit sur ses pieds.

— Salut, dis-je d'une voix incertaine.

Ses yeux noisette deviennent brillants.

— Salut.

Je prends une grande inspiration. Je vais avoir besoin de tout l'air possible pour dire tout ce que je veux dire.

C'est maintenant ou jamais.

Chapitre Quarante-Trois

Avant que j'aie pu prononcer un seul mot, la porte s'ouvre et le docteur Delomalov sort à toute vitesse.

— Quel heureux événement ! lance-t-il avec un large sourire. La chienne a fini. Elle vient de donner naissance à quinze chiots. Vous voulez les voir ?

— Bien sûr ! répond Dragomir avec enthousiasme.

— Moi aussi, renchéris-je.

Ce que je veux vraiment, c'est parler à Dragomir, mais je ne suis pas sûre qu'il pourra se concentrer sur mes mots tant qu'il ne se sera pas assuré que Winnie va bien.

Et, bien sûr, je suis hyper curieuse de voir les chiots. Je ne suis pas morte à l'intérieur non plus.

Nous suivons le docteur le long du couloir et jusque dans une pièce où se trouve Winnie, couchée sur un grand lit pour chien. Elle a l'air fatiguée, mais heureuse — et elle est entourée de sa nouvelle famille.

Les chiots ont les yeux fermés et ressemblent vaguement à des koalas, à la fois en termes d'apparence et de couleur — et chacun d'eux est au moins cinq fois plus gros que leur père.

Si le genre des chiens avait été inversé, cette grossesse aurait été impossible.

Je pose Gourdin au sol, sa laisse serrée dans ma main.

Mon cœur est empli de suffisamment d'amour pour alimenter une Tesla en vue d'un voyage à Disney World. Certains des chiens sont déjà en train de se nourrir, et Winnie est occupée à lécher l'un des petits qui ne mangent pas. Quand elle remarque Dragomir, elle remue la queue, et quand son regard se pose sur Gourdin, sa queue se met carrément à faire des moulinets.

Gourdin jappe avec enthousiasme et tire sur sa laisse.

— Je peux le laisser approcher ? demandé-je.

— Oui, mais prudemment, répond Dragomir.

Évidemment. On ne voudrait pas que Winnie passe en mode maman ourse. Ce serait effrayant.

Me préparant à écarter Gourdin si nécessaire, je le laisse approcher des nouveau-nés.

Winnie l'observe avec attention.

Gourdin flaire l'un des chiots, le lèche presque avec révérence, puis recule et m'adresse son regard le plus confus.

— *Ma chérie*, comment se fait-il qu'ils soient plus gros que *moi* ? S'il te plaît, dis-moi que je suis un tel étalon que j'ai brisé les lois de la *physique*.

Nous nous extasions tous sur les chiots un petit moment. Puis Tigger se joint à nous et supplie Dragomir de lui en donner un.

— Ils vont vivre avec moi jusqu'à ce que Winnie soit prête à être séparée d'eux, répond celui-ci d'un air sévère. Je ne vais pas enlever des bébés à leur mère, pas même pour toi !

Tigger roule les yeux.

— Je ne voulais pas dire maintenant.

Dragomir se frotte le menton.

— Tu devras amener Caradog pour que je puisse m'assurer qu'il sera gentil avec le chiot. Je veux aussi vérifier qu'il est à jour de ses vaccins.

Tigger pousse un soupir exaspéré.

— Évidemment.

— Dans ce cas-là, peut-être. Ça dépendra de ton comportement.

Tigger répond quelque chose en ruskovien, et les deux frères commencent à se quereller, mais cela ressemble plus à des taquineries bon enfant qu'à une dispute.

Je tire sur la manche de mon amant et il m'adresse un regard d'excuse.

— Désolé pour ça.

— Pas de problème. Est-ce qu'on peut parler ?

Dragomir hoche la tête et Tigger arque un sourcil.

— En privé ? ajouté-je en adressant un regard appuyé à ce dernier.

— Docteur Delomalov, lance Dragomir, y a-t-il un endroit où nous pourrions avoir un peu d'intimité, Bella et moi ?

— Venez, dit le vétérinaire en ouvrant la porte.

Je fourre la laisse de Gourdin dans les mains de Tigger et suis le médecin, tout en balançant des hanches pour Dragomir, histoire de l'amadouer avant notre discussion.

Quand nous avons atteint la grande porte en bois, le médecin l'ouvre et nous pénétrons dans un bureau encombré.

Dès que l'homme est parti, Dragomir verrouille la porte.

Je trouve ce geste incroyablement sexy — et rassurant.

Un homme ne s'enferme pas avec une femme qu'il a l'intention de rejeter.

J'espère.

Je rassemble mon courage et me lance dans mon laïus.

— Je suis désolée. C'était nul de ma part de ne pas prendre tes appels.

Et je suis sincère. Ça a été vraiment dur de songer qu'il me faisait subir le même traitement.

La mâchoire crispée, Dragomir réduit la distance entre nous.

— Non. C'est à moi de m'excuser, dit-il d'une voix basse et sincère. J'ai voulu te parler de mon héritage tellement de fois, mais je n'arrêtais pas de remettre ça à plus tard.

— Pourquoi ? demandé-je.

J'ai posé la question sans amertume. Je suis honnêtement curieuse de savoir.

Il me prend la main et la serre avec force.

— Parce que ça a toujours tout gâché dans ma vie. Je ne voulais pas te perdre à cause de ça. C'est ironique, hein ? J'ai bien failli te perdre… parce que je te l'avais caché.

Ma respiration accélère au contact chaud de sa peau, mais j'ignore cette réaction – je dois parler de manière cohérente pour exprimer le reste de ce que j'ai à dire.

— Je suppose que tu es au courant pour mon entreprise de sex-toys ?

Il sourit.

— Je suis au courant depuis le lendemain du jour où tu m'as donné ton nom.

Je le regarde, bouche bée.

— Vraiment ?

— Puisqu'on en est aux confessions, autant te le dire. J'ai accès à l'équivalent ruskovien de la CIA. Je voulais en savoir plus sur toi, alors, j'ai cherché. J'espère que tu me pardonneras cette atteinte à ta vie privée.

— Eh bien, puisqu'on parle d'atteinte à la vie privée, j'ai fait la même chose avec toi, avoué-je d'un ton penaud. Et si on considérait qu'on est quittes ?

Concernant le fait d'avoir fouiné et d'avoir omis des informations.

Il porte ma main à ses lèvres et embrasse les jointures de mes doigts.

— Je suis entièrement d'accord.

Je fais de mon mieux pour me concentrer sur autre chose que les picotements qui irradient jusqu'au creux de moi.

— Attends. Si tu étais au courant de mon métier depuis le début, comment se fait-il que Marco ne l'ait découvert que maintenant ?

— Je suis sûr que c'est à cause de mes parents. Ils ont sans aucun doute utilisé le même service pour faire une recherche sur toi après notre dîner.

Je pousse un soupir.

— On dirait bien qu'ils ne m'aiment pas.

— Vois ça comme un compliment.

Soulagée, je souris.

— Alors, ils n'ont pas leur mot à dire sur les femmes avec qui tu sors ?

— Bon sang, non !

— Bien. Et juste pour être sûre… la personne avec qui tu es ne doit pas forcément faire partie de la royauté, comme toi ?

Il secoue la tête.

— C'est ce que voudraient mes parents, mais pas moi. En fait, s'ils t'appréciaient, ça m'inquiéterait.

Mon sourire s'élargit.

— Je parie que je pourrais faire en sorte qu'ils

m'aiment bien, si j'avais l'occasion de mieux les connaître.

Il me rend mon sourire.

— Et je parie que les tiens m'apprécieront toujours plus que les miens t'aimeront jamais.

Je me hérisse.

— Ce n'est pas juste ! Les miens t'aiment déjà plus qu'ils ne m'aiment moi. Ils n'approuvent pas ma carrière – je n'ai jamais eu l'occasion de te parler de ça.

Son sourire s'évanouit.

— Ignore ce que tout le monde pense. Tes jouets sont incroyables. Tu as un sacré talent, et tu devrais en être fière.

Il prend mon visage entre ses paumes et ajoute d'une voix solennelle :

— Je veux que tu restes toujours toi-même, et que tu ne t'excuses jamais pour ça.

Attendez une seconde. Ça ressemble à une citation de *La Reine des neiges*. Ça veut dire qu'il l'a regardé ?

Avant de m'être rendu compte de ce que je raconte, les mots s'échappent de mes lèvres de leur propre chef :

— Je t'aime.

Son visage se raidit, et ses yeux noisette prennent une teinte ambrée dorée.

— Je t'aime aussi, squirrelchik… dit-il d'une voix grave et rocailleuse. Tu es le genre de personne pour qui ça vaut la peine de fondre.

Oh ! Mon. Dieu !

C'est officiel. Il a regardé *La Reine des neiges.*

Mon cœur trop rempli me donne l'impression de faire comme Olaf.

Je me hisse sur la pointe des pieds, passe les bras autour de son cou et l'attire à moi pour un baiser. Un qui, je l'espère, est le meilleur qu'il ait jamais connu de toute sa vie. Le genre qui lui fera penser à la fin de *son* film préféré — plus spécifiquement le moment où grand-père dit : « Depuis l'invention du baiser, cinq ont été classés comme les plus passionnés et les plus purs. Celui-là les a tous surpassés. Fin. »

Sauf que notre baiser n'a rien de pur. Il n'est pas regardable par les enfants, comme *Princess Bride.*

Peut-être même interdit aux moins de douze ans.

Puis Everest se soulève et Dragomir prend les commandes. D'un geste de son bras musclé, il balaie tout ce qui se trouve sur le bureau encombré du docteur — et le classement de notre film grimpe rapidement jusqu'au triple X.

Épilogue

DRAGOMIR

L'air d'une Valkyrie féroce, Bella abat son sabre laser rouge sur ma tête.

Je pare son attaque avec mon sabre laser bleu et des étincelles s'envolent à l'intersection de nos lames. Avant qu'elle ait pu se ressaisir, je riposte et parviens à la toucher à l'épaule.

Elle émet un grognement et exhibe sa poitrine.

Merde ! Ces seins. Fermes, d'une souplesse parfaite et avec ces tétons si délectables, ils…

Non. Je ne dois pas regarder là.

Elle se sert de ses charmes féminins comme d'une forme d'arme psychologique. Et de manière efficace, en plus – j'ai perdu le compte du nombre d'érections importunes que j'ai eues durant nos combats.

Mais nous pouvons être deux à jouer à ce petit jeu psychologique.

— Quatre-vingt-dix-neuf points, squirrelchik,

lancé-je d'une voix railleuse. Un de plus et tu devras te soumettre.

Bella dilate les narines et donne un coup au niveau de mon entrejambe.

Je pare sans mal.

— Tu laisses encore une fois ta colère avoir raison de toi, remarqué-je.

Je sais très bien que cette remarque ne fera qu'alimenter encore plus sa fureur, ce qui est exactement le but.

— Calme ton esprit, comme de l'eau dans un puits.

Elle lève ses sublimes yeux bleus au ciel et pratique une feinte plutôt bonne.

Si je n'avais pas eu autant d'expérience en escrime – ou si elle avait exposé une plus grande partie de son corps – elle m'aurait peut-être touché. Au lieu de ça, je pare à nouveau, mais je ne porte pas encore le coup final.

Comme un chat, j'aime jouer avec ma jolie proie. Je trouve que cela offre tous les bénéfices du sexe de réconciliation sans avoir à se disputer pour de vrai.

Enfin, à moins de compter ce que nous faisons actuellement.

Elle lance une autre attaque très efficace, surtout pour une débutante.

Merde ! Je dois devenir arrogant. Ce coup aurait pu me toucher – ce qui m'aurait obligé à ne porter que des cols roulés pendant un mois, y compris ceux qui sont moulants et qui grattent.

Mais après tout, si *je* gagne, elle devra promener tous les chiots – ou le Gang des *Chorts*, comme nous les appelons, en partie en guise de clin d'œil au nom de famille de Bella, mais surtout parce que le mot *chort* signifie *démon* en russe et en ruskovien. Promener le Gang des *Chorts* est un sort que n'importe qui voudrait éviter, assez similaire au fait de rassembler un troupeau de moutons… si les moutons étaient sous amphétamines.

Bella fait disparaître le restant de ses vêtements.

Bordel de merde !

Tout le sang quitte mon cerveau.

J'ai envie de lécher chaque courbe de son corps, de glisser ma langue le long de ce ventre délectable jusqu'à…

Elle m'attaque de manière si furieuse que son sabre laser siffle à un centimètre de mon oreille.

Très bien ! Si elle veut la jouer comme ça, à sa guise.

Je lance le même sort magique qu'elle, faisant s'évaporer mes propres vêtements.

Elle écarquille les yeux. Ma squirrelchik a beau le nier, elle trouve le spectacle de ma nudité distrayant, elle aussi.

Malgré tout, elle m'attaque de manière très compétente… mais je suis prêt.

J'exécute une *passaia sotto* parfaite, et me laisse tomber sous son sabre laser. Ma main libre est désormais posée au sol pour me permettre de me soutenir et de garder l'équilibre, et mes yeux profitent d'une vue exquise sur son joli sexe rose.

Je dois rester concentré une seconde de plus.

Avant que Bella réalise ce qui est sur le point de lui arriver, je redresse mon bras armé et porte le coup fatal.

Elle se met à jurer comme un charretier russe.

Avec ma squirrelchik, le mot « compétiteur » est un gros euphémisme.

Je saute sur mes pieds et demande :

— Qu'est-ce que tu viens de dire ?

— Je me soumets, grommelle-t-elle. Tu es content ?

— Merci. Maintenant, si…

Avant que j'aie pu finir ma phrase, elle fait disparaître nos sabres laser et remplace la pièce par un environnement à ciel ouvert.

Ah ! Je sais ce qu'elle veut.

Je la prends dans mes bras et m'envole comme Superman avec sa Lois Lane, sauf que je me retrouve bientôt enfoncé profondément en elle.

Des nuages flottent autour de nous alors qu'elle gémit de plaisir.

Quand nous jouissons tous les deux, nous planons dans le ciel tout en nous étreignant l'un l'autre.

— Prêt à sortir ? murmure-t-elle tout en caressant mon visage.

Je lui embrasse les doigts un par un, avant de retirer mon casque VR.

À l'autre bout de la chambre de mon avion privé, elle retire à son tour son casque et son costume VR.

J'ôte le mien aussi. Nous venons de tester le prototype issu du Projet Morpheus, et si tout le monde aime ça autant que moi, ce sera un énorme succès.

— Souviens-toi de ne pas regarder par les fenêtres, lui dis-je. Ça gâcherait la surprise.

Elle hoche la tête et pince ses lèvres pleines d'un air boudeur.

— Oh, allez ! On atterrit dans quelques minutes. Tu pourras voir la Ruskovie d'en haut quand on retournera aux États-Unis.

— Je suppose…

Malgré l'orgasme que je viens de lui donner, elle est toujours un peu mauvaise perdante, mais cela rendra sa victoire future encore plus douce. Compte tenu de nos règles actuelles – cent coups pour moi contre un seul pour elle – et des progrès qu'elle fait, la victoire est inévitable.

J'ai plutôt intérêt à m'acheter des cols roulés.

Je m'habille en premier, puis attends qu'elle m'imite. Mes yeux pleurent sa nudité pulpeuse, alors qu'elle disparaît à ma vue, mais mon cerveau en est soulagé.

Elle est si belle que j'ai déjà bien assez de mal à réfléchir en sa présence comme ça.

Quand elle a enfilé la bague de fiançailles que je lui ai offerte à son doigt, je déverrouille la porte de la chambre et, comme d'habitude, le Gang des *Chorts* se précipite dans la pièce comme une horde de diables de Tasmanie.

Gourdin et Winnie les suivent, rayonnants de fierté parentale.

Désormais plus gros qu'un bulldog moyen, les adorables chiots ont commencé à détruire tout ce sur quoi ils arrivent à mettre les pattes, mais je me contente de les regarder d'un air joyeux, un sourire sur le visage.

— Fu, dit Bella quand Méphistophélès, le chiot que nous comptons confier à Tigger, essaie de mâchouiller ses talons aiguilles.

Méphistophélès s'arrête.

Ces petits démons vénèrent Bella — ou tout du moins, elle est la seule personne qui parvienne à les persuader d'être sages, ne serait-ce que quelques secondes.

— Nous entamons notre descente, annonce le pilote dans l'interphone.

Bella et moi nous attachons sur le lit somptueux et la famille à fourrure nous entoure de tout son amour et sa chaleur.

Quand nous atterrissons, j'attends que Bella ait enfilé ses vêtements épais, qui la protégeront du froid ruskovien, puis je lui tends un bandeau.

Elle se couvre les yeux avec réticence.

— Cette surprise a plutôt intérêt à en valoir la peine !

— Je l'espère, lancé-je.

Puis je la prends par les épaules et la guide prudemment hors de l'avion.

— Tu peux regarder, maintenant, dis-je en la positionnant comme il faut.

Elle arrache son bandeau et regarde la structure devant nous, bouche bée.

Je m'attends presque à ce qu'elle cite son film préféré et dise : « je n'aurais jamais cru que l'hiver pourrait être si beau », mais elle semble sans voix.

Je dois dire que même *moi*, je suis impressionné, et c'est pourtant moi qui ai commandé la construction de cet endroit.

Une réplique du palais de glace de *La Reine des neiges* se dresse devant nous, haute de trente mètres et scintillant de manière majestueuse sous la lumière.

— Waouh ! souffle-t-elle, avant de pivoter face à moi. Est-ce que c'est… ?

— Oui, c'est pour toi.

— Tu crois qu'on pourrait…

— Organiser le mariage ici ? Oui.

Quand elle jette ses bras autour de moi, rayonnante de joie, j'imagine notre vie ensemble dans les années à venir : Bella dans mes bras, me défiant constamment au lit et en dehors… nos enfants chevauchant le dos de Winnie… et les innombrables autres surprises que je créerai pour elle.

C'est un futur merveilleux… et dire que tout a commencé quand un chihuahua a agressé mon chien !

Remerciements

Le voyage de Bella et Dragomir s'achève ici ; merci d'avoir suivi leur histoire d'amour !

Envie de retrouver la famille Chortsky ? Découvrez l'histoire de Fanny dans *Teste-moi si tu peux* et l'histoire de Holly dans *Imite-moi si tu peux* !

Misha Bell est une collaboration du couple d'auteurs, Dima Zales et Anna Zaires. Quand ils ne sont pas occupés à vous faire rire en écrivant sous le pseudonyme de Misha, Dima écrit de la science-fiction et de la fantasy, et Anna de la romance contemporaine et dark.

Et maintenant, tourner la page pour un avant-goût de *Teste-moi si tu peux* par Misha Bell et de *Le Colosse de Wall Street* par Anna Zaires.

Extrait de Teste-moi si tu peux par Misha Bell

Ma nouvelle mission au boulot : tester des jouets. Oui, des jouets de ce genre.

Enfin, techniquement, il s'agit de tester l'application qui contrôle les jouets à distance.

Un problème ? La fille de la démo qui est censée tester le produit (à savoir, le jouet en question) vient d'entrer dans les ordres.

Un autre problème ? Ce projet est important pour mon patron russe, le beau, ténébreux et alléchant Vlad, surnommé l'Empaleur.

Il n'y a qu'une seule solution : tester l'appli et le produit moi-même… avec son aide.

— Moi ?

Il écarquille les yeux et fait un pas en arrière.

Je me suis lancée, maintenant, alors je continue tête baissée :

— Ça semble logique. J'imagine que tu te fais confiance pour ne pas me jeter dans le port. L'aspect privé du projet ne sera pas compromis. Et, eh bien…

Cette fois, je rougis horriblement.

— Tu as le membre qu'il faut pour ça, ajouté-je.

Spontanément, mes yeux se baissent vers le membre en question, avant de se relever vivement.

Les portes de l'ascenseur s'ouvrent.

— Continuons cette discussion dans la voiture, dit-il avec une expression indéchiffrable.

Zut, zut, zut. Est-ce qu'il déteste cette idée ? Est-ce qu'il me déteste, rien que pour l'avoir suggérée ? Mince, ça risque d'être très gênant s'il dit non.

Suis-je sur le point de me faire virer pour avoir dragué le patron de ma patronne ?

Nous montons à nouveau dans la limousine, assis l'un en face de l'autre, cette fois.

Il relève la cloison et commence :

— Juste pour clarifier les choses : je teste le lot masculin, en jouant à la fois le rôle de donneur et de receveur, on est d'accord ? En fait, j'ai déjà testé l'un des équipements moi-même après avoir conçu l'application. En théorie, je pourrais donc faire la même chose avec les autres.

Oui ! Il envisage vraiment de le faire. J'ai envie de sauter dans tous les sens, alors même que la rougeur sur mes joues, qui s'était légèrement dissipée durant le trajet depuis l'ascenseur, réapparaît dans toute sa gloire.

— Ce ne serait pas un bon test complet, objecté-je. Et tu le sais. C'est toi qui as conçu le code, alors tu es biaisé, en quelque sorte.

— Alors, qu'est-ce que tu suggères ? demande-t-il, ses narines dilatées.

Même mes pieds doivent rougir, maintenant.

— Tu ne joues que le rôle de receveur. Moi, je joue celui du donneur, et j'enregistre les données du test. C'est la manière la plus convenable de procéder.

Il hausse les sourcils.

— C'est une utilisation largement abusive du mot « convenable ».

— Écoute, reprends-je, tentant d'imiter son timbre de voix du mieux possible. Si tu veux abandonner, je comprendrai.

Un sourire sensuel étire lentement ses lèvres.

—Je ne recule jamais devant un défi.

Ma culotte peut-elle vraiment fondre, ou est-ce juste une expression ?

———

Si vous souhaitez en savoir plus, veuillez consulter le site internet d'Misha Bell www.mishabell.com/fr/.

Extrait de Le Colosse de Wall Street
par Anna Zaires

**Un milliardaire à la recherche d'une femme
parfaite…**

À trente-cinq ans, Marcus Carelli a tout : la richesse,
le pouvoir et un physique qui ne laisse pas les femmes
indifférentes. Parti de rien, il est devenu milliardaire, à
la tête de l'un des fonds spéculatifs les plus importants
de Wall Street. Il lui suffit d'un mot pour faire tomber
des sociétés réputées. La seule chose qui lui manque ?
Une épouse trophée, preuve de réussite aussi belle que
les milliards sur son compte en banque.

**Une femme à chats à la recherche d'une
nouvelle rencontre…**

Emma Walsh, employée de librairie âgée de vingt-six
ans, est ce que l'on appelle une femme à chats, d'après
son amie. Elle n'est pas forcément d'accord avec cette

étiquette, et pourtant les faits sont là. Vêtements négligés couverts de poils de chat ? Oui. Dernière coupe de cheveux chez le coiffeur ? Il y a plus d'un an. Oh, et trois chats dans un petit studio de Brooklyn ? Tout y est, la totale.

Sans compter qu'elle n'est pas sortie avec un homme depuis… trop longtemps pour s'en souvenir. Mais ça peut s'arranger. N'est-ce pas tout l'intérêt des sites de rencontres ?

Un malentendu qui tombe à pic…

Une entremetteuse haut de gamme, une appli de rencontres, un quiproquo qui change tout… Les opposés s'attirent peut-être, mais cela peut-il durer ?

———

Je prends une grande inspiration et j'entre dans le café, jetant un regard circulaire pour voir si Mark est déjà là.

La salle est petite et chaleureuse. Des compartiments avec banquettes sont disposés en demi-cercle autour d'un bar. L'arôme des grains de café torréfiés et des pâtisseries me met l'eau à la bouche et mon estomac se met à gronder. J'avais l'intention de me contenter d'un café, mais j'opte aussi pour un croissant. Mon budget n'en souffrira pas.

Seules quelques tables sont occupées, sans doute parce que nous sommes mardi. Je les passe en revue à la recherche d'un homme correspondant à la description de Mark et j'aperçois quelqu'un, assis tout seul dans le dernier compartiment. Il me tourne le dos et je ne distingue que l'arrière de sa tête, mais il a les cheveux courts et foncés.

C'est peut-être lui.

Je prends mon courage à deux mains et je m'approche de la banquette.

— Excuse-moi, lui dis-je. Mark ?

Il se tourne alors vers moi. Aussitôt, mon rythme cardiaque s'envole dans la stratosphère.

L'homme en face de moi n'a rien de commun avec les photos de l'appli. Il a les cheveux bruns et les yeux bleus, mais la ressemblance s'arrête là. Ses traits taillés à la serpe n'ont rien de rond ni de timide. De son menton d'acier jusqu'à son nez aquilin, son visage est d'une virilité affirmée, marqué d'une assurance qui frôle l'arrogance. L'ombre d'une barbe de fin de journée obscurcit ses joues creuses, soulignant ses pommettes saillantes, et ses sourcils forment deux traits sombres et épais au-dessus de ses yeux clairs et perçants. Bien qu'il soit assis, je devine qu'il est grand et bien bâti. Ses épaules paraissent immenses dans son costume sur mesure, et ses mains font deux fois les miennes.

Cela ne peut pas être le même Mark que celui de l'appli, à moins qu'il ait passé son temps à la salle de sport depuis ses dernières photos. Est-ce possible ?

Une personne peut-elle changer à ce point ? Il n'a pas indiqué sa taille sur son profil, mais j'en avais déduit qu'il complexait à ce sujet, un peu comme moi.

L'homme que je regarde en cet instant n'a absolument aucun complexe à avoir. Pas plus qu'il ne porte de lunettes.

— Je... je suis Emma, dis-je en bafouillant sous son regard intense.

Son expression est froide, indéchiffrable. Je presque certaine de m'être trompée, mais je demande quand même :

— Tu ne serais pas Mark, par hasard ?

— Je préfère Marcus.

Sa voix me surprend. C'est un grondement grave et viril qui réveille en moi un instinct féminin primaire. Mon cœur redouble d'ardeur et mes paumes deviennent moites lorsqu'il se lève en déclarant sans préambule :

— Tu ne corresponds pas à mes attentes.

— Moi ?

C'est quoi, cette histoire ? La colère balaie toutes les autres émotions. Je reste bouche bée, plantée devant ce colosse. Il est si grand que je dois me dévisser le cou pour le regarder.

— Et toi, alors ? Tu ne ressembles pas du tout à ta photo !

— Dans ce cas, nous avons tous les deux été induits en erreur, dit-il, la mâchoire contractée.

Avant que je puisse répondre, il désigne la banquette.

— Autant t'asseoir et manger avec moi, Emmeline. Je n'ai pas fait tout ce chemin pour rien.

— C'est *Emma*, précisé-je, encore furieuse. Non, merci. Je m'en vais.

Ses narines frémissent et il se décale sur la droite pour me barrer le passage.

— Assieds-toi, *Emma*.

Dans sa bouche, mon prénom ressemble à une injure.

— Je dirai deux mots à Victoria, mais pour le moment, je ne vois pas pourquoi nous ne pourrions pas partager un repas comme deux adultes civilisés.

J'ai les oreilles brûlantes de colère, mais je préfère prendre place sur la banquette plutôt que de faire un scandale. Ma grand-mère m'a inculqué la politesse dès mon plus jeune âge, et même maintenant que je suis adulte et que je vis seule, j'ai toujours du mal à outrepasser ses enseignements.

Elle ne serait pas contente si je décochais un coup de genou entre les jambes de ce rustre et l'envoyais se faire voir.

— Merci, dit-il en s'asseyant en face de moi.

De ses yeux d'un bleu de glace, il étudie la carte.

— Ce n'était pas si difficile, n'est-ce pas ?

— Je ne sais pas, *Marcus*, dis-je en accentuant son prénom bon chic bon genre. Je ne suis avec toi que depuis deux minutes et j'ai déjà des envies de meurtre.

Je l'ai insulté comme une grande dame, avec un sourire que ma grand-mère aurait approuvé. Je laisse tomber mon sac à main à côté de moi sur le siège et je prends le menu sans même retirer mon manteau.

Plus vite nous mangerons, plus vite je décamperai.

Soudain, un ricanement grave me fait lever les yeux. À mon grand étonnement, cet abruti sourit, révélant deux rangées de dents blanches sur son visage au teint hâlé. Je remarque non sans une certaine jalousie qu'il n'a pas la moindre tache de rousseur. Sa peau est parfaitement harmonieuse. Pas même un seul grain de beauté sur la joue. Il n'est pas d'une beauté classique — ses traits ont trop de caractère —, mais il est franchement agréable à l'œil, dans le genre puissant et purement masculin.

À mon désarroi le plus total, une bouffée de chaleur monte dans mon bas-ventre et mes muscles internes se contractent.

Non. Impossible. Ce connard ne peut *pas* m'exciter. Je supporte à peine de rester assise en face de lui.

En grinçant des dents, je baisse les yeux sur mon menu et constate avec soulagement que les prix sont raisonnables. J'insiste toujours pour payer ma part lors d'un rencard, et maintenant que j'ai rencontré Mark — pardon, *Marcus* —, il me semble bien du genre à m'emmener dans un endroit chic où un simple verre d'eau coûte plus cher qu'un shooter de Patrón. Comment ai-je pu me tromper à ce point sur son compte ? À l'évidence, il a menti en prétendant être étudiant et travailler dans une librairie. Dans quel but, je l'ignore, mais tout chez l'homme assis en face de moi exprime la richesse et le pouvoir. Son costume à fines rayures épouse son corps large d'épaules comme s'il avait été conçu spécialement pour lui, sa chemise bleue est fraîchement amidonnée et je suis presque sûre que sa cravate à carreaux subtils vient d'une maison de haute couture qui ferait passer Chanel pour une vulgaire marque de supermarché.

Alors que tous ces détails s'impriment dans mon esprit, un nouveau soupçon me frappe. Serait-ce une plaisanterie à mes dépens ? Kendall, peut-être ? Ou Janie ? Toutes les deux connaissent mes goûts en matière d'hommes. L'une d'elles a peut-être décidé de m'attirer dans un guet-apens, même si je ne comprends toujours pas pourquoi elles me brancheraient avec *lui* ni pourquoi il aurait accepté... Le mystère reste entier.

Les sourcils froncés, je lève les yeux de la carte pour le dévisager. Il a perdu son sourire, concentré sur le menu, le front plissé. Il a l'air plus âgé que les vingt-sept ans indiqués sur son profil.

Cette partie aussi devait être un mensonge.

Je me sens encore plus furieuse.

— Alors, *Marcus*, pourquoi m'as-tu écrit ?

Je pose le menu sur la table et le regarde froidement.

— As-tu seulement des chats ?

Il lève la tête et son front se plisse encore davantage.

— Des chats ? Non, bien sûr que non.

La dérision dans sa voix me donne envie

d'envoyer balader les recommandations de ma grand-mère et de gifler son visage sévère et fermé.

— C'est une blague ou quoi ? Qui t'a donné cette idée ?

— Pardon ?

Il hausse ses sourcils épais avec arrogance.

— Oh, arrête de feindre l'innocence. Tu as menti dans ton message et tu as le culot de me dire que *je* ne suis pas conforme à tes attentes ?

Je sens presque la vapeur sortir de mes oreilles.

— C'est *toi* qui m'as contactée et mon profil est absolument transparent. Quel âge as-tu ? Trente-deux ? Trente-trois ?

— J'ai trente-cinq ans, dit-il lentement en retrouvant son expression revêche. Emma, de quoi parles-tu... ?

— Ça suffit.

J'attrape une lanière de mon sac à main et me glisse au bout de la banquette pour me lever d'un bond. Grand-mère ou pas, je refuse de manger avec un enfoiré qui vient d'admettre qu'il m'a menti. J'ignore pourquoi un homme comme lui chercherait à jouer avec moi, mais je ne serai pas le dindon de la farce.

— Bon appétit, dis-je d'un ton sarcastique en tournant les talons.

Je sors avant même qu'il puisse tenter de me barrer le passage.

Toute à ma hâte de m'enfuir, je manque de

renverser une grande brune élancée devant le café et le petit gars enrobé qui arrive derrière elle.

———

Si vous souhaitez en savoir plus, veuillez consulter le site internet d'Anna www.annazaires.com/book-series/francais.

Notes

Chapitre 4

1. Littéralement « tabasseur d'épouse ».

Chapitre 6

1. Qui a laissé sortir les chiens.

Chapitre 7

1. La SEAL Team Six est une unité américaine d'opérations spéciales et de lutte contre le terrorisme.
2. *« Bull »* signifie « taureau » et *« cow »* vache.

Chapitre 14

1. Food and Drug Administration : l'administration américaine des denrées alimentaires et des médicaments.

Chapitre 19

1. Le SAT (Scholastic Assessment Test) est un examen que doivent passer tous les étudiants qui souhaitent s'inscrire dans une université américaine.

Chapitre 22

1. Ils ont tous envie de moi
2. *C'est ma fête et je pleurerai si j'en ai envie.* Parole de la chanson *It's my party* de Lesley Gore.

Chapitre 23

1. « Fanny pack » désigne un sac banane en anglais.